安
安

U0562146

文艺
百家谈

2020 年 . 第 1—2 辑 : 总第 25 辑

北京时代华文书局

目 录

1

全国知名文艺评论家看安徽

文艺评论助力安徽文学高质量发展座谈会摘要

孟繁华　张燕玲　刘　颋　郭　艳　霍俊明
季亚娅　饶　翔　岳　雯　李伟长　杨庆祥

安徽"结对子"作家心得体会

李凤群　胡竹峰　余同友　朱斌峰　文　河

文艺评论助力安徽文学高质量发展座谈会摘要

关于李凤群的小说

孟繁华（中国当代文学研究会副会长、北京市文艺评论家协会主席）

安徽是个传统的文学大省，从20世纪80年代到现在出了很多优秀的作家。80年代，公刘的诗集《仙人掌》、鲁彦周的小说《天云山传奇》、赵凯的诗歌《我爱》、梁小斌的诗歌《中国，我的钥匙丢了》等，在新时期文坛影响巨大。新世纪以后，像许春樵的《放下武器》《男人立正》等都有全国性影响。现在安徽籍的批评家在全国几乎占半壁江山。可见安徽人才辈出，是一个人文荟萃、人杰地灵的地方。

我很早就认识李凤群了，我认识她的时候她不叫李凤群，叫格格。许多年前，在江苏评紫金山文学奖，她的长篇小说《大江边》入选了。我觉得《大江边》不太像女孩子写的小说，倒像男孩子写的，写得很有气势。后来她的《大风》《大野》，我也看过。最近她的题材改了，我还没来得及看，就看了开头。总体来说，李凤群还是写乡土文学见长，写家族小说、写中国乡村几十年的巨大变革。当下中国创作成就最高的可能还是乡土文学，虽然2012年中国社会科学院社会学所和国家统计局报告，中国的城市人口已经超过了乡村人口，但是本质上我觉得中国还是以乡村文明为主体。因此我们最成熟的作品、能够和世界强势文学家进行对话的作品还是乡土文学。城市文学一般来说都没写好，写不好的原因，我个人认为，在当下巨变的情况下，我们的城市文化还没有构建起来。一个类型的文明没有构建出来的时候，想要在文学作品里面把它准确地表达出来，这个可能性是不存在的。我们从2011年开始，整个文学创作有了结构性的变化，就是乡土文学逐渐转向都市文学了，但是都市文学到现在为止没有出现一篇让我们感觉到写得特别好的、能够和乡土文学并驾齐驱的作品。在这样的背景下，李凤群写她见长的乡土文学，我觉得这是在情理之中的。总体来看，她的作品格局很大，非常有气象。但是李凤群的小说。我们今天只是交流，我们不是专门来表扬李凤群的。当然表扬一个作家非常重要，肯定一个作家比否定一个作家还要重要。但是任何人的作品都有问题，都有局限性。李凤群的作品在结构上有重复，比如《大江边》《大风》都是写家族的，一个写三代，一个写四代，三代和四代有多大的差别？作为一个作家要找到和其他作家的差异性，也不能重复自己。李凤群的小说在结构上有一点问题。

　　另外一点，作家创作与个人文化记忆或者童年记忆或者个人的生活经验有关系。李凤群的小说里面写苦难、写无望、写绝望多了一些。要不要写苦难？当然要写，人生下来苦难是本质。但是生活过程不完全是苦难，2015年，我对我们一个时期的小说提出这么一个看法，我觉得当下的小说存在一个情义危机的问题，后来我在《光明日报》发起这个讨论，那篇文章发出来后，著名文艺批评家钱念孙先生也参与了讨论。讨论这个问题的时候，我看每一个具体的作品写得都很好，但是把这些作品放到一起来看，几乎就是苦难和悲哀的俱乐部，到处是泪水涟涟、苦难无边。如果文学都是这样的话，生活里面到处布满了苦难，我们的文学还要雪上加霜，那我们要这种文学干什么呢？读完了之后，它比生活还让我们感到绝望。我曾经跟我自己的学生讲，如果读了一本书让你感觉到绝望的时候，你扭头就走，再也不要回头看它。在这一点上，我希望能够让我们的作品更多一点暖意，生活里面越稀缺的东西，越是我们作家要写的东西，生活里比比皆是的东西不需要作家去写，生活已经告诉我们了，还要文学告诉大家什么呢？大众文学、大众文化这么多年受到大家的追捧，从中国90年代的《渴望》开始，到后来韩国的《大长今》等一些电视连续剧。电视剧这些年是发展最快的一个门类，我跟很多朋友交流，年轻人为什么追捧这些东西？他们说因为这里面有爱，我们的文学里面爱很少，而大众文化里面有爱。这个爱看似肤浅，但无论是在技法上，还是在情感上、深度上，都在往上走。但是我们的严肃文学不注意向大众文学学习，我们自觉地把严肃文学和大众文学变成一个等级关系，觉得我们高于它，事实上可能未必如此。当然，这个原因太复杂，我们不讨论。

我觉得我们作家书写的情感方式要注意，李凤群现在已经是大名鼎鼎的作家了，最近在《人民文学》上发了长篇，作家的地位在文学界基本可以奠定了，因为国家级刊物很少发长篇。但是李凤群的小说，我是指小说的问题，也不全是这样，比方说《良霞》就不是。最近她写的长篇我还没看完。我是说，李凤群的苦难叙事，不要让它再膨胀，不应该再让它发展，能不能换一种方式，无论是表达方式还是情感方式，一个作家也要多样性、多元化。不管是从引领风尚，还是为读者提供更丰富的精神内涵，我觉得对已经普遍意识到的这些问题，作家都应该警觉起来。

总体来看，我对李凤群抱有期待，一个70后的作家写了这么多长篇、中短篇，在小说领域里面中篇、长篇、短篇都取得了非常好的成绩，确实是一个很值得期待的作家。谢谢大家！

回到人间

—— 关于胡竹峰散文一二

张燕玲（广西文联副主席、《南方文坛》主编）

读着胡竹峰的锦绣文章、古雅文心有三个感受：一是惊艳，二是佩服，三想商榷。惊艳其实来自惊讶，我如何也料不到如此古意盎然、格调雅致、文字考究，仿佛老灵魂般的文章会出自35岁的青年之手，难以想象这些超越年龄的经验、智慧与学问，作者要经历多少人生才能达到如此这般理解人世、书本与万物？我以为，自己可以叫他"胡员外"或"胡先生"，仿佛家拥藏书万卷，才高八斗，属于禀赋不凡的才子型作家（相对于勤奋成名的作家而言）。

二是佩服。胡竹峰的散文实践着他的艺术理想：写"中国文章"扬"审美传统"，并业已有了独特的大的气象，在文字、文体、美学三者都有独特的样貌，拥有自己叙述的声音与辨识度，这于一个80后的写作者，很不简单。因为许多写作者写了大半辈子，都难有自己的叙述声音。"中国文章"是分量很重的大词。我同意胡竹峰之说——"中国文章"是一个名词，是一个很泛的概念。但当今我们把文章的概念缩小了，尤其对于曾经代表"中国文章"的散文，如今不再正统，而变为以小说为大流很是不满。他想尽量还原"中国文章"的本来面目。为此，他似画家作画，写意于山川草木的精神、水墨的精神、自然的精神乃至手工的精神，并以此为"审美传统"，因为是这种古典精神造就了东方文学的传统审美。于是，胡竹峰格物致知，笔下山川万物、一思一情皆有出处，他引经据典，他感受万物，他铺陈知识。甚至他的小品文，也如散文诗般绚丽雅致。满纸杂学的常识，激活了笔下的知识生态，是生趣，是生命力，那的确是个人天赋与修为的合力。然而，无论我们写到什么知识，文学都要回到人的世界，都需有人间性。我们知道，汉代文章内涵极为宽阔，文学也是显学。司马迁言说文学家需"明天人分际，通古今之义，文章尔雅，训辞深厚，恩施甚美"，如此的大方大气，犹如胡竹峰所言司马迁有亲近心，其实还有大境界，这些都来自人情世故，来自人的世界，而不拘于书斋。散文是自由自在的性情之文，文体和语言都可以开放，胡竹峰选择"中国文章"及其"审美传统"正大文脉，而风雅颂，不仅仅只能突出雅。

所以，我想与才子胡竹峰商榷：他的散文很古雅高韬，令我佩服，但我不感动。正是缺少了这种亲近心与人间性，少了韩少功《山南水北》遍地应答的生气勃勃，少了李修文《山河袈裟》的人间情义。这需要作者调动自己对生活的洞悉与发现，转化成自己的叙述。散文写作与人间的关系，即是深入灵魂，写有情有义有美的文章散文，就是一面照妖镜，一个人的情怀学养胸襟以及文字功夫立见，绝无逃遁之处。

散文集《中国文章》大多如此，新近的《逍遥游》，纵横古今，很是逍遥。从庄子、《红楼梦》与纳兰、巴金、孙犁，汪曾祺，刘墉刘石庵，唐诗宋词，《聊斋志异》《儒林外史》，三河水庐州情，大别山等一径上天入地游逍遥，最终"夕阳下，天地安然，一时宠辱皆忘"。很美，但长篇书页之下，可能少有读者有耐心能随作者飘忽的意识一径逍遥到文末。相比之下，《惜字亭下》则生动丰沛许多。如果作者能以钻探取矿与挖井见水的精神，写透一个意象，融汇今情今事，应该会更有情义，更为锦绣。

回到人的世界，回到今情今事。因此作者的修为及文学态度很重要，用文字诉说生命思想和性情，必须是生命带出的，也取决于你的文学态度。期待竹峰厘清现实和想象的关系，也就是实和梦、真和幻的关系，对生活的透彻观察多一个向度，与这个时代建立独特而有效的对话关系。一个作家生命的宽阔和对人的欢乐、痛苦、伤痛的感受力是至关重要的。期待竹峰向自己挑战，进行有难度的写作，能在想象的古雅生活里写出一个充满烟火地气、丰沛鲜活的大美世界。他才35岁，生命的躁动就是老灵魂也罩不住的，希望他唱出灵魂的歌。因为，人类灵魂响起歌声，大地便会盛开花朵。

他用文字把万物雕刻成像

刘 颋（《文艺报》副总编辑）

　　我是第一次看文河的文字，也从来没有见过他这个人。虽然说鸡蛋好吃不一定非要知道母鸡长啥样，但在高铁上看他的散文时我就在想，这个人到底长什么样，等见面时一定要盯着他看一眼。为什么？因为他用他的文字整个把我包裹住了，他在字里行间氤氲出的那种情感是铺天盖地的，让你被他强大的情感力量裹挟、左右，无处遁逃，所以我一定要看看这个人，是什么样的一个人能让文字在安静中散发出如此的力量！可以说，文河的文字惊艳了我。他的《城西之书》，虽然写的是城西那个地域，命名也非常朴素、非常谦虚，但我以为它也是生命之书、时光之书，文河写了他从城西这块土地上去看世界、看世间万物、看生命，所以这是一本能让我沉静下去品味生命的书。这些年来，能够让我共情的并触动我的散文比较少，所看到的更多的是通识、共识的写作，这种通识、共识的写作很难唤起阅读者的共情。文河的散文，恰恰以个人独特的、特异性的生命体验和感受，包括对具体的城西这么一片土地的独立性的描写，唤起了我作为一个读者对于时间、对于生命、对于世间万物的共情。

　　进入他的《城西之书》，有三个词，留给了我非常深刻的印象：

　　一是静。就是安静的静。不只是说他的文章里面出现了多少个静，诸如静谧、安静、清静、宁静等，总体来说，静是他这个散文写作里面非常大的特点，可以说他写了物的静，写了生命的静，更多的是写了他的精神和心灵的静，然后由这种物、生命到精神、心灵的静，让你体会到世间万物的静，而且是在热闹喧嚣之中的静。文河有一句话特别有意思，写到夏天和秋天的时候，他说夏天是喧闹包裹住了静，秋天是安静包裹住了喧闹，文河以这样一种喧闹和安静的对比，让喧闹和安静都有了实实在在的质感。为什么说想见到他这个人？因为我不知道他平时是干什么的，但感

7

觉他的脚步时时刻刻在丈量着城西这块地方，一个人安静地在一片土地上、在一些小村落里面、在河边、在堤岸上，安安静静地走着、感受着、听着。然后用他安静干净的文字，把他所感受到的这样一种物的安静、生命的安静和精神的安静表现出来，可以说这样的文字就具有了它的特异性。

二是温柔。在文字当中，文河聆听的表情是柔和的。他用文字来描摹这个世界万物的姿态是很温柔的，他的作品甚至他自己的形象，是柔软的。文河善于观察这个世间的美，比方说他写蝴蝶的脆弱、唯美，比方说他写生命，写生命的出生、衰落、消逝都是带着一种很温柔的姿态写的。从他用文字描摹世间万物的姿态上能够感受到他的温和和温柔。还有一个是他看待生命的态度是非常温和的，《城西之书》写到了好几次，比方说关于生命即将消逝的表述，写到几个老妇人在冬阳之下的交谈，比方说去掰香椿的时候，一个老人看到窗前走过一个人出去跟他交流，是去除了燥热之气后的平静与温和。文河写到了多种生命即将消逝时刻的生命姿态，写作姿态都是温和的。也许温和或温柔这样的一个姿态是文河用来理解，或者说用来抵抗这种世间的各种苦难、各种困厄，以及他用来化解生命中种种疼痛的一种方式。而且我觉得在这个层面上他也是成功的，《城西之书》有一个写日落的小短章我特别喜欢，他写落日，一千来字的短章，从4点多钟开始记写，4点多钟太阳是什么样的，5点多钟太阳是什么样的，突然一下太阳就消逝了。从落日最满最大的时候，到它最后的消逝，文字温和，用词温柔。但是这种温和和温柔并不妨碍他要传达出一种天地之间的正大之感出来，这个短章没有多余的文字、没有多余的情感表达，所有的一切刚刚好。

三是悲悯。文河的散文作品中还有一种悲悯的姿态。文河比较擅长写细微的、细腻的感觉，但是这种细微和细腻并不是格局小，他恰恰是用这种细微和细腻去写生死、衰老、消亡以及生命存在的方式，或者说是去思考生命以什么样的方式存在。《城西之书》里有句话，"有些人可能活着活着，就没有了"，而有些人活着活着就以另外一种方式在人们心目中活了下来。这句话的确微言大义，唤醒人们郑重对待生命，郑重对待自己生活着的这个世界。

《城西之书》的写作就像用了一把文字的刻刀，在一点一点把世间的万像刻成了一幅一幅的雕刻。文河的刻刀锋利，力量沉郁博大，透过文字读者能感觉到他把世间万物刻下来那个动作的力量是非常充足绵长的，有一种张力弥漫的感觉。能感动读者的恰恰是文河的这种蓄着力量的雕刻，这是一种安静的力量，这种文字表达细微处的力量，而在细微的表达中让你看到世间的宏大、生命的漫长和浩大。

我们为什么要读散文？对于每个散文作者而言，你不能以通识故事来表达特异性，而是应以个性、独特性来寻求读者的共情。对于个人阅读来说，你没有给我提供特异性的经验或情感，我为什么还要用我有限的时间去阅读？文河的散文已经很好地表现了他的特异性和独特性，吸引读者与他共情。当然，对于文河来说，类似《城西之书》里散文作者的身份在文字当中的跳跃和不确定是个需要注意的问题，比如在一篇文章里散文作者与文献资料或野史传说几种话语的切换不够自如，作者被资料牵着走，这样的文章损耗了散文作者最为可贵的自我和个人独特性的经验书写。警惕散文的通识性写作，也是文河依然要注意的问题。

现代叙事和个人历史言说

—— 略谈朱斌峰的小说

郭　艳（鲁迅文学院教研部主任）

今天研讨的五位作家都是安徽实力派作家，其中有四位是鲁迅文学院高研班的优秀学员。在安徽文联领导的关心和支持下，这次活动非常盛大庄重严肃，能够感受到安徽文联对于作家培养的重视和力度。作为安徽籍评论家，很高兴回到安徽和大家共叙文学，能够参加此次活动，我感到非常荣幸。

朱斌峰是一个很成熟的作家，《碉堡成群》是他比较有代表性的一个作品。从当下整体的创作情境来看，这是一部成熟的现代汉语小说，小说从语言、意象、历史情境和人物关系等角度，重新叙述了中国人的当代生活经验，并试图进行当代生活史的深度叙事，小说在这些方面都达到这个年龄段作家的一个高写作水准。朱斌峰的现代小说语言叙述非常有特色，文本的语言控制力很强。在《碉堡成群》里面，持续的个人内心摹写以及对于人物和事件的诗意化表达，这些都是极考验一个作家驾驭语言的能力的。有张力的语言会时常被政治化的或者生活化的语言所冲击，但是他一直保持着非常好的情感张力和对语言先锋叙事的控制度。但是小说结尾却有些落入俗套——小傻终于成功了，而碉堡真的成了一个失败者的纪念馆。从现代小说的内在特质来说，这个结尾恰恰消解了文本的张力和饱满度。

朱斌峰的《碉堡成群》像其他现代小说一样，文本实际上是要处理现代个体和当代生活经验之间的关系，具有明晰的现代小说写作特征。他写了"我"的少年朋友小傻和他失踪的父亲之间颇有想象空间的故事。这个文本非常自然地展开了对于三代人尘封历史记忆的叙事，小傻、小傻父亲和小傻爷爷，用三代人的生活经历重塑了抗日战争、"文化大革命"，还有20世纪80年代一段很特别的时期。他重塑了这些历史事件在普通个体身心上所留下来的烙痕，这个烙痕很特别，比如抗日战争中，小傻的爷爷偶然一次死里逃生之后，他活在对战争的恐惧和对战友的愧疚当中，最终抑郁而终。在"文化大革命"的时候，小傻的父亲和大伯都是参与者，这个参与又导致了个体悲剧性的命运——"哥哥"夭折了。"哥哥"死亡之后，也就是小傻的大伯死了以后，小傻的父亲在革命激情消退之后，碉堡内部的生活就成为他的一种寄托。他成为矿工，而下矿之余的画画和写小说，是在另一个层面试图要冲出碉堡。这些细节非常明确地指向个体与环境、时代和命运的冲突，先锋小说或者说现代主义小说更注重个体在时代中陷入的困境，而困境中的人无一例外都是被时代和命运所抛弃的失败者。

小说家在处理个人和历史关系的时候，会把重大的历史事件集中放置到个体生命经验当中来，以象征性符码来暗示个体命运和时代之间的关系。比如小傻的爷爷参加抗日，小傻的大伯投身革命，小傻的父亲为了摆脱日常麻木的生活冲出去等，其实个体对于自己到哪里并不清楚，也就是个体对于自身行为的目的性和可能性是不自知的，恰恰不是一种如《城堡》中K般对于自身出走的坚定和自觉。由此，小说个体被赋予的时代和历史经验就成为一个无法及物的表达。小傻的父亲是作为失败者叙述的，经历过他这样的人生的人，可能在20世纪80年代，这样写小傻的父亲会有很强烈的先锋性，但是到了2000年之后再来重新叙述同样的人物，读者和评论者可能认为，这样的人在中国当代生活经验当中是一个异类，这个异类的生活经验值得关注，却不是一个真正代表时代主流气质的人物。这样一类希望冲出碉堡群的懦弱而无能的人，让我们在投去同情目光的时候，也会心生鄙夷和厌恶。

作家处理个体生命经验和时代历史关系的时候，如何和真正的时代主流精神气息产生共鸣？其实这是一个涉及当下中国青年写作如何突破瓶颈的问题。因为当代中国自改革开放以来，整个社会的主流是向着一个积极建构的方向发展的，社会从传统向现代转型，物质生活也日渐从贫困转向丰裕。这个基本社会现实通过报告文学、非虚构写作和小说写作两种不同的路径表现出来：一方面报告文学或者非虚构写作的文本中，大多摹写当代生活中发生的巨大变化，从传统向现代转型的中国人，内容涉及士、农、工商各个阶层，表达了这些中国人在近半个世纪中的生活经验和精神情感追求，叙述这些时代最基础的个体是如何在生存层面踏实行走的，他们如何在有限的范围内在身心两个方面进行建构性的尝试和探索，同时着力叙述中国经济和科技等方面的长足发展。另一方面，小说写的大都是时代疏离者，个体在时代中的苦闷，个人或群体以欲望表达为特征的苦难叙事。前者在写作技术、人物塑造甚至语言表达方面多存在明显的缺陷，而后者在写作技术纯熟中却透露出对于一个质变与转型时代的隔膜与疏离。那么，作家到底该如何看待和摹写真正时代主流的精神气息呢？

大概提供两个方面的思路：一是现代叙事的个人化视角和主观性叙事在多元的当代社会生活中如何自处。作家对于时代镜像的距离感和理性观察是必需的，然而对于当代生活经验偏于现代解构主义倾向的理解，会带来对于时代主流人群生存经验和情感特质的疏离和隔膜，这对于追求史诗风格和象征性叙事的中国现代小说来说，无疑是需要警醒的。二是明确汉语写作和中国文化自身的独特性，世情传统的中国经验叙事如何和现代小说写作方式相结合。如果一个作家对世情的理解非常浅薄或者片面，即使写中国人的人性或者着力描写人内在的深度和厚度，那么在中国这片世情的土壤上，文本依然无法达到让中国读者满意的程度。因为作为一个有阅历的中国人，成熟的人不是像西方作家笔下意味向内生长的过程，他还是要向外延展，所谓"世事洞明皆学问，人情练达即文章"，这样的人才可能是一个圆形的多维度的复杂的中国人，作为中国作家，对于中国和世界的叙事都要有一个独特的中国视角。

余同友小说的空间、现实感和缝隙

霍俊明（中国作协创研部研究员，《诗刊》主编助理）

首先我是来向大家学习的，因为这么多年我一直在做诗歌的批评，很少做小说方面的研究，尽管也零星地写过几篇。这也是我第一次读余同友的小说，包括发过来的五个中篇和四个短篇。读完之后我个人还是很认可余同友的小说的，我们评价小说可能有的是从当下中国小说背景和总体性来评价，我单纯是从个人的趣味出发，我确实比较喜欢余同友这种类型的写作方式。余同友最早是写诗歌的，从写诗歌到写小说，这个转换很有代表性，这个里面提供了很多特殊性和有效性的信息以及写作经验，包括他的小说集里面有一个短篇小说《有诗为证》，我觉得就透露出一个人对诗歌的特殊原型的观照。余同友的小说包括中篇和短篇，我更喜欢他的中篇小说，尤其是《四脚朝天》这个作品，短篇里面我更喜欢《斗猫记》，我觉得这两个文本在余同友的小说里面更具有象征性。关于这个象征性，我想谈三个方面：

第一，一个作家的原点是通过什么来完成的？看余同友的小说，在他大多数的小说里都出现了一个空间，这个空间就叫瓦庄。瓦庄有时候是放在历史里面，有时候是放在当下和历史互相观照的一个空间里来完成。但是瓦庄对于余同友来说，是一个精神策源地。它不仅是情感上的，还有道德方面的以及修辞层面的，它建立了一个作家的基础。不管我们是读诗歌还是读小说，很多的文本单个看确实成立，但是放在一起整体看就很零碎，并没有建立起一个非常完备的个人体系，我觉得余同友小说里面的瓦庄，从修辞到内蕴都非常重要。

第二，刚才大家也谈到了中国小说家对现实题材的关注，仍然更多是以一种城市时代的乡村化视角来叙事，这种情况非常普遍。但是我觉得余同友的小说和流行的现实写作有一个差别，这个差别非常明显。不只小说，当下诗歌也对现实投注了更多的热情。我注意到余同友的几个小说里面涉及很多关于当下中国乡村以及城市的问题，而他处理这些事件只是作为一个侧面，甚至作为一个背面，最关键的是他的写法和处理方式都非常特别。首先从主题来说，他写到了乡村性格和父辈的表情，写到了科技AI、智能，也写到了养老问题，还有校园事件，甚至包括古老职业在当下时代的丧失，如铁匠、木匠，但这个还不是他写作的关键。如果这只是他为了处理题材的写作，那并不是真正的写作，关键在于他的处理方式非常特别，一个就是他的细节经验。我在阅读的时候非常震撼。比如《四脚朝天》里面最经典的所谓的"烂好人"四脚朝天的动作，不管是在农村还是在城市生活里，他的这种动作和小说的细节与整体的象征性之间非常契合。包括《斗猫记》里出现的这只白猫，它有一种诡异感，但是又离不开真实。包括干部介绍信，这封介绍信穿越历史到今天，在一个科技时代所带来的恍惚感，我觉得非常重要。

第三，更重要的一点，余同友的小说有一个缝隙。这个缝隙非常关键，这个缝隙关系到很多层面，比方说这个缝隙代表了写作的可能性，缝隙实际上代表了作家的抽离感或游离感。如果没有这个缝隙，小说就会完全是另外一种面貌。比方说这个缝隙指向了日常和偶然的关系，比方说《斗猫记》里出现的这只白猫，当我看到这些话的时候，我浑身一惊。他说，"他再看看屋顶，那只白猫竟然像人一样盘腿而坐，冷冷地看着他"，当时我觉得这只猫也在看着我，看着我们每个人，就是日常和偶然的这条缝隙。此外，还包括真实和虚构之间的缝隙，包括现实和历史之间的缝隙，我觉得这样缝隙的出现真正打通了一个小说家应该具有的才能。比方说，我们说到的真实可能是修辞意义上的真实，余同友的小说提供了日常的可能性和写作的可能性，当然这里面充满了寓言化的甚至荒诞感的游离色彩，这个非常关键。当然，他的小说语言非常成熟，这跟他的诗人身份是有关系的，比方说《斗猫记》里面有一句话，"在院子里站立了好一会儿，把浓霜都站淡了"，如果不是一个诗人，是写不出这样的情景的。

我说得非常简单，从这三个方面来说，我非常喜欢余同友的小说，我没有太好的建议，我作为一个阅读者的感受是阅读这几篇小说的时间并不一样，有的小说读起来会很慢、很细，但是有的小说读起来很快，阅读时间的快和慢，代表了余同友的小说给读者或者批评者所提供阅读时间的长短和有效性。这是我个人的阅读感受，谢谢大家。

先锋的余韵及可能
—— 读朱斌峰《碉堡成群》

季亚娅（《十月》杂志编辑部主任）

一

朱斌峰的《碉堡成群》在我的阅读经验里是一个孤绝的文本。当然这并不仅是对作者其他作品不熟悉的遁词，而是，哪里来的这么一篇气质独特的迥异文本，一个当下小说主流叙事程式外的另类？孤篇竟成峰，它的来路和去处何在？

异质感首先来自第二人称叙事。第二人称有特别强烈的主观感和倾诉意味，小说史上除了早期的书信体很少有人用。第二人称写法本来会让人觉得私密和亲和，就像知己或情人间的面谈或笔谈。但很奇怪，这篇小说反而有很强的疏离感。刚才杨庆祥讲到安徽的诗歌传统，这篇小说的语言有散文诗的意味，甚至让我想起《野草》，浓郁的抒情气息伴随着海潮般流畅的叙事节奏，就好像舞台剧的大段念白，滔滔一口气支撑到结尾。语言内部充满了象征、抽象和主观抒情性，迥异于一般小说力图还原真实的细节描绘和口语对话，所以即使叙事口吻是私密的，这种诗剧般的腔调，依然带来阅读距离感。而适当的阅读距离，使得读者能从具象的体验沉浸式阅读转入思辨和抽象的层次。于是碉堡不是碉堡，松树不是松树，它们都不指向具体事物，而是变成具有高度象征性的精神道具。这是此文本的奇特之处。

二

作者驾驭叙事的能力非常成熟。"你父亲消失的真相"，小说转述了红姨、大秦叔、豆腐阿婆三个不同版本的父亲与碉堡的故事，这三个故事又分别对应着父亲成长、失踪前后的80年代前期和"文化大革命"时期的历史，尤其在第二个故事中，还有一段"你父亲"以"书信"或"小说创作"方式掺杂的抗战史，可见作者的叙事雄心。

来看这封书信。在这个版本的故事里，"你父亲"去碉堡的目的是躲起来写小说，以书信的方式，一封接一封地向外投稿。"我"追溯真相的时候，看到并打开了这封信。一般的小说叙事里，一封突然被打开的书信，作者的处理方式通常是引用信的原文，但朱斌峰不是，他转用第三人称追述，介绍原来这封信是以书信形式写的抗战史的小说。当然技术层面的原因，很可能是因为全文叙事本来就是第二人称，此处如再引用第二人称的书信原文，反而不如第三人称转述区隔清晰。但这种人称的转换，可看成一个特别有意味的关于当代小说、关于叙述与真实关系的隐喻。"你父亲"把小说用书信来写，书信这种文体的接受前提是，写信者的讲述是真实的，或者至少是内心的真实，"父亲"要通过写信的方式，将他虚拟的抗战史（小说）讲述为真实的抗战史（历史）。也就是，将"你爷爷"抗战时曾当过叛徒的经历，这个一直梗在"你父亲"心中的痛点，经由虚构来治愈：原来"你爷爷"从日军剿灭中幸存的理由，并不是因为下山通风报信，而是为游击队的同志寻找紧缺的食盐……但是这封信从来没有被"你父亲"期待中的读者打开，因为孩子们的恶作剧，它永远没有抵达收件人、"你父亲"要投稿的目的地。"你父亲"的书信写成"文化大革命"主流历史小说的样子，其实是对小说叙事的提醒：以书信方式开始的叙事，哪怕写信者怀着百分百真诚的叙事意图，往往也只能讲述成一个主流意识形态的故事，因为信/小说、虚构/非虚构都是同一种历史无意识的产物，真正的历史被叙事的逻辑虚掩。

这个书信/小说的隐喻结构，更贯串到整个文本，《碉堡》全文也可看成"我"写给"你"的一封长信。作者显然熟知后现代叙事原理，"我"转述"你父亲消失"的三个版本，并非一次指向历史不可知论、迷失事实真相的罗生门式尝试，相反，这三个故事秉承某种贯串一致的历史观，一种20世纪80年代后期"新历史小说"脉络下的、对于当代史的主流式理解。这三个故事，无论因画人体打成"流氓犯"、因祖父历史污点困扰出走、因武斗变成虫蟊消失，"你父亲消失"的不同版本，其实都指向同一个主题，公共或集体的外部暴政对个人的精神戕害。这也是当代先锋小说的重要主题。作者的叙述方式看似充满了解构，实际是自20世纪80年代后期以降，某种高度总体性、固定化的文学意识形态遗产。

三

换言之，这是一个有许多互文本的小说。或者，它是一个生错了时代的先锋文学文本，因而在今天的语境里显得气质疏离。

如果先锋小说在20世纪80年代后期的出现，与个人主义思潮在当代中国的出现具有某种历史同构性，其文本形式的实验性和内容"去革命化"能完美契合彼时中国的历史语境，那么，离开今天具体的现实所生发出来的新的叙事语境，先锋小说的主题和技巧很容易变成一种仿作，一种脱离当下历史与现实的悬置性文本。小说所处理的矿区题材，一反经典现实主义对于底层黑暗与人性复杂的描述，也不见社会转型期矿区生存艰难下的人间百态，具象的活生生的现实在文本中被驱逐，代之以高度主观化、叙事者阅读经验所拘囿的抽象历史，小说所描述的革命或公共暴政对"人"的伤害，无论是内容还是讲述方式我们读起来都似曾相识。

第一个故事处理压抑时期的欲望，禁欲年代里地下舞厅和人体画的暗流涌动；第二个故事核心在于革命"忠诚"伦理对父子关系的戕害；第三个故事则用人变成虫蟊的荒诞故事，比喻"文化大革命"时期人与人的争斗。这些叙事全部可以在当代文学史找到前文本。两万字的篇幅处理五十年跨度的大历史，作者关于那段历史时期的想象和叙事却相当固定、单一和普泛，对历史思考的深度和具体性尚不足以支持和匹配叙事雄心。文学叙事不是要重复前人的常识和通识，而是要去捕捉历史缝隙里与既定叙事不相容、不完美和矛盾之处，提供与前代叙事者不一样的细节和新发现。一种可行的方式仍是要回到个人的具体经验，从皮肤、从感官、从时代落在心理上的每一次创痛开始感受和写作，而不是仅仅重复前人的叙事。今天在哪个意义上继承先锋小说的遗产？除了形式层面的娴熟技巧，最迫切的是，带着你从今天现实中生发出来的问题重返历史，毕竟，一切历史只能是当代史。

用现实书写展现虚构的魅力
—— 以余同友的两部小说为例

饶　翔（《光明日报》文荟副刊主编）

余同友是一位朴素、低调而扎实的写作者，他深耕于中短篇小说领域，有多篇作品曾被各大选刊选载，为普通读者所喜欢。他有多年的基层生活阅历，对现实始终保持着较高的敏感度，使他的写作显得接地气，人物逼真，细节生动。

从余同友的小说中，我们常常能读出一些"新闻热点"，诸如交通碰瓷、快递纠纷（《四脚朝天》），"逃离北上广""校闹"（《逃离》），"范跑跑事件"（《屏风里》），"DNA亲子鉴定"（《斗猫记》）等。在信息化的时代，我们每个人都难逃这些"热点"的包围，甚至每一桩重大的新闻事件都能在"朋友圈"里分化阵营，制造"分裂"，更遑论高度关注现实的作家们。此前已有不少论者讨论过新媒体时代里文学虚构的危机，在我看来，问题并不在于现实（或非虚构写作）是否已全面压倒了文学虚构，而在于文学虚构是否向读者展现了足够的魅力 —— 这魅力或源自从现实中升腾的想象之美，或源自"比普通的实际生活更高、更强烈、更有集中性、更典型、更理想"的洞察，或源自对未知的未来世界的预见。那些急于照搬"社会新闻"的作家，他从"二手新闻"中能提供给读者的真实感和信息量，显然难以与一名尽职的调查记者相比，一名好的新闻或非虚构写作者也不缺叙事的能力，而文学不应该只是为了向读者转述好一个社会事件；那些急于直接发表见解的作家，其具有的逻辑感和思辨力未必及得上一名媒体评论员，而文学也不应该只为了阐述作家自己对某一事件或问题的看法。那么，文学究竟应该是什么？回到一些"常识"或许能有助于我们厘清问题 —— 文学所要表达的（情感、观点、思想）应该要通过文学形象；文学（在此特别指小说，fiction）应该通过虚构现实来呈现现实，这看似悖论的特性，恰恰是文学虚构的魅力。

总的来说，余同友没有浪费来自"新闻热点"的灵感，而是将它们充分地"小说化"。以他较为出色的两部作品为例。交通碰瓷是伴随着城市化的进程、私家车拥有量的激增而兴起的一种欺诈勒索行为，而城市小区街道不断增设的摄像头，也使得这一带有"苦肉计"性质的违法行为，不时被媒体曝光。我想，或许正是一个人彻底放弃尊严、匍匐在地的样子，触发了余同友，他想要追溯这样一个人的前世今生，于是，一个令人印象深刻的文学形象建立起来了。在中篇小说《四脚朝天》中，余同友让我们看到了一个"四脚朝天"的碰瓷者形象 —— 农民阮塔生。阮塔生自小生性极度怯懦，被逼和小伙伴们一起玩打仗的游戏，他总是瞬间便匍匐在地四脚朝天，主动投降，被他父亲称为"烂好人"。"烂好人"阮塔生凭着种田的手艺安于做勤劳辛苦的农民，本也过得风平浪静，但一次意外事件改变了他的命运。妻子农药中毒，他因为怯懦的性格没有及时将医生从麻将桌上揪下来而延误了治疗时机，导致妻子身亡；也因此激发了儿子阮文明的叛逆和敌对情绪，逼着他背井离乡，进城打工。阮塔生刚踏进城市的地盘，就因在火车站广场扔烟头被执勤者罚款，而他使出惯用的伎俩——躺倒在地四脚朝天，引来了围观的人群，却未能免除罚款。这是城市给他的第一个下马威。儿子阮文明的性格与父亲形成鲜明对比，刚强甚至有些蛮横。在城市混过社会蹲过班房之后，他终于找了一份送快递的工作，谈了女朋友，准备好好过日子。也是因为一场意外改变了他的命运：双十一这天，因快递件太多导致给一个女客户的一箱梨派送延误，被投诉到了快递公司。阮文明因不满公司的苛责处罚，一怒之下与公司起了冲突，被打成重伤，住院花光了所有的积蓄，还落下了一条瘸腿，女朋友也一去不归。阮塔生心急之下找到收梨的女客户理论，被她的车子撞倒在地，他就势重温了四脚朝天的感觉，却意外地轻易便获得了1500元的赔偿金。这次意外让父子俩发现了一条生财之道——交通碰瓷，并屡试不爽，直到被民警盯上，行为败露。阮塔生让儿子跑路，而自己则留在城市做起了一个职业的"四脚朝天"者——出现在催债、医闹等各种需要他四脚朝天的时候和场合。

　　阮塔生是一名当代的"被侮辱与被损害"的农民形象，挖掘他悲剧命运的根源，我们或许很容易想到"性格决定命运"这句话。如果说鲁迅笔下的对命运麻木了的老农民闰土，还曾有过意气风发、勇猛刺猹的少年时光，那么，阮塔生只能用生性怯懦来形容，即便在农村，他也是弱者、草民，无能力保护好自己的亲人，妻子的意外故去一半是因为他软弱，一半则是因为医生国强忙于与卫生局领导的麻将社交，耽误了救命。这是医生只顾及自己的利益而搁置了救死扶伤的天职。不过放到多年前，这也是因为农村贫困的现实所造成的医疗条件落后与生命意识淡薄。目睹了父母亲的悲剧，儿子阮文明性格强硬，但他仍然在城市一败涂地。他的悲剧或许也可以归结于性格即命运，他莽撞地以一己肉身、匹夫之勇对抗一个庞然的利益体（个别快递公司），然而，那一箱梨所引发的血案，背后又站着一个自私刻薄的、不肯通融的城市人，而她在面对倒地四脚朝天的阮塔生时，因害怕惹上麻烦急于花钱摆脱的行为，则表露了她的胆小怕事、欺软怕硬的人性弱点。而阮塔生最后堕落为一名城市的职业"瘸子",也不能不说是他的怯弱恰好掐中了人性怯弱的"七寸"。

小说尽管将诸如一箱梨所引发的快递纠纷等我们似乎在哪儿听到过的信息,作为触发人物命运转折的导火索,但是它却经得起推敲。两桩改变父子俩命运的意外,看似偶然,实则有着某种必然,既有人物性格因素,也有社会因素,小说揭示出社会的、人与人之间的某些不平等,导致了人性的扭曲与尊严的丧失。故而,父子俩的悲剧既是性格命运悲剧,也是社会悲剧。在现实中,我们或许并不认识一个如此胆小怯懦的人,但是一个随时四脚朝天的形象,携带着他的命运,让你印象如此深刻,愿意相信世间确有其人,为之感到窝心甚至一掬同情之泪,这便是虚构的成功与魅力。

另一部中篇小说《逃离》,则糅合了"逃离北上广""老师失手打死学生事件""校闹"等媒体热点新闻。赵蓝天和强露露这对京漂小情侣,大学毕业留在北京工作,白手起家的他们生活窘迫,既没有"住房自由",也没有"养狗自由",于是做起了田园梦。两人还真的付诸行动,在老家县城郊外租下了一个农民的院子,请赵蓝天的弟弟赵大海代为装修,赵蓝天同时还报考了县城的公务员。装修接近完工,调动已在进行,一切看似水到渠成,逃离北京指日可待,此时意外发生了。县城中学老师赵大海体罚一名学生导致其意外死亡。学校和县里害怕事情闹大,决定私下摆平,让赵大海躲起来;而闻讯赶回县城的赵蓝天,了解到该学生家庭情况不好,又见到了其父母哀痛无援的状况,引起良心不安,学法律专业的他也相信可以通过法律的正常渠道解决问题,故不顾学校劝阻,说服弟弟投案自首。孰料情况急转直下,学生家长校闹,还到赵家威胁年迈的赵父,而此时,学校甩锅,派出所坐视不管,赵大海被重判八年,赵蓝天调回县城的事也被搁浅。以自己的规则运作有序的基层组织给破坏规则、任性孤行的赵蓝天一个大到他几乎无法承受的教训,此时他才深刻明了,县城有县城的生态与"法律",并没有方外之地、世外桃源。经此变故,这对年轻情侣仿佛突然"长大"了,他们放弃了从滞重的现实中逃离的想法,因为他们发现其实无处可逃,他们也决定不再抚养小狗"小三",直至摆脱不掉小狗的赵蓝天陡然痛下杀手,一如他们也决绝地埋葬了那些不切实际的梦想。

《逃离》让人有一种欲哭无泪之感,读着读着,我们甚至怀疑赵蓝天是不是应该劝弟弟自首,尽管从理性上,我们赞同他为了捍卫良知与法律而做出的选择,但这样的代价是不是太大了,大到个人难以承受。因为我们大多数人跟赵蓝天一样都是普通人,缺乏为真理与正义一战到死的勇气,也缺乏实际斗争的经验,而社会往往并不以我们以为的那样存在着。小说的标题《逃离》已经说明了作者意欲思考的问题。尽管他没有明确地在小说中发表观点、得出结论,但他凭借其对地方社会生活的熟悉和了解,将一个地方的校闹故事巧妙地嵌入"逃离北上广"的叙事,便一针见血地刺破了某些"逃离北上广"叙事的美丽的肥皂泡,同时也颇为有力地写出了当代年轻人所面临的现实困境。

少年旧事,古意文章

岳　雯（中国作协创研部理论处处长）

胡竹峰有古意。这"古意",说的是他往来相亲的皆是古人,日行起居,也莫不是一派古风古韵。屈原、司马迁、陶渊明、范仲淹、张岱、胡兰成……《战国策》《聊斋志异》《红楼梦》……古人在他的文字里复活,古人所看的书、所览的画也在他的抚摸下再度鲜活起来。古人、古书与他相伴相行,往来交接,完全浸染了他的日常生活,也使他笔下的文字全然褪去现代生活的痕迹,仿佛亘古如此,仿佛天地不仁,白云苍狗,绵延至今,与久远之前的天地并无太大不同。

这古意也逐渐塑造了他观照世界的方式,塑造了他的灵魂。在文章中,他常常凝视着某一个场景、端详着某一个细节。在他持久而缓慢的观看中，现实的一切逐渐虚化，变得不真切了。恍惚间，活生生的现实都化入古书古画中，似乎成了古人的一部分。所以，我们经常听他说，"觉得那几头黄牛是从韩滉画中走出来的""白色大鸟像从庄子的册简里遨游而来""呆呆看着那漫天的星辰，如一卷古书，看得久了，觉得人也古了"。比起现代人来，他更愿意成为一个古人吧。所以，他大概恨不得身边的一切都不要那么新，不要那么"现代"。"现代"，会妨碍他做一个古人的梦的。长此以往，他也像古人那般看待生活了。固然，他喜欢一切微小的事物，乐于驻足观赏玩味平淡生活中有意味的细节，喜爱一切烈火烹油、鲜花着锦，但根子里，他爱的还是热闹之下的虚无。就像他说的，"偶尔也会消沉，总感觉生命无味，脱不开人生虚空。人向高处走，人偏偏向弱处滑。人生如水，水流卑湿，是自然之性"。这点虚无，也是极古人的了。

胡竹峰对此是明了的。所以，他有篇文章，就叫《与古为徒》。他是这样谈论自己的"好古之心"的："古人性情文章在几叠线装书里，墨卷飘香，云高风清，那是毛笔在木牍竹简绢纸上点横撇捺静静流过的墨香。""湖海飘零二十几年，庆幸有光阴消磨在古旧书堆里。书越读越多也越读越古，心境于是平复。""酒是陈的好，文章是新的好。写作的人总觉得旧不如新，我也难免。但古人的旧文章真好，一字一句稳稳妥妥，起承转合符周正，那是老派人的意味与底蕴。先贤墨光照耀芜文，得一寸光是一寸光，寸光寸金。"说到底，这古意，其实是一个文人的自觉修养，用胡竹峰的话来说，就是"养心"，即对幽微淡远事物的辨别力。胡竹峰对于日常生活中属于文人的那一部分格外敏感，并不断用文字强化，最后使之成为他独特的"自我意识"。怪不得有人说，他有一颗"老灵魂"。只是，偶尔地，在"老灵魂"中依然有少年心性的灵光乍现，依然叫人能看出来，这是一个现代青年。这点裂隙，反而是有趣的了。

胡竹峰尚气。他常常在文章中感慨，这个有喜气，那个有静气，这个有王气，那个有仙气。"气"这一概念遍布文章，甚至成为他判断文章的依据。

"一等文章以气灌之,二等文章以力灌之,三等文章以技灌之。好文章真气饱满,好文章力透纸背,好文章技惊四座。"在古代文论中,甚至古代哲学思想中,"气"是一个极为重要的概念。《左传》说"天有六气",《庄子·知北游》中说"人之生,气之聚也",王充说"万物之生,皆禀元气",孟子讲"我善养吾浩然之气",韩愈论"气盛则言宜"。可以说,气决定了胡竹峰文章的美学风格。他将"气"作为主要认知世界的方式,由此,他注重情绪的流动,而不是特别注重结构的起承转合、逻辑的层层递进。他的风格是触类感通式的,可能是日常生活中的情景触发了他对于古人典籍的阅读,他任由思虑的流动,用笔墨追随思虑的痕迹。可以想象他写作的过程 —— 是一团墨落在宣纸上,他任由这团墨氤氲开去,然后他再滴上另外一团墨,*丝丝缕缕*地散开,等到全篇终了,不同的墨团之间看上去各安其位,可能有一种内在的联系与呼应。这也是境由心生。

胡竹峰好文章。像古人一样,他对于文章有自觉意识。他常常会讲文章的做法。比如,"才华一文不值,门槛而已""学习古人是文章家的一种基本要求,但是要把传统技法变为己有,成为自己创作的依据""要写出文章,先要把自己摆进去,人要有面目,文章也要有面目,关键是自家面目"。他说得都很对,也可以看成是他的自省。不妨沿着他说下去。诚然,才气是文章中最先为人所感知到的,并有助于建立作家的风格,但也有可能成为标签,成为障碍。这种障碍既是我执,即我把才气当成是为我所有、为我独有、为我全有的东西,执迷于才华本身,也有可能成为他执,即他人完全依凭才华建立对于一个作家的认知,形成一种刻板的对作家的印象。在作家创作初始,风格化或许是有必要的,因为作家需要累积自我,需要被辨认。然而,风格在成就一个作家的同时也会限制他。在一种风格中写作,可能就会慢慢把自己写小了,当他写到淋漓尽致、风格越明显的时候,可能他自我不自觉地就会被拘束到这种风格当中。一个成熟的作家应该有勇气去突破自己的风格。这意味着要借助其他的资源进入文本。复杂的现代经验、西方文化的引入以及西方文化和传统文化所碰撞出的火花,都有可能形成、发展、丰富一个更为复杂的自我意识。这样一个自我意识，在不断丰富自己、探索自己的同时，也在不断成就一个作家。

文河的树

李伟长（上海文艺出版社副社长）

这次集中看了文河的一些作品，感触良多，文河是我乐意接触的写作者。我原来在上海作协工作，参加了思南读书会的策划，当时我自己有一个感想，是不是认可一个写作者，就看想不想邀请他到上海来参加思南读书会。如果想，那就是喜欢和认可，愿意让更多的人读到他的作品。现在我转行成了出版社的编辑，就看想不想来出版他的书。无论是想邀请他参加活动，或者是想出版他的书，原因很简单，就是喜欢这个作者和他的作品。

阅读文河的作品，我有两个很清晰的感受。第一，是他的文字让我想起一些书和作家。比如文河的散文《城西之书》，让我想起了梭罗的经典名篇《瓦尔登湖》，还让我想起了沈从文的《湘行散记》。这种联想是我的阅读记忆被唤醒的时刻，文河重要的是流动的空间感，能让读者进入并停留，同时能感触到，就是说写作者有能力用文字建立一个空间，有能力想象一座城并完成它，关于这个空间的物质存在与精神气息，都值得信赖。之所以说随笔中的空间感很重要，是因为这事关写作者的观察力和感受力，尤其是对细节的捕捉，空间不是空的，它也有时间、形状和气味，还有流动的风和声音。一个正常真实的空间是生活的，却又能独立于生活的河流，这取决于观看者的心头之念和理解。散文是观看的艺术，观看之道在于观看者，不只与观看的能力有关，还与观看者的心境有关。

第二，我觉得文河写树写得特别好。文河把树与时间、空间和人对照着写，很有匠心，你会发现树太具有生命力了，超越了很多东西。树让我想起一句诗，复旦大学张新颖老师的诗句——"冬天的树和春天的树是同一棵树"。历经春夏秋冬，是同一棵树。树的生命力可以超越时间，或者说与时间长河同步。如果不止于言说人的变化，直接在树上生发下去，可能感觉会更为深邃。我生长于有很多山和很多树的地方，我个人很喜欢树，尤其是那些活了很久很久的树，令人敬畏，也令人欢喜，所以会对一个写树的作家，很有好感。我甚至认为，这是一个写作者对某种不变之物的理解，对能努力顺应时间之物的赞叹。这是我的两点最初的阅读感觉。

第一，散文写作现在确实遇到了很多困境，比如会不小心陷入做文章的陷阱。做的痕迹一重，会让写作的最初心思被稀释掉，直白地说，就是会有一些刻意，显得不够自然。不自然是随笔写作的敌人。第二，涉及哲思的文章，会在被接受方面遭遇一些误解。文章哲思的深度更多的不是文字本身怎么样，而是通过文字传达出来的一些思索，这些思索可能只有几句话，但是这几句话是经过漫长的磨砺之后形成的类似结晶的东西，会有一个变化提纯的过程，这个过程不可以缺少。文河的散文有诗性，比如他在作品中将种子和写作联系起来，贴切自然，令人惊喜。但是这样的话也会让我觉得有点空荡荡，它的叙事性少了。虽说完成抵达已经不容易，好的文章同样讲究抵达的过程，或者说好的写作者不会错过抵达的过程，以及过程中的上升和变化。一句话无法独自抵达，必然有一个穿过迷雾的过程和一群随之而来的伙伴。我们写评论文章的时候，需要通过逻辑的推演，让思路变得清晰，让观念来得合理清晰。

散文写作，尤其是长篇散文，情感抵达的过程本来就缓慢，如果叙事性再弱一些，整体将会变得黏滞。虽说在叙事性这一点上，文河已经做得有模有样，但如果再往前推一点的话，会让文本更加松弛。具体来说，我在文章里面看到了很多内容，看到了树，看到了河，看到了村庄，也看到了文河对这个空间的塑造，但是我很少看到人，我只看到了作者自己，看到作者在漫步、在行走，偶尔会看到几个老人在一起聊天。除此之外，人被隐藏在空间里，人的生活、人的言语、人和人之间的对话，以及人面对这个城市和这种空间的生存感相对缺少。这些是什么呢？我认为是流动的真实的生活。缺少人就是缺少活的生活，所以散文里的那个老人面对自己的老去，他会有一种悲悯的状态，但我觉得这样悲悯的状态是文河自己给他的，至于这个老人的状态是不是这样的悲悯，可能未必。我说了这么多，看似说了很多批评的话，其实不是，而是对作品和作者的一种同等的敬意。因为在叙事性的散文中，比较难处理的就是诗意，这对于作者的写作经验、阅读体量文字的赋形能力的要求都比较高，文河做到了。

如果说建议的话，我从出版或者从宣传的角度提一条建议。文河需要用文字绘制一张清晰的地图。当一个人踏上城西的时候，需要清晰地告诉读者，从城西走过去会遇到什么地方，再往前走又是什么地方，有几棵树、有几条河、有几个村子，路过的村子是什么情况，遇见的人是什么样子，回来的时候又是什么状态。如果有这样的描述，会清晰地建立一张大地图，其中会有河的地图、树的地图和人的地图，那会是非常绝妙的事情，那才会真正让我体会到，当一个人说我只有种子和写作的时候，那是怎样饱满的灵魂。

他人即课堂
—— 关于《长夜》

杨庆祥（中国人民大学文学院教授、副院长）

我最早读到李凤群的作品，是发表在《人民文学》上的《大野》，施战军主编专门给了我一本，让我关注这个作家。李凤群早期的作品写长时段的历史，写小人物的命运悲欢，有自己的风格和特点，但是也暴露出中国当代作家普遍的问题：第一是太着力于线性时间的书写，用线性时间作为叙事的基本动力；第二是缺乏完整的结构意识，结构受限于具体的物理时空。我同意很多批评的观点，当代汉语写作的中短篇小说绝对是世界级水平，但是长篇小说偏弱。我前几天刚刚参加北京文学高峰论坛，跟作家宁肯在那里聊天，我们都认为，中国的长篇小说好像总是差那么点意思，但是"那点意思"到底差在什么地方，还得靠作家和批评家去发现和弥补。可能那点意思补上来以后，我们的长篇小说就可以比肩一流作品了。这些是题外话，按下不表。

这次我读的是李凤群最新完成的中篇小说《长夜》，这个作品让我非常惊喜。第一，她以前的作品往往以乡土中国为题材，但是《长夜》把视野放到了美国纽约，写一群在美国的中国人的故事。这是一个非常国际化的题材和国际化的视野，实际上我觉得中国的作家应该有更开阔的题材意识。我们阅读很多欧美作品时，会发现作家的写作地图是非常辽阔的，作品中人物、故事发生的背景都是非常辽阔的，比如最近获得诺贝尔奖的德国作家汉德克，即使一个小短篇中，都有多语种的生活经验。但是中国作家的写作地图是一直比较狭窄的。最近几年出现的一个好倾向是，很多有海外经验的作家把写作的版图不停外扩，我觉得这是前瞻性的选择。国际化的视野不仅体现在选材方面，还包括背后体现出来的作品主题和内涵。《长夜》这个作品的故事情节看起来很简单，一个留学生失恋了，女朋友不辞而别，他心情很郁闷。正好当地的一帮中国富豪邀请他参加一个晚宴，他在晚宴上碰到了一对外表看起来非常不般配的夫妇，男的特别帅，女的特别丑，这里大概借鉴了《巴黎圣母院》"美丑对比"的叙事原则。这个男的外表非常好看，非常有力量，但是内在非常虚弱；这个女人外表很丑陋，但是内心非常强大、非常有力量。然后他就听这个男的讲了一个故事，当这个故事结束的时候，这个留学生也被短暂地治愈了。这个故事非常简洁，但是这里面涉及了非常重要的现代主题，首先就是对空间的进入。陌生人进入到陌生的空间里面，比方说巴尔扎克的《金发女郎》也有类似的设置。这个空间其实是一个社会空间，不仅仅是一个地理空间，在这个社会空间里面发现资本、社会、阶级和人性的秘密，《长夜》里面的秘密就是那个讲故事的冷姓男子，他怎样一步一步被他的妻子俘虏和控制的。这里面借鉴了哥特小说的叙事模式，听起来有点像在篝火旁边听人讲故事，然后这个故事的尽头是一个非常惊悚的秘密，当然这个小说里面的秘密并不惊悚，这是第一点。

第二，这个小说里面塑造的冷先生是特别重要的人物，他本身有很强烈的生命力，但是他碰到他的妻子以后，他发现他完全没有力量了，一步一步被他的妻子所控制。他的妻子是一个外表看起来非常粗糙，从来不打扮自己，只喜欢打扮她的丈夫，其实内心非常有决断力的果断女性。这个男人是怎么一步一步臣服在这个女人面前？这个女人象征了什么呢？这个女人是资本的象征，她是资本家的女儿，靠倒卖土地起家的资本家的女儿，自己后来也成了一个资本女性。这个男人最后不是被女人驯服的，而是被庞大的资本驯服的。小说里有一个细节，当这个男人有一次婚外恋经历的时候，他老婆跟他算了一笔账：你如果跟这个女人结婚，你要负担她什么，你要付出多少，你一辈子都翻不了身；你如果跟着我什么都有，你会过上优越的生活。这个男人立即就放弃婚外情了，说我还是回来吧，不要有婚外情了。这是一个饶有意味的情节，冷先生放弃了自己的意志，如果放在当代文学史的谱系里这是很有意思的，就是中国当代写作里面的男性主人公往往都是有强烈的生命意志的，充当着女性的保护者和范导者的角色。但是这个冷先生什么都不想干，就想过最物质的生活，所以这个男人是中国当代写作里面一个从历史中脱落、丧失了意志的人，他是被成功驯化的形象，这个形象暗示了一种不同的历史视野和性别视野。

第三，这个小说里面出现了一句话非常有意思，叫"他人即课堂"。这个留学生最后听了冷先生的话以后，接受了这种教育，所以这个小说是有一种劝诫小说的意思。劝诫小说其实是中国非常古老的小说传统，整个《三言二拍》其实都是劝诫小说，就是暗示读者要从故事里面受到教育，得到人生的升华，学到人生的意义。这个留学生从冷先生这里学到了东西，所以说

"他人即课堂",但是我们会想到萨特的一句名言"他人即地狱",所以这里面也存在一个隐喻,这个隐喻是什么呢?这个留学生是学数学的,这个中国的富豪是搞投机的,都是与金融相关的。留学生的女朋友曾经幽怨地跟他说:你学数学有什么用呢?所以这里面有非常重要的命题,就是金融学对数学的胜利。数学是哲学,所以这是金融学对哲学的胜利,也是投机对劳动的胜利。留学生最后跟他女朋友分手是因为他不愿意投机,他不愿意出卖自己实验室的秘密,他想诚实地劳动,但是最后他失败了,他女朋友抛弃他了。李凤群在这部《长夜》里展示了非常自觉的现实批判意识,小说中说"历史总是重复上演这样的命题",所以投机对劳动的胜利,不仅是我们这个时代最流行的命题,也是一个历史的命题,因此它更是一个人性的命题。至于个人怎么去选择,作品其实并没有给出一个答案,因为小说家不负责提供答案,小说家只提供纠结、纠缠,答案留给读者。

安徽"结对子"作家心得体会

形式和内容一样重要

李凤群

我与孟老一共有过两次交集，第一次在鲁院，他来给学员上课，上完课跟认识的学员聊天，边上围着认识他或仰慕他的人。聊着聊着，到饭点了，他看了看大伙，说了一声，"走，请你们吃饭"。

一共有十几位去蹭了孟老的饭。我估计他只记得我的笔名叫格格，写小说的，其余的一概不知。

吃饭过程中，他乐呵呵的，乐观亲和，非常体恤人；饭后有学员抢着结账，他一把拉住，严肃地说"一定我来。今天我赚钱了"，一副不容置疑的样子，让人不敢再争。

他是唯一一个辛辛苦苦讲了一上午课，立刻把课时费拿出来请学员吃饭的老师，至少我在鲁院的四个月里只遇到过这一次。

第二次他到南京评紫金山奖，那时我发表文章已经恢复本名，他把长篇小说奖评给了我的《骚江》，但他承认他对作者一无所知。他的老朋友余一鸣也是小说家，请他出来喝茶，余一鸣告诉他也请了得奖的李凤群，以及其他几位。

然后我们在茶室见了面，三四位外地来的评委、三四位本土作家。一鸣介绍时问他认不认识我，他胸有成竹地说："格格，我认识。"他肯定暗自得意记住了教过的学员。我很惊喜，也很想感谢一声他把奖评给了我，终究也没好意思说出口。

其间我们聊了许多，主要是文学，以及文坛趣事，作为边缘人，我当时显得有些拘谨，也没有多说话。

等到快要走的时候，孟老突然问："哎，一鸣，你不是说那个写《骚江》的李凤群今天也来喝茶吗？"

大家全部看看我，又看看孟老，一阵哈哈大笑。可能在座的也就他不知道格格就是李凤群，而且李凤群是个女的。

这两次之后，我就有点自信了，觉得孟老一则是个明明白白的大好人，并不是因为认识我才把奖评给我；二则，我们算是彼此印象深刻了。

省文艺评论家协会的同事告诉我要结对了，当时我还漂在美国，一听就喜出望外，立刻发了两篇习作请两位老师看。我当时以为庆祥一定会批评得厉害，因为他的批评水平在国内是高水平，孟老因为认识又"赏识"，一定会表扬我。怀着这样的预期千里迢迢赶到了现场。结果呢，与会的人都听到了：孟老一上来，就是一顿严厉的批评。我记得最主要的是两点：第一是题材重复，因为我有两个长篇都是写家族故事。我心里正不服，他说了第二个缺点，他说："凤群每一个具体的作品都写得很好，但是放到一起的时候，几乎中国就是一个苦难和悲哀的俱乐部，到处是泪水涟涟，苦难无边。如果文学都是这样的，生活里面到处布满了苦难，我们的文学还要雪上加霜，那我们要文学做什么呢？"他说文学不是为了让人绝望。这一点我深以为然。后来，在去滁州采风的路上，他又反复提到这一点，语重心长，非常真诚。我明白，他从我身上看到了许多悲观的性格，他从自己的命运和见识出发，给了我超越文学的启示。

第二个评论我的是庆祥教授。就我知道的，近几年籍贯为安徽的三个批评大才子可以说名震大江南北，他们是杨庆祥、刘大先和张定浩，他们的共同点是年纪轻，学历高，长相好，批评有深度。他们在各自的领域都有自己的贡献、地位和权威性，尤其是庆祥教授，我读过他的批评文章，也看过他的教学视频，高度的自信，高瞻远瞩的视野，有大学识。许多作家、编辑都对他们崇拜至极。虽然他们都比我年纪小，也没见过面，但因为都是老乡，我也时常留意和欣赏他们的文章。这次回乡，我一则欣喜，二则忐忑。我非常担心庆祥教授不喜欢我的作品。但是，出乎意料的是，他对我的中篇小说《长夜》给予了非常高的评价。更令人备感奇妙的是，他看出我所有的意图和目的，仿佛是在我背后看我一字一句敲出来的。比如，这是我严格意义上的第一次离乡写作，把故事背景放在域外。他很快捕捉到了国际化的题材和国际化的视野，并且他肯定了这个国际化的重要性。他说："我觉得中国的作家应该有更开阔的题材意识。我们阅读很多欧美作品时，会发现作家的写作地图是非常辽阔的，作品中人物、故事发生的背景都是非常辽阔的，比如最近获得诺贝尔奖的德国作家汉德克，即使一个小短篇中，都有多语种的生活经验。但是，中国作家的写作地图一直是比较狭窄的。最近几年出现的一个好倾向是，很多有海外经验的作家把写作的版图不停外扩，我觉得这是前瞻性的选择。国际化的视野不仅体现在选材方面，还包括背后体现出来的作品主题和内涵。"

这个小说借用了一个恋爱故事的外壳，其实想要表达的，是中国这几十年以来，因为经济发展发生的人口流动的格局，以及这个流动之后带来的新的问题。这就是新的社会空间里的资本、社会、阶级和人性的秘密。这个秘密不是静止的，相反，它是一步一步发展变化的，正如我们的文学观和价值观也是一步一步发展和改变的。

我试图在作品里进行的现实批判意图，也被庆祥教授捕捉到了。这就相当于我刚刚做好一道菜，端上桌，立刻有一个美食家不仅知道我菜里的佐料，放了多少盐，烧了几分钟，用了什么火候，他甚至知道我从哪里摘下的菜，用哪里的水淘洗过。

这是文学和批评的神奇之处：你以为独自一人，其实一部作品如果有它的生命力，它的现在和将来聚集着一群志同道合的人，你以为你离得远，但是文字和故事已经把你，你与时间、记忆和空间紧密联系起来。小说是纽带和桥梁，让我们分开，又让我们相认。

当天，有几位与会的本土批评家向我要原作看，因为庆祥教授的批评，他们对这部小说充满了期待，再之后没几天，一个大刊编辑向我约稿。她坦白地说没怎么看我的作品，但听杨教授说写得好。由此可见，庆祥教授在外面为我美言，不吝赞美和推荐，真的好意，真的鼓劲。

自那之后，再看到孟老及庆祥教授的大名，会忍不住留意他们的文章和动态，因为情不自禁有一种亲近感，觉得他们是名正言顺的老师，是自己人了。

总之，这次结对子，对我的意义非常重大，虽然我开过数次研讨会，其中也有安徽省作协在我缺席的情况下开的那一次，也在报刊上看到过许多批评家对我文章的批评，但是，我觉得，写作进行了将近二十年，在这二十年的孤寂生涯中（还将孤寂下去），被中国批评家的两位大腕——也是两代批评界的代表人物，这样面对面地批评，带来的现实感是过去无法比拟的，尤其是我觉得写作已经到了一个难处：要上升到一个高度，要改掉旧日的积习，都迫在眉睫了。所以这次结对子是我人生的一个重要的节点，是与批评界的一次亲密接触，是一次洗礼，无论是形式和内容，对我都意义重大。

前进到更广阔的文学世界

胡竹峰

这是第二次由省文联给我举办研讨会。上一次是我们安徽省委宣传部和文联作协举办的，这一次是省文联与文艺评论家协会主持召开的。我很高兴，高兴的是安徽有那么多作家，居然选了我，感谢厚爱。

我们安徽有过伟大而光荣的文学时代。最近几年，省委省政府、省委宣传部、省文联营造了很好的氛围，鼓舞了文艺工作者的心。

我写作快二十年了。时间真是无情，时间的无情里，处处是文学的关爱。写作是一个极古老的行当，就像打铁匠、杀猪佬、泥瓦工的职业一样古老，操作手段特别落后。选择写作为生，是因为我喜欢，它给我带来很多乐趣。我是个很笨的人，对世界懂得少，我用这样的方式来探索这个世界上不懂的事情。因为写作总是要面对一些说不清楚的东西，情感、情绪、过去的事、过去的梦。文学未必能把它们说清楚，但到底是记录了下来。

经常有人问我写作的意义，我觉得：第一是不孤单；第二是治病，人都有心事，写出来，有话跟作品说，于是心情舒畅；第三是最重要的，记录了你心里的影子。

说起来，我写作近二十年了，也快出版了二十本书。过去的那些作品已经写过了，摆在我面前的路还很长很长。作家如农民种地，一年年春耕秋收，秋天再丰收，第二年春天还要去种地。不是说勤奋，而是道，农民不能让天地抛荒，作家也不能让笔墨干枯了。说心里话，我还没有写出理想中的作品，一直告诫自己，到四十岁才出道。文学未必是年轻的事业，反正我也不够年轻了，我要植根于安徽大地，再收获些果实。

这个研讨会给了我一种信心和力量，也是对更年轻的作家的一种激励，我相信安徽文学的明天会更好。作为安徽作家的一员，这一年里，我们省文联与作协为打造安徽文学新军而倍加努力，这一点让我备感温暖，我想会有更多的优秀作家和优秀作品出现的，安徽的文学事业会更加繁荣的。

写作是我过的日子，在这庸常而又艰辛的日子里，停下来，听听各位评论家的批评与指导，将赐给我一份特殊的力量。

我们家没有一个人是写文章的，祖上很多代都不认识字，我居然写了这么多文章，我很珍惜。深秋初冬的颜色里有春夏的绿意。

有时候你会忘了年轻时候对自己的承诺。但文学很好，他一直提醒你，不要忘了初心。我写作很简单，就是写自己的文章，写出属于自己的文本，这是我现在写东西的乐趣。我的人生观里有一点为文学献身的意思。写作真的是我一辈子的修炼、一辈子的习惯。古人说三十不学艺，我三十四岁了，改行似乎也不明智。

写了十几年文章，写了十几本书，得了点名和利，这名利像做梦一样不真实，恍恍惚惚。这一次研讨会请来的多是我的前辈，都是大行家，我希望得到你们更多的批评，让我自己更清醒，知道缺什么、软肋在哪里、命门在哪里。

作家不是培养的，但作家需要一个文学的氛围、文学的心境。研讨会让我感到了一种温暖。社会是关注文学的，领导同志是支持作家的。这些年在文联与作协的指导下，我慢慢知道，一个优秀的作家，要对时代发声，要写出更广阔的人情物理、天地民心。

人的能力有限，精力有限，一生干不了几件事。我也放弃了很多爱好，只是安心写作，觉得自己选择了一件有可能做好的事。我们这代人开始不再年轻了，时光流水，光阴无情。安徽人胡适老先生写过这样的诗句：

> 偶有几茎白发，心情微近中年。
> 做了过河卒子，只能拼命向前。

很多人都说文学很难，我觉得也很容易，因为快乐，所以享受。还有人说文学不创新就没出路，创新太难，我从未放弃创新，我也在乎继承与成长。

余英时先生曾告诉我，一定要读同代人的文章，因为这里有行情，一个人做学问写文章，要知道行情。这一次是五个人的研讨会，这些优秀的同行，给了我很好的榜样，给了我很好的示范。

有一年去池州山里看傩，遇见两句话：一句挂在礼台上方，"号啕神圣"；一句写在村里祠堂后门上，"人敬神自灵"。这两句话也让我再一次体悟文学神圣，文心要诚。一个作家，要前进到更广阔的文学世界。

给征途一次命名

余同友

因出差，2019年10月25日夜，乘坐高铁从上海回到合肥南站时已是十一点，再坐出租车赶到家，时针已指向26日的零时，身体疲倦，心里却奔跑着一群鹿，一晚几乎都未能入睡，因为，已然到来的这一天，全国知名评论家与安徽作家结对子活动正式启动，作为安徽作家一员，我很荣幸被通知参会，并接受专家们的"把脉问诊"。来的是哪些专家？我的作品会获得怎么样的评价？猜测着，有些微的兴奋，而更多的是惴惴不安。

2019年，是我人生的第四个本命年，人生将半百，大大小小也算经历过一些人事，按道理不应该表现得如此紧张和兴奋，但我知道这其中的缘由。自从2010年入职省作协，我差不多算是半个专业作家，从事中短篇小说创作十来年了，这其中甘苦自知，冷暖交杂，却也从不后悔与踌躇，直顾着一路往前奔跑。然而，进入本命年之初，突然坠入一种惶恐，常常回望来路，便心绪茫然，感觉自己的写作生涯进入了一个瓶颈期，上升不得，沉陷又不甘，于是，便焦虑，便急躁，便犹疑。这种焦虑、急躁与犹疑，像吸附在身体上的一条条水蛭，吸去了能量与信心。常常想：我这样的一个所谓的非著名作家，还有写下去的意义吗？坚持下去，又有何胜利可言？没有答案，一片巨大的虚幻感与无力感笼罩着我。在这次会议上，在一对一结对子的帮扶中，我能找到药方吗？

10月26日上午八点半，当我走进会场时，看到了几位专家的席卡，心头一热，孟繁华、杨庆祥、张燕玲、霍俊明、季亚娅等，他们当中，我有的见过，有的没见过，但他们的名字却是早就知道了，来的可都是当今文学评论界的翘楚啊，足可见这次活动，省文联和具体承办单位是下了大力气、花了大心思的。

虽然一直惴惴不安，但一旦坐下来，听着专家们的评论，心里却突然一下子平静了下来，一同来参加的安徽作家们不约而同地呈现了同样的表情：目光炯炯，双耳竖立，紧张而认真。按照活动安排，霍俊明与饶翔二位老师着重谈了我的小说，他们评论的关键词分别是：文学与生活的关系、诗意表达与小说精神。而这两点也正是我近年小说写作中的思考所在，听着，想着，我似乎有了那么一点新的创作的灵感与勇气。

接下来的时间里，我们与几位老师一同到中国改革开放的发源地滁州参观。深秋的皖东，天高云淡，层林尽染。走在山林幽深的小径里，走在收割后空旷的田野上，关于文学的交流没有停止，从技术层面到文学观念，从世界文学潮流到安徽作家现状，这些话题看似闲散，其实充满着碰撞。其中一位老师说，文学其实就是对现实的一种重新命名。我记得，当时我们正站在凤阳中都古城墙遗址上，落日熔金，秋风吹拂，一行大雁斜行于天，那一刹那，忽觉天地澄明，心旷神怡，心里的那些焦虑似乎在雁翅上渐渐远去。

是夜，我在日记上写下如下文字：选择了文学，便是选择了一个人的长跑，也许你跑不了太快，因此也跑不了太远，但你享受着这长跑的过程，重要的是，你一直在跑着，一直在跑着就是一种胜利。这次的结对子活动，不仅是对我个人文学征途的一次命名，恐怕也是对整个文学皖军的一次重新命名。路两边，有那么多殷切的目光，有那么多响亮的掌声，对于一个长跑者来说，是多么幸运的一件事！那么，还焦虑什么、犹豫什么呢？

嗨，让我们跑起来。

聆听名家真言，校正创作坐标

朱斌峰

有评论家说：文学评论与创作犹如鸟之双翼、车之双轮。而就我这个创作个体来说，文学批评就是一面自我观察的"镜子"、一个自我校正的坐标。

2019年10月，省文联主办、省文艺评论家协会承办的"知名文艺评论家看安徽"活动举行，我有幸成为与知名评论家结对的作者之一。这是省文联继2017年赴鲁迅文学院举办"行走与敞开 —— 皖军新锐余同友、朱斌峰作品研讨会"之后，又一次"搭平台、促创作"地对我文学创作的扶持和激励，让我再次在评论家面前"现出原形"，又一次有了审视自我、矫正自己的机会。

在此次活动中，我聆听了中国文联文艺评论中心副主任周由强、北京文艺评论家协会主席孟繁华、《南方文坛》主编张燕玲在安徽大学所做的专题报告，对新时代文艺作品的评价标准、文学史视野下的当代中国文学等有了些许粗浅的认识，开阔了眼界。而与我结对的评论家是鲁迅文学院教研部主任郭艳、《十月》杂志编辑部主任季亚娅两位评论家。之前，我向两位老师提交了我的中篇小说《碉堡成群》，这篇小说曾发表于《钟山》杂志并被《中篇小说选刊》转载，自以为尚能拿出手。可听了两位老师精准而细致的评点后，我针刺般地警醒起来，不禁汗颜。

郭艳老师是我在鲁迅文学院就读第32届中青年作家高研班时的老师，曾给过我教诲，对我的小说创作面貌是比较熟悉的。她指出：《碉堡成群》在个人生活经验与时代经验的关系上，试图重塑历史事件在人心里的烙痕，着力书写了自我突围式的悲剧性人物。可小说主人公在当下是个异类，不是典型人物，缺乏与时代相通的气息。并且，因先锋性、主观性叙事，人物有些意象化，缺乏情感的饱满度。郭老师说当下的中国先锋小说作家虽然已具有气质，但还没有形成现代人格，她希望我的小说创作要有中国式的视角，要将自己的历史观和世情观结合起来。

季亚娅老师指出，《碉堡成群》是特殊的文本、异质的存在，有浓郁的散文诗意味。小说写作技巧虽然成熟，具有当下小说的隐喻性，但采取第二人称，以秘密性的书信式的叙事方式，试图说服读者，试图把"历史与现实"驱除出去，与生活有疏离感，缺乏个人经验，气息不顺畅。季老师警醒我的创作：不要只靠阅读得来的经验，而要回到自己的生活中去。

两位老师的评点，真知灼见，洞察入微，对我的文学创作"望闻问切"，对症下药，让我受益匪浅。我在反省，努力像汽车车胎定位校正一样，寻找创作的坐标，找准自己的创作方向。

我反躬自省：我的小说中的地理空间，无论是四水环绕的和悦洲，还是群山环绕的矿区，都是封闭性的"孤岛"，而精神地理更是封闭的，缺乏敞开的胸怀，缺失行走的能力，因而一些小说囿于自我，有些自说自话，没有直面现实，与时代隔膜，与生活脱轨。我想其原因可能主要来自两个方面：一是我缺乏把握生活的整体性能力，在情感和审美上滞后于时代；二是我的创作受卡夫卡的"城堡"与博尔赫斯"迷宫"式的写作影响，视角过于向内。为此，在今后的文学创作中，我要努力自醒自觉，调整自己的写作后视镜、内视镜的"焦距"，在广阔的生活视野上、在宏大的时代景深中、在深远的文学坐标轴上前行，走出自我，拥抱时代，走进现实，回到并扎根于大地上。

谢谢省文联的关爱！谢谢评论家们的指正！

山水文章

文　河

2019年10月26日至28日，由中国文艺评论家协会、省委宣传部、省文联主办的"全国知名文艺评论家看安徽"活动，邀请10余位文艺评论家与安徽作家结对指导，本人有幸参加了这次活动。

这次与我结对的老师是《文艺报》副总编辑刘颋和上海文艺出版社副社长李伟长。由于生活环境偏远，我极少参加文学活动。同时，又由于不善与人交往、怯生，我也害怕参加活动。诗人米沃什曾说自己身上一直保留着一些小地方的特点。我也一样。

在此之前，我和刘颋老师、李伟长老师从未见过面，他们对我也一无所知。我只是在接到活动通知前，把自己即将出版的散文集《城西之书》中的文字，挑选一部分给他们发送过去。我心里有些忐忑，怕出丑，有种学生向老师上交作业的感觉。座谈会之前，我还想，众目睽睽之下，还不知这两位老师该如何点评自己的"作业"。为学生时，我就比较害怕老师，如今，仍未免胆怯起来，仿佛又变成了当年赤脚行走在雨后青草地上，那个容易害羞的小小孩童。

座谈会上，刘颋老师的发言幽默而热情，她说读了我的文字，被惊艳到了，不由得对我充满好奇，见到我时，于是对我"狠狠看了一眼"。现场引起一片笑声。她认为《城西之书》是生命之书、时光之书，文字中透露着安静、温柔和悲悯。她觉得这种温柔细腻的文字简直让人错觉成这是位女性作者的手笔。哈代认为，作家都是雌雄同体的。我认同这个说法，我觉得在我的心灵中，也存在着一部分女性的东西。对这个世界，有时，我会有某种女性化的视角和感受。

刘颋老师列举了很多文字中的细节描写，一一进行分析。我没想到她读得这么认真，她甚至读出我安静的文字后面的细微波动和挣扎；我也没想到能得到她这么高的评价，真是且惭且喜。会间休息时，刘颋老师还特意询问了我的生活环境，以此来了解这种生活环境对我写作的影响。

李伟长老师平时的关注点和研究方向侧重于小说，他从另一个方面着眼，认为我作品中对"人"的描写比较少。这一点也让我反思。他很欣赏我作品中关于树木的描写，他提到一个有趣的小建议，让我勾画一个关于树木描写的路线图，编排一下，这样可以让人更清晰地看到那些树木的位置。

座谈会上，老师们对其他几位作者的点评，也让我受到启发。对一些写作者来说，很多东西都是相通的，在更深的层次上，我们都会面对一些共同的问题。这些问题，是心灵上的、思想上的，并不会因为写作题材的不同而有太多差异。比如，那种对生命的体验和领悟，那种精神上的处境，那种对语言美感的自觉意识。

座谈会的次日上午，一行人来到了滁州琅琊山。滁州山水清幽，在宋时，还很荒凉闭塞，但在庆历五年（1045），因一代文宗欧阳修贬谪于此，从而开始声名远扬。唐宋文人灿若星辰，在浩漫的中国文化长河中，是一道奇异的文化景观。但对我而言，宋代的文人要比唐代的文人普遍可亲一些。中国的文化气质，到了宋代，有了更多的烟火气和气俗性。这种原因，我想，也可能在于东晋的门阀政治，虽经隋朝的科举取士，到了唐朝，大姓贵族世家仍然存在。东晋的文化，其实是贵族文化，《世说新语》里的名士，大都为贵族世家。陶侃出身寒微，虽后来贵极人臣，仍免不了偶尔被人背后看不起。到了宋朝，地主阶层扩大，宋朝之后，中国的文化其实就是地主文化。这个阶层，保存着中国文化的主流命脉。经历了短暂的"庆历新政"，欧阳修的政治理想遭受失败，又受到政敌的污名化打击，可谓身心俱疲，年刚四十，内心就已感到一种说不出的苍老了。"环滁皆山也"，滁州的青山绿水，如一个温暖的怀抱，让这个傲岸的"醉翁"，得到心灵的休憩。在后世，欧阳修以文章著称，但在当时，欧阳修主要是以一个除旧革新的政治家身份存在的。中国的山水，其文化含量的丰富性，决定了它的内蕴。可以想象，滁州如果不是因为欧阳修，其山水风景，便会大打折扣。中国传统文化的最高精神是天人合一。中国的锦绣山水，也是锦绣文章；中国的锦绣文章，也是锦绣山水。

文学是大的，对一个有抱负的写作者来说，文学是安身立命的东西。但一个写作者的生活，如果仅仅局限于文学之中，他的格局和幅度究竟是小的。仅仅做一个雕章琢句的人，他的生命是贫乏的，文字即便锻造得如精金美玉，还是缺乏生命的律动和温度。这种文字，也不能说不好，但好得毕竟有限。

我虽然主要进行散文和诗歌创作，但在日常的阅读中，相对来说，读得最多的则是小说。在醉翁亭小坐期间，我问了当代文学研究会副会长、著名评论家孟繁华教授一个可笑的问题。我说，1949年以来，在长篇小说创作中，如果进行一个排名，那么，在您的心目中，哪部小说能排第一？他想了一会儿，很作难，说这个没办法说。我也觉得这个问题有点刁钻。我们都笑了。我又说，退一步来说，如果让您挑选三部，您会怎么挑选呢？他略一思索，答道——《创业史》《白鹿原》《一句顶一万句》。《白鹿原》在我的意料之中，但其他的两部倒在我的意料之外。阳光很好，但坐了一会儿，凉意便慢慢升起来了。

霜降已过，残秋将尽，木叶脱落，而四围斜坡上的长青之树，犹兀然自绿。

下午抵达凤阳，黄昏，参观明中都遗址。夕阳残照，古墙斑驳，举目远望，天宇浩大，平原邈远。风声咻咻擦过古墙，仿佛万丈长帛，被刮拉得皱了起来，一阵阵在耳边回响，又仿佛是历史的长河，浪花朵朵，正不舍昼夜地从身边汤汤流过。

2

新时代
文艺谈

文学史视野下的中国当下文学

——在安徽大学的演讲

◎ 孟繁华

我讲座的题目是《文学史视野下的中国当下文学》。大家都知道，中国当代文学这个概念，已经70年了，这个概念是1960年在全国第三次文代会上由周扬提出来的。至今，中国当代文学史已经有100多部作品。对于我们这么大一个国家来说，100多部当代文学史不是太多，我们有14亿人口，而是说内容相同的文学史太多了。

虽然是1960年当代文学的概念才被提出，但是我们当代文学有一个漫长的前史，这个前史包括当代文学的元理论或者元话语。比如20世纪40年代毛泽东的《新民主主义论》《在延安文艺座谈会上的讲话》，包括1951年到1953年王瑶先生主编的《中国新文学史稿》，也包括其间刘绶松、张毕来、丁易等编的现代文学史，甚至也包括季莫菲耶夫的《文学理论原理》、毕达可夫的《文艺学引论》等苏联文艺理论家著作对我们的深刻影响。这个"前史"不仅是80年代中期以后当代文学史研究的重要参照，同时它也是当代文学史研究重要的依据和组成部分。

中国当代文学史的起点，传统的说法是1949年中华人民共和国的成立。从这个时候开始是中国当代文学的起始，但是现在当代文学史一般都不这样处理。几部现在流行的中国当代文学史，如洪子诚先生的《中国当代文学史》，陈思和先生的《中国当代文学史教程》，董健、丁帆、王彬彬的文学史，包括我和程光炜的《中国当代文学发展史》，把中国当代文学的发生，一般都确定在1942年。这一年，毛泽东的《在延安文艺座谈会上的讲话》（以下简称《讲话》）正式发表。《讲话》的发表，为40年代的中国文学指明了新的方向，奠定了新的理论，包括为什么人的问题、普及与提高的问题、民族风格与民族气派的问题，甚至包括语言问题。大家都知道，《讲话》是非常重要的一个文献。我们现在每年的5月23日，各个大学中文系，包括我们的科研院所等，都要举办关于《讲话》的座谈会。我的看法是，我们去评价任何一部历史文献，评价任何一个作品，包括评价任何一个时段的一个国家、一个民族的文学，总要还原到具体的历史语境，只有回到具体的历史语境，我们才能够正确地、恰如其分地评价一部历史文献，评价一部作家作品，或者一个文学现象和文学思潮。大家知道，20世纪40年代的中国，风雨飘摇、国将不国，这个时候，毛泽东和中国共产党希望我们的文艺能够帮助实现全民族的动员，建立一个现代化的国家。这个想法有问题吗？我认为是绝对正确的。《讲话》的发表，我觉得隐含了毛泽东对五四新文学的一些看法。五四新文学是科学与民主，是启蒙。但是启蒙仅仅在知识分子之间发生，老百姓不懂启蒙，知识分子之间的个人主义、恋爱自由、婚姻自由，老百姓不懂。所以这个启蒙还仅限于知识分子之间，包括他们的话语方式、他们的情感方式，在毛泽东看来都是一个巨大的缺陷。所以，1942年在延安召开了文艺座谈会。

《讲话》发表之后，整个延安地区的文艺创作发生了非常大的变化。《讲话》有一个非常重要的思想，就是号召我们的作家、艺术家走向民间。我和谢先生主编的《百年中国文学总系》，有一本就是《1942：走向民间》。走向民间之后，作家、艺术家发生了非常大的变化。这个变化，用阿瑞夫·德里克的说法，就是发生了两个重要的"转译"。这个"转译"一个是从情感方式，作家和艺术家的情感方式，就是要和人民的情感发生联系；第二个是语言表达的方式，就是不要再用知识分子的语言，而是用人民大众的语言，创作出能够让人民群众喜闻乐见的作品。这两个"转译"推动了延安文艺的发展和繁荣。1949年7月，我们召开了第一次全国文代会，这次文代会，毛泽东、朱德、周恩来都参加了。周扬代表大会做了一个报告，就是总结延安人民文学的经验。大会是解放区、国统区、沦陷区三个方面作家队伍的会师。大会贯彻的还是毛泽东《在延安文艺座谈会上的讲话》的精神，所以《讲话》的思想一直到今天仍然是我们文艺创作的一个最经典最重要的思想。把它称作文学的主流意识形态也好，文艺的主流思想也好，都可以。学界对延安文艺评价都很高，李泽厚在《中国现代思想史论》中有一篇叫作《二十世纪中国（大陆）文艺一瞥》的文章，对新的农民形象有很高的评价。五四以来，中国的农民形象是个什么样的形象？是阿Q的形象、祥林嫂的形象，华老栓、老通宝这样的形象，这是传统的中国农民形象，他们是肮脏的、病态的、愚蠢的形象。但是到了延安以后，延安文艺改变了中国传统的农民形象，他们是大春哥，是二黑哥，是当红军的哥，都是健康、生动、活泼、健朗的青年形象。延安文艺改变了传统的中国农民形象。

我们评价一个作品也好，评家一个作家也好，我们依据的是什么？依据的是在文学史上，它为我们提供了哪些新鲜的审美经验。那这些新的农民形象为我们提供的不是新鲜的审美经验吗？他们不是沿着阿Q的路线来塑造农民形象。这个形象一直贯串到我们中华人民共和国成立。十七年文学就是这样一个形象。大家知道我们现在17年文学经典，八大经典叫"三红一创，青山保林"（《红日》《红岩》《红旗谱》《创业史》《青春之歌》《山乡巨变》《保卫延安》《林海雪原》）。

八大经典里面，我现在仍然认为最重要的、成就最大的是《创业史》。《创业史》塑造了梁生宝这样的农民形象。这样的农民形象和大春哥不是一个谱系吗？《创业史》发表之后，发生了一场重要的争论，北大的严家炎老师连续写了几篇文章，包括在《文学评论》发表的，他讲《创业史》最好的人物不是梁生宝，而是梁三老汉。梁三老汉面对着互助组、合作社，入社还是不入社，他矛盾、犹疑、彷徨。这是人的正常思维。

梁生宝不是这样，梁生宝是天然的社会主义者，是蛤蟆滩走社会主义道路的领导者。他没有矛盾。但是作为一个文学人物，像梁三老汉这样去处理他所面对的事物，这是符合人性的。但是后来也有学者认为梁三老汉这个形象的塑造应该比梁生宝更生动、更真实。后来茅盾先生也讲，中国农村两头小中间大。20世纪60年代在大连召开了一次全国短篇小说座谈会，会上提出一个概念叫"中间人物"。"文革"期间被叫作"黑八论"之一。就是说在1960年时，文学站在了梁三老汉一边，但是社会历史站在了梁生宝一边。这个现象意味着什么呢？也就是说从《讲话》一直到十七年文学期，与其说我们在进行文学创作、塑造文学人物，毋宁说我们是在构建社会主义的文化空间，就是我们的文学创作，是带着社会主义核心价值观一起来到我们面前的，也就只有梁生宝的道路、萧长春的道路，只有走这条道路才能够救中国。

通过这样一些作品和人物来构建社会主义的文化空间，这条道路我们坚持了很久。从这条道路我们一直走到八个样板戏，这条道路证明走不通了。也就是说在这条道路上，中国共产党和中国广大农民没有找到我们希望找到的东西，这是我们实行改革开放的一个社会基础和前提。不改革就没有出路。1979年到1980年，出版了两个重要的作品，一部作品是古华的《芙蓉镇》，一部作品是周克芹的《许茂和他的女儿们》。这两部作品，我们看豆腐西施胡玉音，看流氓无产者王秋赦，看工作队队长李国香，再看看老许茂和他的七个女儿们，她们的衣着、肤色、目光、吃的、穿的和阿Q、华老栓有什么区别？没有区别，那也就是说从20世纪20年代初到70年代末，60年的时间，真正的革命并没有在中国乡村发生，这是我们实行改革开放的一个社会基础和前提。文学艺术也一样。我们从1942年开始，从农村题材逐渐回到了乡土文学。农村题材和乡土文学，这是完全不同的两个概念。我看过很多批评家、学者，对这两个概念都不去处理，乡土文学是对中国社会原生状态的一种真实的描摹；农村题材是试图在乡土中国建立起两个阶级的斗争。农村题材是以阶级斗争为纲的。到1978年党的十一届三中全会宣布要把经济建设在社会生活结构里面的合法性地位确立下来以后，阶级斗争这口号不再提了，农村题材也自然终结。我们重新接续了现代文学乡土文学传统，也就是说像《芙蓉镇》《许茂和他的女儿们》这些作品，重新回到了传统，反映了中国乡村的真实状况。

1978年，新的历史时期到来了，也就是改革开放。20世纪80年代是一个非常重要的年代。很多学者，包括批评家，把80年代作为非常重要的一个对象来研究。80年代也好，当代文学也好，都是被构建起来的。如像中国人民大学的程光炜老师，带着他的团队一直在做80年代研究，不仅把80年代作为对象，也把80年代做成一种方法。通过阅读很多原始材料，重新去解读80年代。大家有一个空前高涨的热情。前几天，在温州，他们请去了谢冕老师和黄子平、王晓明等80年代重要的批评家聊80年代。前些年也出版了各种各样80年代访谈、80年代对话，试图通过想象的方式来还原80年代。但是80年代是只可想象，难再经验。我们一再言说80年代的时候，事实上80年代已成为我们虚构的一部分。大家知道，叙事就是虚构，任何事情进入叙事之后，它都有虚构的成分。历史就像伊利亚特一样，如果把它当作文学来读，里面充满了历史；如果把它当作历史来读，里面充满了虚构。汤因比说，伟大的历史学家都应该成为一个伟大的艺术家。所以大家老说历史要有真相，但历史没有真相。历史就是历史学家的历史。历史是一个口袋，历史学家把材料装进去，这个口袋就站起来了，这就是历史。不同的历史学家的历史观不同、价值观不同，有些时候为了讲述历史的需要，他们可能恰恰要遮蔽真相。

我觉得现在讲述这个80年代，同样有这样一个问题。钱理群先生前一段时间发表演讲，说不要神化80年代。我的看法也是这样，80年代是一个伟大的时代，但80年代有80年代的问题。我觉得作家、批评家和学者，讲80年代的时候，他们态度不一样。批评家们讲80年代的时候都是兴致盎然，每一个人都在建构80年代。作家讲80年代好像不是这么讲，比如我读过一个作品，叫《行走的年代》，是山西作家蒋韵写的，前几年得了郁达夫文学奖。作品的第一节叫陈香。陈香是一个大学三年级的学生，马上要毕业了，学校已经决定让她留校。突然有一天，大学里面来了一个诗人，名字叫莽河。大家知道，那时诗人都是天使，诗人的声音都是天籁之音，礼堂里面爆满，陈香听说之后马上挤到礼堂里面，听诗人莽河讲诗歌，听着听着就爱上了他。爱也不要紧，他们发生了"一夜情"，"一夜情"也不要紧，陈香怀孕了，留校不可能了。但是班里面有一个老周大哥，他一直暗恋陈香，答应和陈香结婚，这样孩子就有合法性了。陈香不同意，说这不公平。周大哥说他愿意，两人结婚了，这孩子就会有合法性，可以出生了。陈香毕业的第二年，诗人又来了。陈香非常激动地挤到礼堂里面，她挤到前面之后，几乎昏厥过去。当时和她发生一夜情的那个诗人是假的，真正的诗人莽河现在才来。这是什么意思？这是说80年代也有问题。作家通过这个故事、这个角度发现了问题。当然这不是故事的主体，这个故事很复杂，大家有兴趣可以找来看看，是一个很少见的，在我们这个时代仍然具有浪漫气息的小说。这是另外一个话题。中国的小说、小说作家，包括我们很有成就的作家，都把现实主义作为主要存在方法，当然它有合理性。也就是说百年中国特殊的历史语境，要求我们的文学艺术真实地反映我们国家民族的真实的状况。我们要奋发图强，要拯救危亡，建立现代民主国家。这是有道理的。但是另一方面，确实也限制了我们文学艺术有更多道路选择的可能。所以浪漫主义在我们的文学创作里面是一个稀缺之物。大家都读过很多作品，我相信大家都有体会。但是蒋韵是一个非常有浪漫气质的作家。最近她发表了一部长篇叫《安娜，你好》，写50年代一代人的长篇小说，20多万字，大家可以找来读一读。所以对80年代的这种理想主义的建构也是有问题的。但另一方面我们必须承认，80年代对我们来说，它确实是一个只可想象难再经历的伟大的时代。我们经历了多种多样的文学现象，比如现代派文学，比如前面提到的朦胧诗、反思文学、寻根文学、先锋小说、新写实小说，一直到后现代主义小说。80年代的文学非常繁荣，那个时候条件并不好，没有资金支持，没有项目，但每一个从事文学的人都豪情万丈，对文学的这种态度、这种情感，今天想起来恍如隔世。现在我也在大学工作，大学教授大多是争个重大项目、国家社科基金，建中心、建博士点，搞各种各样的名堂，文学变成了一个非常功利的事情。想起来一言难尽。我要说的是，80年代是一个对话的年代：同西方对话，同本土传统对话。

所以我说，十七年是建构社会主义文化空间的时代，80年代是我们和内部和西方进行对话的一个时代。比如我们现在有些人还喜欢看刘索拉、刘西鸿、徐星等人的现代派小说，当然也包括残雪的作品。有的批评家认为在80年代中国只有一个作家，就是残雪，这当然非常极端化。因为现代派之后，我们很快感知到只是跟着西方后面走是不可以的，我们要寻找自己的文学资源和文化资源。

于是我们有了寻根文学。80年代就是我们二次沐浴欧风美雨的时代，我们有了先锋小说，同时也有了新写实小说。有西方的也有本土的。这个不同的对话、不同的碰撞，极大地激发了中国作家的创造性。现在我们再回头看，那些功成名就的作家，他们写得最好的作品大概都发生在80年代。这个判断我不知道有些老师同不同意。80年代是一个自由的时代，是作家有非常充沛创造力的一个大时代。现在我仍然认为，作家有没有经过80年代现代派文学和先锋文学的洗礼，这个作家是完全不一样的。当然文学不仅仅是一个形式的创造，用我的说法，文学革命已经终结，纸媒的文学创作想在形式上再花样翻新，再进行新的创造，这种可能性几乎没有了。不是所有的文学艺术都没有这种创造或创新的可能，当然不是。其他的文学艺术门类，加入科技手段，这种创新完全可以。比如我们看过《阿凡达》之后，我们知道有3D，现在有4D，据研究，文艺还有多维的空间，也就是说这些科技手段进入我们艺术创造之后，它给我们带来的可能性是无限的。但是以纸媒作为载体的文学，想在形式上再花样翻新几乎是不可能的了。当年的先锋作家都退后五十里下寨，比如格非、余华这些先锋作家，他们都重新回到现实主义道路上，格非如果没有"江南三部曲"，没有《隐身衣》，没有《望春风》《月落荒寺》，他会是今天的格非吗？

如果余华没有《在细雨中呼喊》《活着》《许三观卖血记》，他还是今天的余华吗？他们一定要回到现实主义道路上。但是我们今天所说的现实主义，不是过去我们理解的现实主义。现实主义是一个不断被丰富、不断被添加了更多元素的一个方法。所以我讲今天的现实主义不仅是一种方法，更是一种气度啊。现实主义有巨大的包容性，把其他有效的创作方法都能够融汇到现实主义这个方法当中。余华也好、格非也好，如果他们没有经过现代派文学的训练，没有经过先锋小说的训练，他们能创作出今天这样的作品吗？所以80年代非常重要。今天我仍然认为经过现代派和先锋文学洗礼的作家，在今天是非常不同的。我们仍然有很多坚持传统现实主义创作方法的作家，这些作家可能会赢得一些荣誉，但是这些作品读起来，文学价值可能要大打折扣。所以80年代应该是我们本土文化、传统文化同西方文化进行对话的时代，和我们国家整体的改革开放这样一个环境有非常大的关系。改革开放不仅仅是经济的，同时也是文化的、思想的，是各个方面的全面改革。文学艺术在这个时代得到了大发展。很多作家朋友，特别是经历过这个年代的，谈起80年代都充满了怀念。

那么我们谈17年、谈80年代，但谈90年代很少。去年在上海召开了一个90年代文学研讨会，突然发现研究90年代的批评家学者很少。

后来我们有学者研究，20世纪是一个短20世纪，到1990年20世纪已经终结。也就是90年代我们所面临的问题，我们研究的关键词、批评的关键词，创作所面对的问题、方法和书写的主要对象，和新世纪没有区别。也就是说21世纪是从90年代开始的。90年代大家知道发生很多重要的事情。从20世纪90年代一直到今天，我把它概括为"建构中国文学经验和学术话语"的时代。这个时代发生了很多重要的事情，1992年邓小平视察南方，1993年发生两件大事，一个是陕军东征，一个是人文精神大讨论。经过80年代或者90年代初期的改革开放，商品经济、消费主义、资本神话逐渐成为我们社会生活里面的主流意识形态，是我们日常生活具有宰制性的思想，很多学者感到忧虑。1993年，批评家王晓明和他的博士生在《上海文学》发表了一篇《旷野上的废墟》，是关于人文精神的思考。这个文章发表之后，引发了长达三四年的关于人文精神的讨论。重要的是把问题提出来，也就是商品经济改变了我们的价值观、社会的道德水准，文明程度逐渐下跌，GDP在增加，但是社会的信仰、价值观、道德观等都出现问题。这个判断是不是有道理，我觉得1993年愈演愈烈，我们都处在一个非常迷茫的焦虑的不安的心理环境中。也是这个时候，陕西的五大作家，他们在这一年发表了几部长篇小说，包括陈忠实的《白鹿原》、贾平凹的《废都》、高建群的《最后一个匈奴》等。这些作品就镶嵌在人文精神大讨论中，在北京、上海及全国其他各地引起了非常广泛的讨论，特别是贾平凹的《废都》，好像讨论到今天还没有结束。

现在我们讨论新世纪文学。我把这个时期称为建构中国文学经验的时期。改革开放以来，中国广大乡村发生了巨变。但是，中国最大的特点是发展不平衡。我们还有中部和西部，特别是老少边穷地区。中国的国家整体战略就是2020年要全面进入小康。对中国乡村变革和书写中国乡村建设的变化，大概有三种情感：一种是悲观的，一种是乐观的，一种是静观的。比如贾平凹的《秦腔》、阿来的《空山》、孙惠芬的《上塘书》等，这些作家对乡村变革都有某种忧虑，觉得乡村文化已经接近崩溃，与我们几千年形成的乡土文明渐行渐远；表达乐观的，如周大新获茅盾文学奖的长篇小说《湖光山色》，比如关仁山的土地三部曲《麦河》《日头》《金谷银山》，无论是对鹦鹉村还是对白羊峪，通过变革之后，农民都会过上幸福生活；还有一种就是以静观的姿态面对乡土中国的这种变化，包括刘亮程的《虚土》、付秀莹的《陌上》、格非的《望春风》等。这三种立场我觉得都可以理解，但我们应该理解历史发展的合目的性。也就是说，改革开放到今天并没有终止。如果那些破败的乡村就这样了，大家可以悲观。但改革开放或乡村变革并没有终止，改革开放没有结束。这就是哈贝马斯所讲的"现代性是一项未竟的事业"。我们还没有完成这个事业。所以这些情感立场可能都可以分析。但是无论我们怎么去判断它，有一点是可以确定的，也就是作家对变革现实中国的基本关怀正在构建中国故事和中国经验。

当代文学的经典化远远没有完成，我们不要轻易去否定当代文学。我一直强调，评价任何一个时段的文学，一定要看它的高端成绩。如果说你能够批评莫言，批评贾平凹、王安忆、余华、格非、刘恒、刘震云，能够批评这些作家，那是对当代文学的对话；如果你只看低端的作品，一个出租司机都可以否定，他只说喜欢和不喜欢就可以了。但作为学者和批评家，着眼于它的高端学术成就，着眼高端的文学作品，才是和我们当下中国文学的对话。

因为时间的关系我不可能再展开了，我就讲这么多，谢谢。

中国大自然文学四十年^①

——以刘先平创作为例

◎ 韩 进

中国大自然文学成为一种明显的文学现象，发端于新时期安徽作家刘先平的大自然探险文学创作，形成于新世纪安徽儿童文学界对大自然文学的倡导，到新时代已经呈现出百花齐放的繁华景象。中国大自然文学40年的发展进程，应该给以关注和总结。

这里的大自然文学是现代文学概念，指与生态时代人与自然和谐发展要求相适应的文学，也称自然文学。它立足于人与自然关系审美的交叉点上，反映生态危机的现实；站在生态文明时代的高度，追寻人与自然和谐共生的理想。它以生态整体观为指导，以生态道德主题建设生态文化，包括大自然探险文学、生态文学、环保文学等多种文学形式。广义的大自然文学指以自然为题材的文学。

一、两个同步：与改革开放同步　与世界大自然文学同步

中国大自然文学40年，以刘先平创作为代表，有两个显著特征：一是与

---

① 本文为笔者在"'生态文明视野下的当代大自然文学创作'研讨会"上的交流发言。该研讨会于 2019 年 11 月 15—17 日在合肥源牌国际酒店举行，由安徽大学文学院、安徽大学大自然文学协同创新中心、安徽省文联文艺理论研究室、安徽省文艺评论家协会联合主办。参加会议的专家有鲁枢元、贺绍俊、石海毓、雷鸣、赵凯等 40 余人。安徽大学大自然文学作家班学员参加了会议。

中国改革开放同步；二是与世界大自然文学同步。一代有一代之文学。"两个同步"是文学与时代关系的最好呈现，也是把握中国大自然文学"初心与使命"的一把钥匙。

（一）与改革开放同步

1977年8月12日，党的十一大宣布"文化大革命"结束。1978年12月，十一届三中全会召开，确立了解放思想、实事求是的思想路线，决定实行改革开放的伟大决策，停止使用"以阶级斗争为纲"的口号，党和国家的工作重心开始转移到经济建设上来，中国社会主义建设进入新时期。1979年10月，以十一届三中全会精神为指导，第四次文代会召开，文艺战线重申"百花齐放，百家争鸣"的方针，大自然文学与伤痕文学、反思文学、寻根文学、改革文学等文学思潮一起，开始成为新时期文坛的新景象。

最先涉足大自然文学创作的是安徽青年作家刘先平。"文革"刚结束的1977年下半年，人民文学出版社编辑周达宝来安徽向刘先平约稿，但那时刘先平因为"文学"而受到的错误批判还没有得到"平反"，他不敢答应约稿。1978年是个转折点。这年5月，刘先平被平反。平反后的第三天，刘先平就赶到皖南山区与野生动物考察队汇合，继续他的大自然探险。正是在这次大自然探险中，刘先平做出了"伟大决定"——恢复甩笔15年的创作，创作大自然文学。刘先平说："创作的冲动，激得我透不过气来，听到了大自然的呼唤，心灵已追着森林、白云、红日……这么多年来，在大自然中探险的种种生活，都成了生动的无穷的画卷展开……就在那个早晨，就在那座山岭，就在山谷里升起一朵白云时，以后几部长篇小说中的无数场景、人物都鲜活地在脑海中展现……是的，就在面对着山谷里升起的一朵朵白云，我决定恢复文学创作，写我在大自然中的见闻、思考，写我和大自然息脉相通的对话。而所欲展现的画卷，只有长篇小说才能表达。虽然我停笔了10多年，虽然我从未写过小说，更未写过长篇小说，但我有着最坚强的依靠——大自然母亲。"（《跋涉在大自然文学的30年》）

改革开放的春风，让长期受到批判和压抑的刘先平焕发了青春，开创了"刘先平大自然文学"的春天。从1978年到1987年的十年间，刘先平一发而不可收，一鼓作气，先后创作了《云海探奇》等4部大自然探险长篇小说和《山野寻趣》大自然探险散文集，成为中国大自然文学的奠基之作。浦漫汀教授对刘先平的创作给予高度评价，称赞刘先平的创作"以崭新的人与自然的关系审美，写出的是最新的大自然文学，有鲜明的特点，是中国的大自然文学"。世界上大自然文学流派的真正兴起，也是在七八十年代，如美国的自然文学，中国大自然文学与世界同步。

没有改革开放，就没有刘先平的大自然文学创作。一是改革开放就放了刘先平的政治身份，让他恢复了创作的权利；二是改革开放激发了刘先平的创作激情，让他选择了大自然文学；三是改革开放给予了刘先平出版机遇，让他独树一帜的大自然文学能够得到社会认可。当刘先平将他的第三部大自然探险长篇小说《呦呦鹿鸣》交给人民文学出版社出版时，对曾经于1977年率先向他约稿的周达宝编辑表示歉意，向她解释自己当时还没有平反的顾忌。周达宝说："不是改革开放我也不敢向你这个'被批判分子'约稿，还有你写云海、写猿猴、写梅花鹿，感恩自然、保护野生动物、提倡人与自然和谐，这些内容在改革开放之前的'文革'时期，也是不可能出版的，那要被批判为宣扬'阶级斗争熄灭论'的反革命文学典型。"

没有改革开放，就没有刘先平的大自然文学创作。刘先平多次在文章中写道："1978年已用金色的大字载入了史册，闪耀着时代的光芒。党的十一届三中全会吹响了改革开放的号角，从此展开了人民共和国辉煌的篇章。""1978年对我来说，也是人生新的一页。这年7月，我带着一包稿纸，捡起了被甩掉15年的笔，悄悄地到了大别山的佛子岭水库，开始了艰难的文学的大自然探险：四十年来一直在天地间跋涉。"

（二）与世界大自然文学同步

中国大自然文学与世界同步，刘先平的创作是突出代表。早在1988年前后，苏联儿童文学杂志就介绍了刘先平第一批大自然文学的创作情况。1991年，刘先平在巴黎国际儿童文学研究会上发表关于中国儿童文学和大自然文学的演讲，引起普遍关注，演讲论文收入会议文集由法国兰希出版社出版。此后，刘先平多次利用应邀赴英国、美国、加拿大、南非、澳大利亚等国访问讲学的机会，介绍中国的大自然文学创作情况，关注世界大自然文学发展趋势，有感于中国大自然文学与欧美大自然文学的明显差距，刘先平有了更加坚定的决心和明确的目标——创作具有中国特色的大自然文学，让中国大自然文学"走向世界"。

2008年，刘先平以代表作《我的山野朋友》获得国际儿童读物联盟荣誉作家奖。2010年，刘先平以大自然文学创作的突出成绩，获国际安徒生奖提名奖；2011年、2012年又连续两年被列为国际林格伦文学奖候选人。刘先平的大自然文学作品被译成英文、法文、波兰文等多种语言在国外出版，获得联合国教科文组织和国际儿童读物联盟联袂推荐。2014年10月，"大自然文学国际研讨会"召开期间，来自美国、俄罗斯、英国、瑞典等国的大自然文学专家介绍交流了各国大自然文学的发展情况，会议得出一个结论：中国大自然文学与世界大自然文学同步，代表作家作品即是刘先平及其创作。2019年，刘先平获得"比安基国际文学奖荣誉奖"，大自然文学界也开始以中国作家刘先平与俄罗斯作家比安基为代表开展中俄大自然文学的比较研究。中国大自然文学正以"讲好美丽中国故事"的鲜明特色，融入世界大自然文学潮流，不断走近世界大自然文学舞台的中央，为构建人与自然和谐共生、人类命运共同体的美好明天，做出中国大自然文学的贡献。

"两个同步"揭示了一个事实：中国大自然文学的发生有其深刻的社会原因。20世纪中期以来，西方工业大革命和中国"文化大革命"，都给大自然生态带来毁灭性破坏，大自然开始以大污染、大洪水等多种方式报复人类，人类也在大灾难中惊醒，开始反省自己"不道德"对待大自然的行为，通过调整"人与自然的关系"，来达到修复、重建、保护大自然生态，实现人与自然和谐共生地绿色发展。文学是时代的晴雨表，一旦人类进入生态文明时代，一种与之适应的大自然文学便应运而生。中国大自然文学经过40年的发展，与改革开放同步，与世界大自然文学同步，已经形成一种独树一帜、不可忽视的文学现象，为建设美丽中国、构建人类命运共同体发挥文学的力量。

二、三个阶段：新时期　新世纪　新时代

中国大自然文学40年"两个同步"的独特历程，考察其主题深度和表现形态的演进，呈现出新时期、新世纪、新时代三个发展阶段。

（一）新时期大自然文学（1978—1999）

这一时期是中国大自然文学的启蒙期和发生期。热爱自然、保护环境是其基本主题。中国大自然文学萌芽于新时期文学的开放格局中，带有新时期文学寻根反思的性质。大自然文学作家面对环境破坏和生态失衡的现实，开始有意识地在大自然书写中，反思人类对待大自然的行为，将生态批评融入现实主义文学创作，突出人与自然和谐发展的新主题，颠覆了一个"文学是人学"的传统观念，开拓了中国新时期文学的新疆域和新境界。主要作品有刘先平的"大自然探险长篇系列"（5种）和徐刚的"守望地球系列"（6种）等。长篇探险文学和生态报告文学是其主要表现形式。

（二）新世纪大自然文学（2000—2016）

这一时期是中国大自然文学的正名期和发展期。直面生态危机的现实、呼唤生态道德是其基本主题。名不正则言不顺。发生期的中国大自然文学创作，从儿童文学界脱颖而出，刘先平的大自然探险文学首先被称作"大自然文学"。1999年出版的《中国儿童文学史》（蒋风、韩进著，安徽教育出版社）第一次以"刘先平的大自然文学创作"为标题，在文学史上第一次给予刘先平"中国大自然文学作家"的身份。2000年，刘先平在"安徽儿童

文学创作趋势研讨会"上，提出面向新世纪安徽儿童文学发展的"大自然文学"创作方向，成立"大自然文学创作研究中心"，第一次在文学界高举起"大自然文学"的旗帜。2001年，束沛德在《新景观 大趋势：世纪之交中国儿童文学扫描》中，将"安徽大自然文学"与"浙江幽默儿童文学""江西大幻想文学"并称为20世纪90年代中后期中国儿童文学界高扬的"三面美学旗帜"，大自然文学由此走出安徽，引起中国儿童文学界的关注。2003年安徽主办"大自然文学研讨会"，第一次将"大自然文学"作为一种重要的文学现象给予专题研讨和大力倡导，与会专家学者对大自然文学概念、源流、特征、价值与意义进行全面探讨，形成了关于大自然文学的基本概念和初步理论，大自然文学由此"走出儿童文学的藩篱"，成为中国文学界引人注目的文学现象。又经过10年的发展，2014年安徽举办"大自然文学国际研讨会"，来自美国、俄罗斯、英国、瑞典等国的大自然文学专家学者对中国大自然文学的发展给予高度评价，认为中国大自然文学与世界大自然文学同步，代表作家作品即是刘先平及其创作。

随着大自然文学创作实践的不断深入，大自然文学理论批评也取得初步成果，对大自然文学的学科建设也被提上日程。刘先平认为，大自然文学以科学自然观为指导，颠覆了"文学是人学"的传统观念，通过讲述人与自然的故事，歌颂人与自然和谐共生的理想，以文学的力量呼唤生态道德，推进生态文化建设。随着刘先平大自然文学工作室、安徽大学大自然文学研究所、安徽大学大自然文学协同创新中心等以大自然文学为核心的社会组织相继成立，以及开设大自然文学作家班、招收大自然文学研究生、出版《大自然文学研究》辑刊、编写大自然文学教材、改编影视剧作品等文学活动，形成了创作、科研、教学、产业"四位一体"的大自然文学新格局。从来还没有哪一种文学能够像大自然文学这样将文学创作、文学教育、文化创意和文化产业融合起来，将文学反映社会生活又反作用于社会变革的作用生动表现出来，大自然文学的价值和意义也因此得到充分体现，大自然文学在文学大家庭的位置得以确立并受到重视。

（三）新时代大自然文学（2017年以来）

十九大以来，以习近平生态文明思想为指导，讲好美丽中国故事、培育生态文化是其基本主题。十九大报告提出了"加快生态文明体制改革，建设美丽中国"的新任务，明确指出"我们要建设的现代化是人与自然和谐共生的现代化"，强调"人与自然是生命共同体，人类必须尊重自然、顺应自然、保护自然。人类只有遵循自然规律才能有效防止在开发利用自然上走弯路，人类对大自然的伤害最终会伤及人类自身，这是无法抗拒的规律"。从此"绿水青山就是金山银山"的绿色发展理念深入人心，生态道德和生态文明被纳入社会主义核心价值观，将生态文明教育作为素质教育的重要内容纳入国民教育体系和干部教育培训体系，要求从娃娃和青少年抓起，从家庭、学校教育抓起；要求挖掘优秀传统生态文化思想和资源，创作一批文化作品，满足广大人民群众对生态文化的需求，形成人人、事事、时时崇尚生态文明的社会氛围，推动形成人与自然和谐发展现代化建设新格局，为保护生态环境做出我们这代人的努力。

在十九大精神特别是习近平生态文明思想指导下，大自然文学承担起讲好美丽中国故事和培育生态文化的新使命，得到社会广泛关注，大自然文学发展出现了新气象。中宣部《党建》网连续转载刘先平的《呼唤生态道德》理论文章和《美丽的西沙群岛》等大自然文学作品，将其作为新时代党和国家建设生态文明的学习材料。80岁高龄的刘先平也推出全媒体大自然文学新作《续梦大树杜鹃王》，讲述他37年"三上云南高黎贡山"寻梦、圆梦、续梦的追梦故事，用文学、视频、微信等全媒体形式，浓缩了近百年来几代中国科学家追寻中华民族伟大复兴"中国梦"的心路历程和奋斗精神，成为新时代中国大自然文学的新高峰。为培养大自然文学作家队伍，在刘先平的提议和策划组织下，2019年5月，刘先平大自然文学工作室和安徽大学大自然文学协同创新中心、湖北长江少儿出版集团共同举办"大自然文学作家班"，将培养大自然文学新人提上大自然文学学科建设的重要议程。

与此同时，倡导大自然文学成为新时代的一种文学时尚。一批有心人加入大自然文学活动，引进"比安基国际文学奖"，设立"中国自然好书奖"，主办"大自然原创儿童文学作品征集活动"，召开多种形式的"自然与文学"论坛，出版"大自然文学理论丛书"等等，呈现出复兴大自然文学的喜人景象。种种迹象表明，新时代将迎来中国大自然文学发展的繁荣。

三、刘先平对中国大自然文学的贡献

中国大自然文学"两个同步"和"三个时期"的发展特征，是以刘先平的大自然文学创作为例分析得出的。回顾40年中国大自然文学的发展历程，刘先平的名字总是和"大自然文学"连在一起的，人们习惯称之为"刘先平大自然文学"。刘先平的名字几乎成为中国大自然文学的代称，说到刘先平就会想到大自然文学，说到大自然文学就会想到刘先平。如果说有一种文学现象是因为一个作家的创作而形成的，那就是指刘先平与中国大自然文学。刘先平也因此被称为中国大自然文学的开拓者、中国大自然文学之父、中国大自然文学的奠基人。

刘先平对中国大自然文学的突出贡献，体现在"十个第一"和"两个开创"。

（一）十个第一

刘先平坚持大自然文学创作40年，不惮于前驱，开创了中国大自然文学的"十个第一"：

1. 第一位40年如一日地坚持大自然探险并以第一人称讲述探险故事的大自然文学作家；

2. 第一位旗帜鲜明地倡导大自然文学并矢志不渝地创作了一批带有典范意义的大自然文学作品；

3. 第一位以"大自然文学作家"的身份获得国际安徒生奖和林格伦文学奖提名；

4. 第一位以大自然文学的名义呼唤建立生态道德、建设社会主义生态文明；

5. 第一位以他的名字和他开创的大自然文学命名的、由省政府批准建立并有专项财政资金扶持的"刘先平大自然文学工作室"；

6. 第一位以他的大自然文学创作实绩和影响力在高校为他量身定制地成立"安徽大学大自然文学工作室"和"安徽大学大自然文学协同创新中心"，并开设"大自然文学作家班"，形成创作、科研、教学"三位一体"、文学创意和文化产业相融合的产业链；

7. 第一位将一种文学题材发展为一门特色学科并拓展为一类文化创意产业；

8. 第一位将中国大自然文学介绍到国外的文学活动家；

9. 第一位以大自然文学作品获得了多种国家级及全国性大奖，包括中宣部精神文明建设"五个一工程"图书奖、中国作家协会全国优秀儿童文学奖、国家出版政府奖、宋庆龄儿童文学奖、冰心儿童文学奖等；

10. 第一位同时获得中国自然好书奖和国际比安基文学奖的中国作家。

"十个第一"从三大方面——创作成就（1—4）、产业融合（5—7）、国际影响（8—10），高度概括并简洁直观地陈述了刘先平在中国大自然文学史上的开拓意义、奠基意义、代表意义，体现了刘先平大自然文学创作的价值和意义。

（二）两个开创：大自然文学门类和大自然文学学科

刘先平是中国大自然文学的开拓者，他不仅开创了一个叫"大自然文学"的艺术门类，还开创了一个叫"大自然文学"的学科。

1. 创立了一个叫"大自然文学"的门类

2014年10月19日，大自然文学国际研讨会在安徽合肥召开，高洪波在贺信中写道："中国现代意义的大自然文学发端于安徽，开拓者是著名作家刘先平。他从20世纪70年代中期起，就致力于开创中国文学新领域新题材的创作，突出了'人与自然和谐相处'的主题，在广大读者之中引起了强烈的反响。"王泉根认为："中国大自然文学的兴起、发展与安徽作家刘先平的名字联系在一起。大自然文学的诸多特征在刘先平的艺术实践中有着充分的呈现，或者说，刘先平的艺术实践有力地丰富了大自然文学的内涵，为打造具有中国特色、民族风格、时代精神的大自然文学积累了新鲜经验。"（《大自然文学的特征与刘先平的意义》）。曹文轩直言，是刘先平"为中国创造了一个叫'大自然文学'的门类"（《大自然文学的美学回归》）。

中国有"大自然文学"这一名词，最早出现在改革开放之初的世界儿童文学译介中。世界儿童文学研究专家、浙江师范大学教授韦苇在译介苏联时期（俄罗斯）"关于自然界的读物"或"关于自然界和动物界的故事"时，将这类儿童文学作品统称为"大自然文学"。

以"大自然文学"指称中国作家的作品，大约在10年后的1996年，当时儿童文学专家、北京师范大学教授浦漫汀评价"刘先平大自然探险长篇系列"作品时，称其为"中国的大自然文学"。浦漫汀教授所说的"中国的大自然文学"，是与苏联（俄罗斯）、美国的"自然文学"相比较而言的。

那么，刘先平被称为"中国的大自然文学"，与苏联（俄罗斯）和美国的大自然文学（自然文学）有什么关系呢？回答是明确的，刘先平的大自然探险文学创作与苏联（俄罗斯）、美国的大自然文学（自然文学）没有直接的因果关系，刘先平创作大自然文学的初心是他自己大自然探险考察的文学发现和文学反映，是先有刘先平长期的大自然探险生活，再有"刘先平大自然探险长篇系列"等5部以大自然为题材的作品，然后才有评论界将刘先平创作所表现出的独特面貌称为"大自然文学"，而且是具有鲜明的中国特色、中国风格、中国味道的大自然文学作品，在世界大自然文学中也独树一帜。

显然，刘先平的大自然文学创作，不是舶来的外国概念，不是对外国大自然文学作品的模仿，也不是先有大自然文学理论指导，才去创作大自然文学，而是刘先平以自己真切的审美感受和独到的文学形式，自己在创作中摸索而开创的一种具有明显跨学科、跨文体的综合性文学门类。正因为这一文学的独创性，在现有文学世界的规范理论中，找不到能够与刘先平作品呈现的创作特征相一致的文学概念，在刘先平创作大自然探险文学之前没有现成的"大自然文学"概念和理论来解释刘先平的创作现象，因为刘先平的大自然探险文学创作表现出对"文学是人学"传统文学观的颠覆，同时又表现出与苏联（俄罗斯）"自然界的文学"、美国"自然文学"身份相似的美学特征，所以称其为"中国的大自然文学"。此后"大自然文学"这一提法得到刘先平的认同和儿童文学界的认可，又在刘先平矢志不渝地坚持和不遗余力地倡导推进下，成为中国文坛一种明显的文学现象，其影响也渐渐走出安徽、走出儿童文学、走向世界，"刘先平大自然文学"也成为一个专有名词，得到文学界的认可和尊重。

诚然，从刘先平创作倡导到"大自然文学"门类确立，有一个艰难地推进过程。一开始就有议论和看法，有人认为刘先平大自然探险题材的创作已经放在"儿童文学"中了，没有必要再标新立异提出一个"大自然文学"新概念；有人不看好刘先平倡导的"大自然文学"的前途和命运，将刘先平的名字直接与大自然文学连在一起，如果不是对刘先平开创"大自然文学"这一新文学的认同和肯定，也多少带有"那是刘先平一个人的文学"的漠视和否定，这也真实地反映了刘先平作为"中国大自然文学先驱者"的孤独与寂寥，却也从一个侧面反映了刘先平开创中国大自然文学的勇气和功劳。

没有刘先平坚持40年的大自然探险创作，就没有中国的大自然文学。刘先平不仅以50多部作品奠定了他在中国大自然文学的开拓者与奠基者的文学史地位，而且通过他的倡导和创作示范，回答了什么是大自然文学、中国大自然文学的特质在哪里。刘先平对大自然文学的论述非常丰富，可以从七个方面加以初步归纳。

（1）大自然文学是现代文学概念。古代很多作品虽然描写了自然，但仍然是"人物"的背景，写的是人与人、人与社会的故事，还没有走出"文学是人学"的范畴，不是今天所说的大自然文学。大自然文学弥补了几千年来文学少有讲述"人与自然的故事"这一重大缺憾，它以大自然为题材，表现了作家对生态文明时代要求人与自然和谐发展的文学表达。

（2）大自然文学的理论基础是生态自然观。有什么样的自然观就有什么样的大自然文学。大自然文学视野里的"自然"不是单纯的"自然风景"，而是人与自然和谐共生的"生态美景"。"生态"的要义是"平衡"，生态平衡有"三个层次"，首先是"人"本身的生态平衡，这主要是指一个人自身的心理和生理的平衡，精神和物质的统一；其次是自然界的生态平衡；最高的境界则是人与自然的和谐、共荣共生——天人合一。刘先平非常推崇中华传统文化对人与自然关系的表述，如"天人合一""道法自然"等思想，其中包含着"人与自然和谐共生"的生态哲理。

（3）大自然文学的主题是呼唤生态道德。大自然文学就是呼唤生态道德的文学，以生态道德培育生态文化，建设生态文明，建设美丽中国。刘先平首提文学的"生态道德"主题，认为环境危机实质上就是生态危机，生态危机的本质是生态道德的缺失，生态道德就是处理人与自然关系的行为规范。这是刘先平在长期大自然考察探险和大自然文学创作实践中的独到发现，是大自然给了他最生动最深刻的生态道德教育，因而无论是描写在大熊猫、相思鸟世界探险的长篇小说，还是讲述在野生动植物世界探险的奇遇故事，刘先平都在努力宣扬生态道德的伟大，努力使生态道德在人们心间生根、发芽。用刘先平自己的话说，"我在大自然中跋涉40多年，写了几十部作品，其实只是做了一件事：呼唤生态道德——在面临生态危机的世界，展现大自然和生命的壮美；生态道德是维系人与自然血脉相连的纽带。我坚信，只有人们以生态道德修身济国，和谐之花才会遍地开放"。

（4）大自然文学具有跨文体写作的综合特征。大自然文学是一种特殊的文学类型，这种特殊性体现在它是跨文化的对话、跨代际的沟通、跨文体的写作。以大自然探险文学为例，这类体裁的特点是有"奇"可看、有"险"可探、有"趣"可享，将娓娓动听的人与自然的故事，融入探险小说惊心动魄的情节之中，将知识性与趣味性融为一体，创造了一种"刘先平大自然文学文体"——兼有小说、故事、散文、报告文学等多种文体的文学特征，又有文学与摄影、视频、音像、图画等非文学形式融合的现场情景，展示了大自然文学融合其他文体形式的综合能力。

（5）大自然文学就是大自然文学。大自然文学首先是文学，具有文学的性质和特征。大自然文学又是以大自然为整体审美的文学，它是"大自然"的文学，属于文学大家庭中有着独立门户的文学新品种，而不是其他什么文学。它虽然与生态文学、儿童文学、纪实文学、科学文艺等文学类别有着千丝万缕的联系，那也只是文学大家庭的"兄弟姐妹"关系，常有交融却不能替代，因为大自然文学只能是生态时代的文学，而不能跨越它所发生、生存和发展的文明阶段。

（6）大自然文学与儿童文学关系最密切。儿童来自自然，与自然最亲近。大自然文学的自然书写与儿童生活最贴近，让大自然文学走进校园，让孩子们走进大自然，就是要还给孩子们一个真实的大自然，在阅读大自然中，激活人类曾有的记忆，接通与大自然相连的血脉，接受生态道德的启蒙教育。一部优秀的大自然文学作品，已经没有年龄的界限，儿童成人都需要、都喜欢。孩子们从故事情节本身体味到乐趣，受到热爱自然、保护自然的教育；成年人品尝其中的意蕴，思考人与自然的关系，实现人与自然和谐共生的绿色发展。

（7）大自然文学作家需要具备特殊素质。大自然文学作家需要具备更多的特殊素质。要有一颗热爱自然的心，对大自然无动于衷的人，不会热爱生活；要有善于观察思考的能力，才有新的发现；要有对自然的科学看法，明白只有人与自然和谐共生，人类才能实现永续发展的道理；要有不怕牺牲的革命精神，勇敢地到大自然中去探险，才能在探险中走得更远、探得更深、发现得更多，写出更好的大自然文学作品。

2. 创建了一个叫"大自然文学"的学科

刘先平不仅是大自然文学作家，以50多部作品为中国大自然文学奠基，还是一位倡导大自然文学的社会活动家，在创作的同时还撰写大自然文学创作心得和理论评论文章，主办多种形式的"大自然文学研讨会"，借助国内外重要的文学论坛宣讲大自然文学。特别是2010年"刘先平大自然文学工作室"建立以后，刘先平更是以"工作室"为核心，以安徽大学为基地，以"大自然文学"的名义，开展了一系列学科建设活动，将一种文学形成发展为一门高等教育学科，通过大自然文学与高校教育的创新型融合，提升了大自然文学的影响力和独立品质，也为高等教育改革创新探索了一条新路。

建设一个"大自然文学学科"需要方方面面的参与，很多人的努力。但刘先平是其中起主导和决定性作用的"那一个"，他是名副其实的组织者、领导者、行动者、建设者。没有刘先平及其大自然文学创作，大自然文学学科建设就成了没有对象和内容的空中楼阁。刘先平谋划决策和组织参与的主要活动有：

（1）2010年5月，成立安徽大学大自然文学研究所，在文学院开设大自然文学选修课，招收大自然文学方向硕士、博士研究生，发布大自然文学研究年度开放课题，出版《大自然文学研究》辑刊。

（2）2013年8月，刘先平大自然文学工作室和中国出版集团合作，在人民文学出版社、天天出版社成立"刘先平大自然文学品牌推广中心"，推出"刘先平大自然文学精品集"系列作品。

（3）2015年10月，安徽大学成立大自然文学协同创新中心，借助教育部"2011计划"，发挥安徽大学的学科优势，按照学科建设、科学研究和人才培养三位一体的原则，将中心建设成中国大自然文学创作、研究、传播和产业开发中心。计划在4年内培养大自然文学研究生25～30人，其中硕士研究生不少于20人，博士研究生5～10人。

（4）2019年3月，安徽大学大自然文学协同创新中心、长江少年儿童出版社（集团）有限公司、刘先平大自然文学工作室共同举办大自然文学作家班。首届大自然文学作家班38人，学期一年。其遵循理论与实践相结合的原则，邀请名家授课，阅读研讨大自然文学经典作品，组织学员到自然保护区深入生活和创作，通过校企合作加强学科建设，推进大自然文学发展。

（5）谋划"大自然文学"学科教材建设。发挥刘先平大自然文学工作室、安徽大学大自然文学研究所、安徽大学协同创新中心等学术单位的教学科研优势，以及中国出版集团、长江出版集团、安徽出版集团等出版企业的出版发行优势，启动"大自然文学教材"编写计划，首批包括《大自然文学概论》《大自然文学写作教程》《刘先平大自然文学创作研究》《大自然文学作品选》等系列选题。

2019年10月，中共中央、国务院印发了《新时代公民道德建设实施纲要》，在《纲要》第四节"推动道德实践养成"第7条"积极践行绿色生产生活方式"中写道："绿色发展、生态道德是现代文明的重要标志，是美好生活的基础、人民群众的期盼。要推动全社会共建美丽中国，围绕世界地球日、世界环境日、世界森林日、世界水日、世界海洋日和全国节能宣传周等，广泛开展多种形式的主题宣传实践活动，坚持人与自然和谐共生，引导人们树立尊重自然、顺应自然、保护自然的理念，树立绿水青山就是金山银山的理念，增强节约意识、环保意识和生态意识……引导人们做生态环境的保护者、建设者。"《纲要》同时要求"以优秀文艺作品陶冶道德情操"，以文载道，以文传情，以文植德，"把培育和弘扬社会主义核心价值观作为根本任务"。我们坚信，由刘先平开创的中国大自然文学在"推动生态道德实践养成"的革命道德建设中，必将不忘初心，不辱使命，大有作为。

当代艺术创新与人的主题呈现

——论描绘塑造群众和英雄的形象

◎ 魏兴无

一、习近平谈以人民为中心的创作导向和文化创新

习近平总书记2014年10月15日在文艺工作座谈会上的讲话，以及他于2016年11月30日在全国文联第十次代表大会、中国作协第九次全国代表大会开幕式上的讲话，以马克思主义文艺观和方法论为指导，高瞻远瞩，高屋建瓴，为我国的文艺工作和文艺工作者指明了前进的道路和方向。

这两个"讲话"是习近平新时代特色社会主义理论的重要组成部分，每一个文艺工作者都要认真学习，深刻领会其精神实质并自觉地贯彻运用。

习近平在文艺工作座谈会上的讲话，以丰厚的内容、鲜活的实例、科学的分析，从创作导向、创作源泉、创作方法以及文艺的作用和价值、文艺工作者应遵循正确的道路等方面进行缜密的思考，细致的分析，科学的阐述。在全国文联第十次代表大会、中国作协第九次代表大会上的讲话，则着重强调了要有高度的文化自信。

关于最为重要的创作导向，习近平在文艺工作座谈会上的讲话中指出："只有牢固树立马克思主义文艺观，真正做到了以人民为中心，文艺才能发挥最大正能量。以人民为中心，就是要把满足人民精神文化需求作为文艺和

文艺工作的出发点和落脚点。"①

在讲话中，习近平还就艺术创新的问题做了论述："文学、戏剧、电影、电视、音乐、舞蹈、美术、摄影、书法、曲艺、杂技以及民间文艺、群众文艺等各领域都要跟上时代发展、把握人民需求。"②

2014年9月24日习近平在纪念孔子诞辰2565周年国际学术研讨会暨国际儒学联合会第五届会员大会开幕会上的讲话中指出："努力实现传统文化的创造性转化、创新性发展，使之与现实文化相融相通，共同服务以文化人的时代任务。"③

习近平总书记还指出："文艺只有植根现实生活、紧跟时代潮流，才能发展繁荣。"④"中华民族文艺创造力是如此强大、创造的成就是如此辉煌，中华民族素有文化自信的气度，我们应该为此感到无比自豪，也应该为此感到无比自信。"⑤

以上这些精辟论述、重要思想如同灯塔一般，为包括美术工作者在内的广大文艺家照亮并指明了创作创新创造的道路。

二、 创新描绘、塑造英雄和领袖的形象

习近平在《要有高度的文艺自信》中指出："祖国是人民最坚实的依靠，英雄是民族最闪亮的坐标。歌唱祖国、礼赞英雄从来都是文艺创作的永恒主题。"⑥

近代以来，在中国人民争取民族独立、人民解放的浴血斗争中，在中国共产党领导人民进行革命建设的伟大历程中，涌现出无数可歌可泣的英雄人

---

① 《习近平谈治国理政》（第二卷），外文出版社 2017 版，第 314 页。
② 同上，第 315 页。
③ 同上，第 313 页。
④ 同上，第 317 页。
⑤ 《习近平关于社会主义文化建设论述摘编》，中央文献出版社 2017 年版，第 17 页。
⑥ 《习近平谈治国理政》（第二卷），外文出版社 2017 版，第 351 页。

物，并产生了深受人民爱戴的领袖人物，十分值得美术家描绘塑造、礼赞他们的光辉形象。回顾过往，无论是战争年代还是中华人民共和国成立以后，人民的美术家们都以自己高超的技艺描绘、塑造了英雄和领袖的形象，特别是中华人民共和国成立之后，毛泽东"推陈出新，古为今用，洋为中用"的方针，更是贯彻于美术家们的艺术实践当中，现列举、分析、探讨如下：

1. 周令钊开创新中国采用油画艺术描绘人民领袖形象之先河

油画，是西洋绘画中一个古老的画种，14～15世纪经画家凡·爱克兄弟的改进后，被广泛采用。其特点是颜料有较强的遮盖力，能充分地表现出物体（人物）的真实感和丰富的色彩效果。

1949年，周令钊接受了为10月1日新中国开国大典天安门城楼上毛主席像的绘制任务后，大胆地、创造性地决定采用油画这一美术形式来展现毛主席的形象。30岁的他，先后毕业于长沙华中美专、武江艺专，擅长水粉画、美术设计、壁画。1948年，应徐悲鸿聘请任教北平国立艺专，后担任中央美术学院壁画系民族画室主任等职。

他绘制的大型油画毛主席肖像，神采奕奕，红光满面，目光坚定而温暖，使人感到栩栩如生，绘出了亿万人民心中的伟大领袖形象，广受好评。同时，他成为新中国创新采用西洋的油画艺术描绘人民领袖形象的第一人。此外他还创作了展现爱国志士英雄形象的历史油画《五四运动》，珍藏于中国革命历史博物馆（现为中国国家博物馆），并为人民解放军英雄的开国将帅们设计了"八一勋章""独立自由勋章""解放勋章"。

2. 董希文以独特视角，大胆构图绘制《开国大典》

1952年，38岁的董希文以高昂的热情、精湛的艺术技巧，创作出了革命历史油画《开国大典》，这幅讴歌人民革命和领袖的世纪杰作，当印成年画后，发行了100多万张。他在谈到这幅画的创作时说："在带有装饰性处理的这幅画里，尽力表现出富丽堂皇，把风和日丽的日子里的一个庄严而热烈的场面描绘出来。"他没有局限于人眼看到的实际场面，而是创造性地采取了从天安门城楼向南看的角度，使得天安门广场和大片蓝天展现在观众面前。

为了开阔视野，他大胆创新，把按一般透视规律应该看到的一根栏柱抽去使画面顿觉敞亮起来，展现真正的泱泱大国的气象。画面上只有毛主席站在中央，其他人物都在偏左方，在构图上的成功创造，把"中国人民从此站起来了"的庄严时刻形象地表现了出来。在色彩运用上大胆地用碧蓝、大红、金黄组成基调，用蓝、棕、绿调和，按中国民族传统的审美习惯用对比色，又统一协调，这需要很深的艺术功力。《开国大典》在色彩构思上卓有成效地达到了他孜孜以求的民族气派，为油画的民族化闯出了一条新路。毛主席在看了油画《开国大典》后说："我们的画拿到国际去，别人是比不过我们的，因为我们有独特的民族形式。"

20世纪30年代，董希文分别求学于苏州美专、上海美专，并去巴黎美术学院河内分校深造。他艺术功力深厚扎实，对西欧油画传统、探索走中西结合之路都下过功夫，形成个人独有的风格和艺术特色，创作出了举世瞩目、影响深远的好作品。

3. 刘开渠领导、参与人民英雄纪念碑的设计，以及大型浮雕的创作

1952年至1956年，当代杰出的人民艺术家、雕塑大师刘开渠领导并参与了人民英雄纪念碑的设计以及大型浮雕的创作，他亲手创作其中的《胜利渡过长江》《解放全中国》《欢迎解放军》等浮雕。

刘开渠一贯主张雕塑艺术在"创造一种新境界"的同时起到"明劝诫，着升沉"的作用。他的作品写实，手法细腻含蓄，造型严谨朴实，结构解剖准确，他精于西方写实塑造技法，又注重继承中国古代雕塑的优秀传统。人物神完气足，具有精神和民族风格。刘开渠的雕塑具有明显的绘画性和意向性，语言精练（这一切在人民英雄纪念碑的一系列浮雕中均有体现）。当许多中国人奔赴西方学习雕塑时，西方雕塑家也来中国借鉴中国的古代雕塑，刘开渠却开始了个人风格的雕塑创作。刘开渠的雕塑在西洋写实雕塑的基础上，继承中国传统雕塑简练单纯及线画的表现方法，创新形成了独特的风格。20世纪三四十年代，他创作了《淞沪战役阵亡将士纪念碑》《川军抗日

英雄纪念像》等讴歌抗日英雄的雕塑作品。

1956—1959年，刘开渠还受中共中央编译局委托，为马克思、恩格斯、列宁、斯大林著作选集作封面浮雕像设计，并先后完成了《毛泽东主席像》《工农红军像》等雕刻作品。1976年以后创作了《周恩来总理像》以及《抗日阵亡将士王铭章纪念碑》《抗日阵亡将士无名英雄纪念碑》《孙中山纪念碑》等纪念性雕塑，还有展现任弼时等革命领袖和被毛泽东誉为"空前民族英雄"[①]的鲁迅先生肖像。

4.赖少其及新徽派版画刻画的英雄形象和领袖人物

20世纪30年代，广州美专的青年学子赖少其就参加了鲁迅先生所倡导的抗日救亡新兴木刻运动。1935年，赖少其创作发表了《阿Q正传》等木刻作品。《阿Q正传》的画面是一张书桌上面有一只墨笔瓶，瓶上有民族英雄鲁迅的头像，这幅作品后来享誉艺坛。1938年，他被选为中华全国木刻界抗敌协会理事，主办《漫画与木刻》杂志，被鲁迅誉为"最有战斗力的青年木刻家"。从1939年起，赖少其先后在担任新四军领导的《抗敌画报》《苏中报》副刊编辑等职务时，创作出许多展现抗日英雄形象的木刻作品。1945年，为庆祝抗战胜利，他创作的《抗战门神》，画面为骑骏马挎钢枪，雄赳赳气昂昂的抗日英雄形象，广受群众喜爱，被千家万户贴在大门上当"门神"。赖少其独创的"以白压黑"技法使其成为新徽派版画的主要创始人。

新徽派版画是安徽美术领域整体实现本土文化自觉的先锋，是在全国美术界赢得荣誉较多的艺术品牌。[②]"文化大革命"结束后，全国文艺思想的率先开放是在美术界，安徽美术界率先结出硕果的艺术门类是版画。[③]

当时百废待兴，人民大会堂安徽厅需要进行第二次装饰布置。

赖少其等安徽版画家为此创作了一批大型套色板画，其中展现英雄人物和领袖形象的有：《百万雄师过大江》《淮海战歌》《毛主席视察马钢》《陈

---

① 《鲁迅杂文选》，上海人民出版社1975年版，第1页。

② 《本体之观》，安徽人民出版社2012年版，第281页。

③ 同上，第282页。

毅吟诗》等。这些作品一经亮相京城就受到全国版画界乃至美术界的好评。版画界元老李桦先生说："这是'推陈出新'的一个很好的范例，他们不是使'冢中枯骨，换了新装'，躲在'象牙之塔'里孤芳自赏，而是使古代徽派的优点融合于新兴版画的革命传统之中。他们的作品具有鲜明的时代特色……充溢着人民的新思想、美好愿望和真挚的感情，而且地方色彩特别浓厚，使人看了便知道是安徽版画，这便是我们版画百花园中开出一朵别具风格的鲜艳花朵。"[①]

上述各位美术大师及美术流派，锐意创新，精益求精，以精湛的技艺、深情的笔端描绘刻画了众多的英雄形象和领袖人物形象，将礼赞英雄伟人的主题纷呈于画坛，成就辉煌。

三、创新描绘、刻画工农兵群众形象

习近平指出："以人民为中心，就是要把满足人民精神文化需求作为文艺和文艺工作的出发点和落脚点，把人民作为文艺表现的主体，把人民作为文艺审美的鉴赏家和评判者，把为人民服务作为文艺工作者的天职。"[②]

毛泽东曾经指出："群众是真正的英雄。""人民，只有人民，才是推动历史前进的动力。"

近代以来，无论是在推翻帝国主义、封建主义、官僚资本主义"三座大山"的斗争中，还是在社会主义建设和改革进程中，人民群众都是主力军、生力军。当代的美术工作者们，以手中的画笔和刻刀记录、展现了他们的英姿和风采。

1. 古元创造出阳刻为主的技艺，简明清新刻画士兵农民群象

20世纪30年代，古元在广东香山县做乡村教师时，"就对山川风物很喜欢，尤其喜欢带有劳动人民乡土气息的景色"，那时他常写生。1938年，古

---

① 《本体之观》，安徽人民出版社 2012 年版，第 283 页。

② 《习近平谈治国理政》（第二卷），外文出版社 2017 版，第 314—315 页。

元奔赴延安，入读鲁迅艺术学院，他对日寇的入侵切齿痛恨，他深切关注着中华民族的前途命运，以画笔作武器，深入农村和战地生活，用木刻创作出有时代感召力的《运草》《减租会》《离婚诉》《练兵》《部队秋收》《哥哥的假期》《人民子弟兵》《拥护咱们老百姓的军队》和后来的《人桥》等作品。他创作的工农兵人物写意传神、撼动人心，引起全国的强烈反响。他在绘人物画的同时不忘赞美祖国的大好河山，他认为"欣赏风光性作品，不但有美的享受，还可唤起人们对国家土地、自然环境的热爱，即使敌人侵犯，也要誓死保护"。1942年，在重庆举办的全国木刻展览会上，徐悲鸿撰文称赞古元的作品。1951年，古元创作的新年画《毛主席和农民谈话》获文化部颁发的新年画二等奖。古元历任中央美术学院院长等职。

古元的版画，摆脱了西方木刻的影响，创作以阳刻为主、构图多变、简洁、明朗、清新，具有鲜活的民族特色和地方特点。这种艺术风格的出现，成为在中国新兴版画史上具有划时代意义的影响和突破。

2. 新金陵画派"笔墨随时代而变，描绘工农兵形象"

新金陵画派是20世纪60年代以江苏省国画院画家为主的一个创作群体，其中主要有傅抱石、钱松喦、亚明等画家。1961年，傅抱石发表了《思想变了，笔墨就不能不变》等文章，指出："只有深入生活，才能够有助于理解传统，才能够创造性地发展传统。笔墨技法，不仅仅源自生活并服从一定的主题内容，同时它又是时代的脉搏和作者的思想、感情的反映……时代变了，生活、感情也跟着变了，通过新的生活感受，不能不要求在原有的笔墨技法的基础之上，大胆地赋以新的生活，大胆地寻找新的形式技法，使我们的笔墨能够有力地表达对新的时代、新的生活的歌颂与热爱。换句话，就是不能不要求'变'。"

这段时间，新金陵画派创作出了《广州造船厂》《广积粮》《打靶》《八面山哨口》《修工事的战士们》《运输忙》《炉前》《出钢》《工人不要计件工资》等展现工农兵形象的人物画，集中展示了主题性的创作道路，开矿山、种农田、建工厂、造水库、抓生产、忙丰收、颂英雄、赞劳模，反映出时代

社会生活的主旋律。^①

3. 刘文西创建黄土画派，把陕西农民形象带入美术殿堂

出生于浙江嵊州的刘文西，1958年，从如诗如画的西子湖畔来到地处西北的西安美术学院工作。在他的心目中，这是距离革命圣地延安最近的地方，也是距离他梦想最近的地方。1960年，刘文西的国画作品《毛主席和牧羊人》在《人民日报》发表，毛泽东看后说："这位青年画家画我画得很像。"^②

刘文西是人物画家，他一共创作了60多幅关于毛主席的作品，但他不只会画毛主席，这些在其绘画作品中仅占很小一部分，他画的更多的还是劳动人民。刘文西把自己的艺术追求称为"黄土艺术"，把自己一手创建的画派称作"黄土画派"。他对中国画的贡献在于他创建性地把陕北农民的形象带入现代中国人物画的殿堂。1962年，他创作的《祖孙四代》入选第3届全国美展，并被中国美术馆收藏。古稀之年，他又迎来一个创作高峰：2004—2006年，先后创作了《黄河子孙》《黄河汉子》《米脂婆姨》《陕北老汉》《安塞腰鼓》等画作。2017年，刘文西在西安美院展示了他耗时13年创作的中国画百米长卷《黄土地的主人》，这是一幅不可多得的全景式及反映改革开放以来陕北劳动人民精神面貌的精品力作。有评论家认为，刘文西的作品代表了当代中国画写实风格的最高水平和发展方向。^③

4. 罗中立油画《父亲》，当代美术史上里程碑式的作品

1981年，青年画家罗中立创作了油画《父亲》，画面上饱经沧桑、满是皱纹的那张老农的脸膛，粗糙的手指，呈现裂纹的粗劣大碗，给观者以强烈的视觉冲击及心灵震撼，真实地表现了农民的艰辛劳苦。当时正值改革开放之初，《父亲》摆脱了"高大全"及粉饰生活的创作模式和框框，给画坛带来一股清新之气，被誉为"当代美术史上的一个里程碑"。此画荣获全国青年美展一等奖、《人民日报》金奖。

---

① 《本体之观》，安徽人民出版社2012年版，第257页。

② 《新西部》2019年7月版（见《作家文摘》2019年7月12日第二版）。

③ 《新西部》2019年7月版（见《作家文摘》2019年7月12日第二版）。

罗中立在《致未来》一文中说："从古至今，艺术不断地超越既定规范和现有逻辑，是可能性和想象力生长的载体。它一方面为现实生活找寻精神的皈依，另一方面为未来提供梦想的形态和方向，在文明的长河中熠熠生辉。"

1992年，罗立中创建"罗中立油画奖学金"，奖励为艺术事业执着追求并富有创造精神的青年优秀学子，为油画艺术发展催生后备新人。

结 语

早在70多年前，毛泽东在延安文艺座谈会上就指出："为什么人的问题，是一个根本的问题。"江泽民曾要求文艺工作者"在人民的历史创造中进行艺术的创造"。在新时代，习近平总书记指出："坚持以人民为中心的创作导向。"[1]从我们美术工作者的角度来理解这些指示，可概括为"为什么人画，画什么人，如何画"。本文中提及的当代著名美术家及流派，均遵循这一原则，进行有关人民群众、英雄和人民领袖形象的艺术创作。他们在创作中秉持"创新精神"，展现出各类人物的面貌和风采。如周令钊绘制的新中国第一幅油画毛泽东像，刘开渠主持设计并创作的人民英雄纪念碑，董希文创作的历史油画《开国大典》，新徽派版画刻画的人民领袖和英雄形象，新金陵画派描绘的工农兵形象，古元刻画的士兵和农民形象以及罗中立创作的里程碑式的油画《父亲》等。这些闪烁着人性光芒，极富个性和艺术特色的作品，在美术的历史长廊中熠熠生辉，并深受群众喜爱。

回顾往昔是为了未来，如同前辈艺术家所期待的那样：愿中国画坛涌现出不断创新的新人和更新更美的作品。

---

[1] 《习近平谈治国理政》（第二卷），外文出版社 2017 版，第 314 页。

用文艺讲好全民
抗疫的生动故事

3

用文艺讲好全民抗疫的生动故事

——安徽抗疫文艺创作简评

◎ 史培刚

新冠肺炎疫情自2020年春节开始，以武汉为中心，不断向全国蔓延，形势严峻。为贯彻习近平总书记关于全力抗击疫情的重要讲话精神，打赢这场没有硝烟的疫情阻击战，切实保护人民生命安全，安徽省文联积极行动，广泛动员，迅速组织各类文艺创作，为抗击疫情贡献了文艺力量。截至2月6日，省作协、美协、书协、音协、摄协、民协、剧协、曲协、影视协、评协等10多个省级文艺家协会，共收到抗疫主题性文艺作品1500篇（幅、段、件），其中诗词350首，歌曲20首，散文20篇，美术作品400多幅（包括漫画、儿童画、国画、油画），书法400多幅，摄影作品70多件，剪纸101幅，戏曲唱词（段）24个，琴书、快板书作品14件，文艺评论10篇，楹联作品52副。这些作品通过省文联公众号、各协会公众号等网络媒体向社会及时发布，许多优秀作品还被新华网、学习强国、今日头条、《中国艺术报》等知名媒体转发或刊登，收到了很好的社会反响。这些作品体现了我省广大文艺工作者与时代同步伐、以人民为中心、以精品奉献人民、以明德引领风尚的自觉担当，彰显了安徽文艺的价值和力量，为抗击疫情做出了阶段性贡献。

此阶段的抗疫文艺创作大致具有以下几个特点：

一是主题鲜明。主题是创作的灵魂，主题正确鲜明与否决定着作品的生命。这次抗击疫情，党中央总揽全局，指挥若定，各地、各部门协作联动，全体人民积极响应，又一次展现了伟大的中华民族在灾难面前同舟共济、众志成城的磅礴伟力。以钟南山、李兰娟等医疗专家为代表的广大医务工作者临危受命，勇敢"逆行"，舍生忘死，攻坚克难，深深地感染着广大文艺工作者。他们用作品讴歌了军民携手、驰援武汉的人间大爱，礼赞了白衣天使大无畏的革命英雄主义精神。歌曲《逆行的天使》、诗歌《当钟声敲响》等作品，不仅讲好了广大医务工作者不顾个人安危、奋力抗疫的动人故事，而且极大地鼓舞了人民群众共克时艰的决心。许多漫画、剪纸、快板书等作品围绕传播卫生防疫知识、讽刺不良社会现象、传播精神文明等主题创作，为疫情防控阻击战发挥了重要舆论宣传作用。

二是感情真挚。真善美是艺术的永恒主题。艺术家的感情是否真挚，一定程度上决定了作品的真实度和感染力。安徽广大文艺工作者在疫情灾难面前，没有选择冷漠和自私，而是饱含对人民的深情、对英雄的敬意，与时间赛跑、与病魔抗争，努力创作了一大批致敬英雄、鼓舞斗志的优秀文艺作品。诗歌《让我握住你的手》、梆子戏《我们都是大写的勇者》、漫画《无言的爱》、安徽大鼓《科学防控保平安》等作品语言淳朴、仪态恳切、感情真挚。虽然有些作品的主题还不够深刻、文化含量稍显不足、艺术技巧尚有瑕疵，但在真情面前，在积极担当面前，这些缺憾可谓瑕不掩瑜，可以理解。安徽文艺工作者是可以信赖的，他们冒着被传染的风险，制作音视频、拍摄MV作品、排练曲艺和戏曲唱段，并及时在相关媒体发布传播。他们敬畏生命、敬畏艺术，比起诸如"感谢冠状君"的诗作和污化湖北同胞的所谓诗人，安徽文艺的天空显得格外旷朗洁净。

三是篇幅短小明快。篇幅短小是灾难性主题创作初期的主要特点之一，它适宜快速发表，及时发挥鼓舞斗志、凝聚力量的精神激励作用。表现在体裁和艺术形式上，主要适合个体能够短时间内独立完成创作的艺术门类，如诗歌、散文、摄影、书法、美术等，一般不适宜小说、影视剧、舞蹈、戏剧以及其他综合性大型艺术作品的创作。从征集的文学体裁作品来看，以抒情擅长的诗歌占比较大，有300多首。其中《致敬白衣战士》《不挣这个钱》

等诗词表达了对医务工作者和富有爱心的普通大众的敬意，深受好评。歌曲《平安武汉》词真意切，旋律抒情，成为央视《焦点访谈》片尾公益歌曲，广为传唱。美术作品的漫画、宣传画、儿童画等占比较大，篇幅短小，生动活泼。书法和剪纸，民族特色鲜明，受众面广，易于传播。戏曲黄梅歌《这场阻击战我们一定赢》、淮河琴书《母女抗疫》以及其他的快板书、大鼓书等也深受群众欢迎。这些作品在遵循本艺术门类创作规律的基础上，有的饱含深情，直抒胸臆；有的曲折婉约，寄托深远；有的角度新颖，凡中寓奇；有的善于剪裁，以小见大。在审美风格上，或雄浑奔放，或沉郁顿挫，或含蓄内敛，或绮丽多彩，给人以精神的鼓舞和审美的愉悦。

疫情还在肆虐，全国人民抗击疫情的战斗还在继续，随着疫情的发展变化和战役的节节胜利，文艺创作也必将进入一个新的更高的阶段。疫情初期的这些文艺作品虽然取得了一些成绩，但也要清醒地认识到存在的问题和不足，如主题鲜明但不够深刻，感情真挚但不够丰沛，篇幅短小明快但内涵不够丰厚，艺术创新力不足等都亟待解决和改进。

安徽的抗疫文艺创作如何与战斗同行，如何讲好全民抗疫的生动故事，本人认为可在以下几个方面加以把握：

一是牢牢把握以人民为中心的创作导向。要满怀人民情感，努力反映全国人民防疫抗疫的成就，生动讲述防疫抗疫一线的感人事迹，讲好中国抗击疫情的故事。大力弘扬革命英雄主义精神、爱国主义精神、互助友爱精神、科学求实精神，充分展现中国人民团结一心、同舟共济的精神风貌，凝聚众志成城抗疫情的强大力量。要展现中国的制度优势、能力优势和文化优势，进一步树立打赢抗疫阻击战的坚定信心。要站在人类灾难文化发展史的高度，就人与自然和谐共存、科技进步与人类健康等问题，进行深刻的历史和现实的反思，为疫情过后的小康社会建设提供有益镜鉴。

二是要牢牢把握贴近生活的创作道路，进一步深入抗疫一线，真切体验全民抗疫的生动实践。习近平总书记说："文艺创作方法有一百条、一千条，但最根本的方法是扎根人民。"文艺创作首先要有文艺体验，要有生活积累。体验越深刻，感情越真挚；积累越丰厚，作品越感人。受疫情传播管理的影响，我们近期的创作体验多是通过媒体网络的中介而实现，这样的体验对于一般抒情性的创作或者搜集创作素材还可以，但对于创作文艺精品来说，就远远不够了。有理想有抱负的文艺工作者，要有忘我的境界、执着的精神，勇敢地投入抗疫战线的前沿阵地，淬炼身心，汲取养料，获得灵感，从而创作出有道德、有温度、有筋骨的文艺精品。

三是要把握创新是文艺发展的永恒动力。从文艺发展史来看，人类的每一次灾难，不仅为文艺家的成功提供了历史机遇，也大大推进了文艺的创新创造。文艺复兴时期诞生过无数瑰丽的艺术宝藏，但黑死病正是在这个时期横行欧洲，表现瘟疫的题材自然成为艺术作品的重要主题。圭多·雷尼的《圣米迦勒击败撒旦》、阿尔弗雷德·丢勒的《死亡之舞》都是反映人们与瘟疫抗争的优秀代表作。米开朗琪罗、伦勃朗、提香等文艺复兴的巨匠也都曾创作过不少与瘟疫相关的作品。中华人民共和国成立以来，中国也经历过多次重大灾难，如唐山大地震、汶川地震、非典等，这些灾难带给我们的痛楚，至今记忆犹新，难以忘却。亲历或目睹这些灾难发生的广大文艺工作者怀揣对历史和人民的深厚情感，创作出一大批优秀文艺作品，如小说《唐山大地震》、反映汶川大地震的报告文学《大国不屈》、安徽省美协副主席赵振华的油画作品《抗击非典》等都以经典的名义铭记在中国文艺的史册上。面对此次新冠肺炎疫情，中国正在以史无前例的国家动员优势和能力，同舟共济、众志成城、决战疫情，在这场中国必胜的抗疫决战中，时时上演着无数的动人故事。正义与邪恶、自私与大爱、文明与愚昧、科学与迷信、先进与落后等矛盾关系的斗争与融合，为文艺创作提供了丰富的素材，为文艺家讲好抗疫故事供给了充足的养料。希望广大文艺工作者树立崇高的艺术理想，把握历史机遇，将人类的最新文明成果为我所用，在题材、体裁、构思、情节、制作和表现手法等方面实现原创性突破，努力创作具有精神高度、文化内涵和艺术价值的文艺精品，为中国乃至人类灾难文化史做出独特贡献。

安徽以艺战"疫"短评集萃

为进一步促进创作，引领风尚，增强文艺作品的传播力和影响力，文艺评论必须发挥应有的作用。新冠疫情在我国突发之后，安徽文艺界积极行动，上下联动，创作了一批多种形式的战"疫"主题性文艺作品。

在安徽省文联倡导下，安徽文艺理论研究室、省文艺评论家协会等组织部分文艺评论界人士积极发声，撰写了一批短小精悍的评论作品。让我们运用评论的力量，为引导文艺创作思潮，激发广大文艺工作者创作更好更多的精品力作，为坚决打赢这场疫情防控阻击战贡献力量！

致敬新时代最美的人
——读《你有多美》等一组抗"疫"诗歌

韩 进

2020年的春节，谁也没有想到会遭遇如此严重的肺炎疫情。危难时刻见真情，生死关头见责任。当广大医务人员冒着生命危险奔赴疫情防控第一线的时候，广大文艺工作者也纷纷拿起手中的笔，自觉肩负起新时代文艺工作者的神圣使命，与时代同呼吸，与人民同命运，向新时代最美的"白衣天使"致敬，为做好疫情防控工作发挥着鼓劲和宣传作用，获得读者点赞。这其中就有安徽音乐界的文艺工作者，他们以崇高的敬意和神圣的使命，创作了一批感人肺腑的抗"疫"歌曲，以最美的歌词和最美的旋律讴歌新时代最美的人，为安徽疫情防控的伟大斗争留下了珍贵的记录。

诗人是时代的歌者，歌曲表达人们的心声。1月27日，安徽省文联公众号发布的《你有多美》，就是一首讴歌危难时刻人与人之间美好情感的好作品。该歌曲由宋青松作词，王备作曲，柏文、汤非演唱。歌词以被救病人第一人称的动情讲述，表达了"是你把我夺回"的救命之恩的感激，写出了病人"与你默默面对"时的善良之美，你最美的样子，却不能让最爱你的人看见。在两个"我知道"和两个"我不知"的"生命体会"里，"我"只能"想一想、看一看"。"你有多美"，这是一种"心灵的欣赏"，是人与人之间一种多么美好的情感。

1月29日，省文联公众号在《献给战"疫"一线的最美"白衣天使"》的总题目下，编发了一组歌曲，包括《逆行的天使》《永不言弃》《生命的期待》《点赞前线人》《吉祥白云》5首原创作品，向新时代最美的人致敬。歌曲礼赞"逆行的天使"，"把肩上的职责扛起""把对祖国的爱装进心里""用忠诚与担当，诠释了生命的意义"；歌颂人们在危难时刻"永不言弃"的斗争精神，以及"你我同在，守护生命"的团结力量；讴歌那些"为了大众生命把大爱奉献"的医务人员和与他们生死与共的前线采访记者；坚信有"你依然勇敢地前行"，"那圣洁的祝福"一定会化作"吉祥的白云"。这些歌曲情感真挚浓烈，展示战胜疫情同仇敌忾的坚定信心，讴歌爱与美的心灵，热爱生活，敬畏生命，充满自信和乐观，读后让人振奋，给人力量。

让我们向新时代最美的人致敬！他们是逆行的白衣天使，他们是永不言弃的感染者，他们是守望生命的前线人，他们是与时代同行、为人民而歌的文艺工作者。

大美深情凝笔端

——安徽美术家抗疫题材作品扫"瞄"

陈祥明

　　新型冠状病毒肆虐湖北武汉，波及全国各地，人民大众的生命受到严重威胁与残害。在党和政府的组织领导下，一场抗击疫情、保卫生命的人民战争打响了。

　　这是一场没有硝烟的战争，是中华民族生死攸关的大搏斗。抗击疫情主战场在湖北武汉，科学家、医学专家奔赴那里，白衣战士、白衣天使奔赴那里，人民子弟兵奔赴那里，成千上万支援者奔向那里，与湖北武汉人民一道，抗击病毒的肆虐，防控病毒的扩散，抢救被病毒残害的百姓。为抗疫战疫，为解救生命，他们执科学武器，献热血生命，感天地泣鬼神。

　　在抗疫战疫"大后方"的美术家们，以笔当"枪"，积极投入抗疫战疫。他们发扬现代中国美术的光荣传统，在民族危急之际，在民众苦难之时，挺身而出，为民族解危、为民众脱难而倾心竭力。在安徽省文联、美协的倡导下，安徽的美术家们在短时间内创作出了一大批抗疫题材的作品。

　　这些作品门类多，有漫画、宣传画、国画、油画、水彩水粉画、版画；作品数量大，现已有600余件，还有在陆续面世。参加创作的画家面广，其中有德高望重的老画家，有驰誉画界的中年名家，也有崭露头角的画坛新秀。这表明广大画家发动起来了，其创作热情被激发出来了，其为国为民责任担当的精神呈现出来了。

　　这些作品瞄准抗疫战疫的需要，发挥人民战争"号角、战鼓、宣传播种机"的作用。漫画、宣传画再一次大显身手，它们及时快捷、形象生动地宣传普及如何科学地防疫、抗疫、战疫，并借助现代传媒手段产生了广泛的社会影响。速写、写生作品再一次显示出生命力，它们切近抗击疫情的奋战现场，切近疫情困囿下的生活境遇，及时鲜活地记录和描写了大敌当前的抗疫防疫。

这些作品倾心关注抗疫战疫第一线、主战场，着力表现那些震撼人心的壮烈场面，表现那些忘我奋战的白衣战士，表现那些舍身拯救生命的科学工作者。国画人物画、油画和水彩粉画人物画发挥了描绘人物、塑造典型形象的功能优长。有的作品表现科学家、医生的个体形象，有的表现白衣战士、子弟兵的群体形象；有的表现抗疫战疫的勇敢坚毅，有的表现救助病人的爱心体贴；有的表现宏大的震撼场景，有的表现微小的动人一瞥；而抗疫中的"最美女儿""最美男儿"形象得到生动表现。这是对大爱的真切呈现、对大美的深情表达。这些画无疑丰富了现实主义人物画的艺术长廊。

这些作品虽然是在短时间内完成的，但其中不乏精品杰作。由于这些作品是画家们用深情和心血描绘出来的，是用责任和使命浇灌出来的，表现了抗疫战疫的献身精神、拯救生命的人道精神、为中华民族慷慨赴难的大爱精神，因此自然流露出动人的魅力，也为历史留下了珍贵的文献。也许从纯艺术技法的角度看这些作品还不够精到完美，但其表现出的大美深情无疑会感动今人乃至后人。

以更高的艺术标准衡量，当下的抗疫题材作品还存在一些不足：其一，有些作品过于"短平快"，对抗疫题材内涵的开掘不够，对抗疫精神的深度表达不够，有的作品还停留在纯现象的描绘和口号式的呈现；其二，一些作品在表现抗疫英模人物时停留于"平面化"或"脸谱化"，对"典型环境中的典型人物"形象的刻画不够，尚未达到现实主义艺术应有的深度与高度；此外，有的作品艺术形式语言较粗糙，在很大程度上削弱了抗疫作品应有的吸引力与感染力。

上述这些不足虽然在近距离反映生活时在所难免，然而在任何时候都坚持艺术精进则是艺术家的天职。我们期待并相信，中华儿女们惊天地、泣鬼神的英勇顽强的抗疫战疫精神，必然激发艺术家们创作出感天下、动人心的伟大作品而流传后世。

文艺战"疫" 江淮有"戏"

——安徽戏剧人抗疫快作述评

李春荣

豕去鼠来，一场新冠肺炎疫情突如其来，汹涌而至。全国人民上下一心、共克时艰，坚决抗疫。面对疫情，安徽的戏剧工作者们虽然响应国家号召蛰伏家中，但是不等、不靠、不缺位，积极行动，因地制宜，迅速发声，创作了一批抗疫快作并通过微信、抖音等自媒体发布，为助力抗疫、讴歌英雄、弘扬众志成城的抗疫精神发挥了精神激励作用，展现了安徽戏剧人守土有责、勇于担当的精神面貌。

面对凶险肆虐的新冠肺炎病毒，面对英勇战"疫"、无私奉献，甚至牺牲自我的广大医护人员、公安干警、社区人员，面对虽然没有阵阵硝烟，却有浓浓消毒水气味，艰难、悲壮而惨烈的武汉保卫战，安徽戏剧人、戏剧界由感动而担当，由担当而迅速行动。2月2日，省文联公众号推送了《文艺战"疫"，"疫"路有情！安徽戏剧界在行动》视频，著名黄梅戏艺术家韩再芬首先发声："相信我们的党和政府一定会带领我们打赢这场阻击战！希望大家都平安！更希望武汉人民沉着应战渡过难关！"该视频同时还推出了亳州市演艺集团新创作的淮北梆子戏戏歌《我们都是大写的勇者》（作词：李云，作曲：邱福清，演唱：章宏伟、万海军、张馨云、吴鹏丽）和合肥市庐剧院根据庐剧传统小戏《骂鸡》唱段新填词的庐剧唱段《这才是眼前的头等事》（陈胜超填词，郁柳演唱）。前者以高亢、激昂的淮北梆子戏旋律唱响了万众一心，支援武汉，打赢抗疫战争的必胜信心；后者则以传统庐剧唱腔和地道的合肥方言，通俗、诙谐地宣传了抗疫期间普通人应注意的事项。同日，皖西演艺传媒公司公众号推出《众志成城、共克时艰，六安庐剧人在行动》视频，庐剧演员宋琼、冯晓薇、谭晨晓演唱了新填词的庐剧唱段《打赢疫情防控阻击战》（吴正明原曲、赵士鼎填词）来为武汉加油、为祖国加油……与此次全国抗疫战争的主力军一样，安徽文艺战"疫"的主体毫无疑问是相关国有文艺单位及院团，充分显示了戏剧人关键时刻不缺位并勇于担当使命的责任意识。

戏剧是角的艺术。安徽文艺战"疫"既有各方主力，也有名角领衔：韩再芬一曲黄梅歌《武汉啊武汉　我在等你啊》（作词：聂圣哲，作曲：徐代泉）轻吟低唱，婉转深情地唱出了对武汉、对武汉人民必将战胜疫情的信心。省黄梅戏剧院蒋建国则以饱满的感情、字正腔圆的配乐诗朗诵《致敬——向逆行的无名英雄》（作者：周慧）衷心向那些"不计报酬，无论生死"，逆行奔向武汉的医护战士们致敬。

从表现形式看，在居家隔离这一特殊时期，安徽戏剧人主要通过新创戏歌、原有戏曲唱段重新填词、快板大鼓等形式来迅捷反映这场前无古人、目前看来尚不知何时结束的特殊战争。除了前面提到的作品，一批歌颂并展现抗疫时期全国人民勇敢奉献精神的戏歌、唱段涌现，如知名黄梅戏演员沙红演唱的黄梅歌《顶天立地中国脊梁》（作词：何小剑，作曲：精耕）、青阳县文化馆创作的青阳腔表演唱《情所系》（作词：刘馨泽、张莹莹，作曲：刘春江，演唱：焦琴、张欣悦、张小芳、汪应培）、淮南市文旅局艺术研究委员会根据现代京剧《红灯记》唱段填词的京剧唱段《携同心渡难关共克时艰》（填词：汤力帆、李文利，演唱：李文利）等。作曲家晨见作词、作曲并亲自演唱的花鼓灯歌与淮北大鼓混搭的作品《众志成城抗疫情》独辟蹊径，以浓郁的皖北地域文化元素表达了坚决打赢疫情阻击战的决心，令人印象深刻。

安徽是民营院团大省，拥有目前全国最多的民营剧团。在此特殊时期，广大民间戏剧人也不甘缺位，积极献声。其中既有黄梅戏这样的大剧种，也有一些稀有剧种。定远县曲雅黄梅戏剧团吕仁霞，大年初三即录制演唱了根据《女驸马》唱段新填词的黄梅戏唱段《众志成城战疫魔》（杨家伦填词），接着又演唱了新创的黄梅歌《新时代最可爱的人》（作词：杨晓峰，作曲：董新慧），以一个基层戏剧人的视角唱出了万众一心战胜新冠肺炎病毒的心声，以及对抗疫战斗中最可爱的那群人——医护工作者的歌颂和崇敬之情。洪山戏是安徽的一个稀有剧种，省级非遗传承人、来安县德才洪扬戏剧团吴德才演唱了新编的洪山戏唱段《看雪景思武汉心如刀切》（作词：苏在华，编曲：高汇江），表达了对抗疫主战场的武汉人民的关切之情。

通览现有的抗疫戏剧作品，普遍是急就章式的作品，甚至连形式上也算不得是真正的戏剧，但这是这段特殊时期造成的现象，也是可以理解的。但是表现主体内容上的浅显简单，唱词的标语、口号化倾向等问题，就是创作者应该反省并注意改进的地方了。艺术最讲究情感的表达，戏曲唱词要富有文采，应是"山川异域、风月同天"式的；要合辙押韵，要有像"赵英明，你要安全回家！回来之后我包一年家务"这样个性化的语言；尤其要充盈情感的张力。无情未必真豪杰，好戏肯定抒真情。现在的武汉、湖北，甚至全中国，天天都在上演着让我们泪目的人和事。面对着这一幕幕真实感人的现实之剧，戏剧创作者应该静下心来沉思、酝酿、创作。待到疫情结束后，我们要让今天许许多多抗疫英雄的故事重新闪耀在戏剧舞台之上，除了再次让我们感动得泪流满面之外，更能深深地震撼我们的心灵，并成为中华民族奔向复兴大业的新的动力和精神支撑。但愿到那时我们可以自豪地说：文艺能战疫，江淮真有戏！

胸中道义　笔下春风

——安徽省抗击疫情主题书法创作活动述评

陈　智

庚子新春，新型冠状病毒感染的肺炎疫情肆虐武汉，波及全国。习近平总书记提出"疫情就是命令，防控就是责任""坚决打赢疫情防控的人民战争总体战阻击战"。在全国上下勠力同心抗击疫情的特殊时期，为了落实党中央打赢这场特殊战役的指示精神，在省文联的统一部署下，安徽省书法工作者秉持为人民抒写、为人民抒情、为人民抒怀的创作理念，坚持创作也是一线的指导思想，以强烈的时代使命和担当精神，深情聚焦疫情防控实践中的感人形象和典型事件，创作了一幅幅谱写着众志成城的优秀"战疫"作品。在打赢疫情防控阻击战的过程中，起到了强信心、聚民心、暖人心、筑同心的重要作用。

宣传党的政策，把握舆论导向。广大书法工作者担负着传承和弘扬优秀传统文化，鼓舞广大人民群众拥抱新时代、踏上新征程、实现新作为的伟大使命。疫情之初，安徽省暨各地市书协及时落实党中央工作部署，积极宣传党和政府对防控疫情的坚强领导和科学决策，同时倡议全省书法工作者以"抗击疫情"为主题开展书法创作活动，积极投身抗击疫情的战役之中，得到了广大书法家的积极响应。全省书法界上至耄耋高龄，下至稚子幼童，纷纷挥毫泼墨，以书法、篆刻的形式进行抗击疫情的主题创作，深入宣传习近平总书记重要指示和党中央重大决策部署，书写先进，讴歌英雄，展现中国人民团结一心、同舟共济的精神风貌，所有创作作品的内容紧紧围绕"抗击疫情"这一主题。如"生命重于泰山，疫情就是命令，防控就是责任，把疫情防控工作作为当前最重要的工作来抓""坚定信心、同舟共济、科学防治、精准施策"以大篇幅的隶书、行书书写形式来呈现，传递着习近平总书记关于防控战疫的最高指示；"战疫"二字气势磅礴、寓意深远，"战"字铿锵，"疫"则屡屡，宣示了此战必胜，此疫必祛的坚定决心；主题突出的书法作品凝聚起人民群众抗击疫情的精神力量，与全国人民一道，以实际行动助力武汉、支援全国早日战胜疫情，在疫情防控攻坚战中贡献书法工作者的力量、展现书法工作者的作为。

传播正面能量，强化使命担当。"抗击疫情，人人有责。"面对这场突如其来的新冠肺炎疫情，广大书法工作者深知应主动与国家和社会融为一体，贡献自己的一点绵薄之力，众志成城，共抗疫情，体现出了强烈的社会责任感和家国情怀。在积极开展书法创作活动的同时，书法家们响应政府号召，自觉自我隔离在家中，以网络传媒为载体，将最新创作的书法作品以图片形式呈现给人民群众。据不完全统计，全省各级书协和广大书法界，共有一千余名书法家参与其中，所有作品以纸媒和新媒体平台等面向社会宣传展示，展现了笔墨当随时代的书学精神。有的书法家还根据地方党组织的统一安排，下沉到社区参与网格化管理，投身到抗击疫情第一线；有的书法团体还主动发起倡议，一批优秀的书法家积极捐献自己的书法作品，通过微信拍卖平台进行义卖，助力疫情防控工作；疫情时期，对于大多数人来说，待在家里就是对防疫工作最好的贡献。为丰富广大人民群众的精神文化生活，有的书法工作者，还积极利用网络直播，开展网上书法教学活动，受到了广大书法爱好者和人民群众的广泛欢迎。

表达真挚感情，传递人性光辉。"山川异域，风月同天""岂曰无衣，与子同袍"，这是唐代长屋的《绣袈裟衣缘》和《诗经·秦风》里的诗句，在此次疫情宣传中被广泛引用，这是人类共同情感的现实体现。作为中华传统文化的学习者和传承者，在笔墨抒怀的同时，坚守文化品格，表达对于灾难的同情与悲悯，展现在疫情面前广大医务工作者和全体抗击在疫情一线可歌可泣的英勇事迹，自觉抵制低俗、平庸，甚至背离道德底线的不良信息，传递人性共有的光辉，是广大书法工作者应承担的社会责任。广大书法工作者有的深入了解基层一线信息，关注民生疾苦，创作出一系列鲜活生动的艺术作品。"皓雪飞萧月，凡间疬毒侵。八方天使落，赴救动人心。玉影展冰魂，华夏待熙春"，以隶书的笔法讴歌奋不顾身奔赴前线、英勇抗击疫情的医务工作者；"万众一心抗瘟神，心手相牵渡难关""同心协力援武汉，灭歼邪魔撼民声"等对联描绘了当下举国驰援武汉、华夏儿女同气连枝的民族情怀；"已布春风圣手，当传华夏佳音"笔法精到、力贯千钧，预示着全国人民在党中央的统一领导下，定会取得战疫的最终胜利；"跨岁江城奈若何，楚天沉晦染顽疴。新冠突袭施淫怒，天使冲锋扫毒魔。生死逆行私虑少，阳光守护智谋多。今朝且搁迎春酒，明日齐迎幸福歌"以典雅的隶书笔法娓娓道来，描绘了此次疫情的经过、战疫的艰辛，以及人民群众对美好生活寄予的期盼。这些充满真挚情感的优秀作品，充分体现了新时代文艺工作者的信仰、情怀和担当。

倡导文质兼备，追求艺术创新。从此次主题创作的书法本体来看，书写风格多样、笔墨精良，达到了时事性和艺术性的融合统一，其中不乏具有创新意识的精品力作。作品囊括楷、隶、行、草、篆五种书体，展示了我省书法家全面的书学修养、扎实的创作功底。其中楷书作品结体匀称平正、楷法严谨；隶书作品取法多方，或稳实平铺，或波磔有致，观者可以窥见书法家对汉隶的经典传承；行书作品如行云流水，气韵生动，以畅快淋漓的笔法表达出全民战疫的决心和必胜的信念；草书作品在传承古法的基础上，以急徐之笔书忧虑之思，流露出书法家对草法的时代创新；篆书作品虽然数量不多，却端庄雅致，规整中显错落精巧，趣味盎然。创作形式以对联、中堂、斗方为主，绝大多数内容为书法家自己撰写，有白话文、词、对联、律诗等多种文学形式，彰显了书法家群体较为深厚的文学素养，体现了中国书协倡导的"文质兼备，多样包容"的创作理念。值得一提的是，毛泽东的七律诗《送瘟神》被书法家广为取材，多次以行书中堂、行书对联、隶书中堂、隶书对联的形式表现出来，不仅是因为此诗契合了当下的社会现实场景，更为重要的是，中华民族历经浩劫，无不化险为夷，伟大的中华民族终将战胜病魔。多难兴邦，此诗正是最好的印证。

墨当随时代，书者自有担当。安徽书法界举办的"抗击疫情"主题书法创作活动，主旨鲜明、内容丰富、形式多样。通过此次进一步锻炼了队伍，凝聚了人心，鼓舞了士气，然而，囿于时间、主题等种种原因，大篇幅作品较少，部分作品字数较少，有的作品在表现性情上还有所欠缺，这就对书法家们今后的创作方向提出了更高的要求和挑战。疫情当前，匹夫有责。作为新时代的书法工作者，人人饱含共克时艰的满腔热情，能否用手中的笔墨更好地传播文脉，直抒胸臆，为民发声，助力战疫，关乎我们的政治站位、艺术立场、书学功底、民生情怀，应当引起广大书法工作者的深入思考。我们坚信，在国家的科学防治精准施策下，通过全国人民的齐心协力，一定能够取得战胜疫情的最终胜利，让我们共同期待"若待上林花似锦，出门俱是看花人"的美好春天早日到来！

歌燃力量　情满江淮
——安徽音乐界抗疫歌曲作品述评

罗可曼

鼠年伊始，从武汉扩散到湖北全境及至全国的新型冠状病毒性肺炎疫情，牵动着全国人民的心。全国各地涌现出万众同心战疫情、奋不顾身勇担当的无数可歌可泣的平凡事迹，激励着全国各族人民。安徽音乐界的同仁们为在抗击疫情第一线的医务工作者及各级岗位上的干部群众舍小家保大家的无私奉献的精神所感动，纷纷自发地运用自己的专业特长，创作出一批讴歌身边英雄、讴歌我们这个时代的歌曲。省音协微信公众号连续刊发了数期，听（看）了这些作品，其主要的特点集中在以下几个方面：

一、倾情笔墨、讴歌英雄。"面对着突如其来，你变得毅然决然，为了更多的幸福团圆，你选择了壮士断腕。隔不断的是思念，封不住的是挂牵。你把自己置身于危险，你的决定动地感天。武汉平安，平安武汉。我们心心相印血脉相连，我们共同携手守护家园。武汉平安，平安武汉。我们众志成城共筑安澜，我们驱散阴霾拥抱明天。"这首由合肥市文艺工作者陈飚作词、刘小雅作曲的《平安武汉》，饱含着创作者的深情呼唤。歌词中充满着对白衣天使无私奉献的深深敬意，孕育着对武汉、对家园的炽热情感和无限眷念。在由芜湖市音乐工作者马忠作词、庄润深创作的歌曲《到武汉去》中，歌者以第一人称的方式深情地唱道："我就要离开你，我的家乡。我就要去武汉，那是我的前方。风吹过，云飘过，我的心胸宽广。山走过，水走过，我的心绵长。大武汉啊，大情怀，看见顶天立地的模样。母亲河啊，母亲河，你的怀抱里，澎湃着希望。"歌声中凸显出家国情怀和责任担当。在马鞍山市向武汉派出首批医疗队的同时，该市的文艺工作者（小马音乐工作者）面对这些最美的逆行者，创作了一首情真意切的《等着你回来》。歌词用朴素的话语表达了对于白衣天使的深深敬意："逆行是你的决定，团圆是你的心愿，平安是你的守护，而等待是我唯一的陪伴。分担是你的信念，驻守是你的诺言，勇敢是你对自己说，而回来是我对你的嘱托。等你回来，静静地陪着我去看那云开雾散，等着你回来，轻轻地拉起我去看那春暖花开。"从这些作品中，我们看到的是我省音乐工作者们拳拳的爱国心，看到的是我省音乐工作者们炽热的江淮情。

二、旋律炽热、词曲交融。由陈飚作词，李小渔、王喆作曲的歌曲《逆行的天使》，充分发挥了流行音乐中亲和朴实的旋律创作手法，运用朴素平实的旋律叙述方式将歌词的描述性恰如其分地表达出来，歌曲中反复出现的"逆行的天使，张开了爱的羽翼。你用这最美的身姿，诠释了生命的意义。逆行的天使，守护着这片土地。你用这忠诚与担当，演绎着生生不息。"旋律刚柔相济、平实有力。从多角度创作手法交融的视角来看，由吴思源、陈世慧作词，吴思源、吴雨伦作曲的《爱的诺言》在人声表达上做了精心的编配，歌曲以童声开始，到女高和男声的渐次叠入，以及齐唱的加入，强化了歌曲的情景感和代入感，在弘扬主旋律的同时，词曲结合有着较好的普适性。《我在江城望江城》是由马忠作词、韩飚作曲的一首带有民谣风格的叙事性强的歌曲，词曲贴近生活浅显易懂，朴实无华，娓娓道来，沁人心脾。

三、主题鲜明、情满江淮。这场突如其来的疫情，牵动着每一个人的心。无数奔赴疫情一线的各级岗位的工作人员和白衣天使，他们不顾一己的安危，奋不顾身地投入疫情防控的阻击战，这些发生在我们身边的一件件感人事迹深深地打动了我们每一个人。安徽音乐界的词曲作家和声乐工作者，纷纷拿起手中的笔，从内心深处抒发自己的满腔热忱，歌颂新时代、歌颂感人心扉的时代英雄。由陈玉国作词、曹效建作曲的《爱在春天远航》这首歌中，男女美声演员深情地唱道："爱在春天远航，驶向未知的海洋。载着嘱托，载着众望，去搏击人生的风浪。乌云终将驱散，雨季不会漫长，我们与爱同行，告别心灵的迷惘。扬起爱的风帆，抵达科学的殿堂。鼓起信念，鼓起理想，去张扬生命的坚强。鲜花重新绽放，大地一片芬芳。我们与爱同行，拥抱胜利的霞光。让爱为我们祈祷，让爱为我们歌唱。万众一心，众志成城，爱在春天远航。"这些深情的话语，这些闪光的情愫，无一不是安徽音乐人家国情怀的倾诉与担当。

当然，由于时间仓促，而且按照防控的部署要求，不能聚集团队制作，有一些歌曲未能录制，有的作品即便录了音频质量也不是很高。今后我们安徽音乐人要更好地提高业务技能、尊重文艺创作规律，持续创作出更好的音乐作品。目前，疫情尚未结束，战斗仍在继续。安徽音乐人应该适时跟进，为时代歌唱，为英雄放歌。

（作者系安徽省音乐家协会副主席、合肥师范学院音乐学院院长）

安徽剪纸艺术的时代表达

戎龚停

无论遭遇到什么变故，在全民族团结应对之时，我们文艺战线上的同仁们总能在人民心中点燃希望之火。庚子鼠年，新冠病毒性肺炎疫情乍然袭来，在各部门的携手配合下，全国医疗工作者义无反顾地走在了最前线。在省文联、省民协的倡导下，我省广大民间文艺工作者纷纷以作品创编、艺术实践等方式走在了文艺战线的最前列。

剪纸作为中国民间美术的重要门类之一，在人们的日常生活中发挥着重要的作用。随着时代变迁，剪纸艺术与时俱进，其实用性从传统时期的剪刻窗花、剪纸花样、刺绣纹样等形式拓展为当代艺术欣赏、社会文化宣传以及群众精神生活等领域。安徽剪纸艺术以阜阳剪纸艺术较有代表性，阜阳剪纸艺术不仅反映了颖淮民俗风情、彰显了阜阳地域文化，其内容丰富多彩，包含人物、花鸟鱼虫、生活场景、生殖崇拜、飞禽走兽、民间文学、神话故事等。

剪纸艺术，看似简朴的艺术表达，却是纸薄情深，每一个作品都意味着民间艺术工作者要凝练思想，将炙热的激情以形象醒目的视觉艺术形式呈现给民众。近期，安徽剪纸艺术家就抑制不住内心的满腔热忱，在很短的时间内创作出了大量的反映疫情、呼吁健康、讴歌英雄的优秀剪纸作品。

吴双的《众志成城》以爱心图样为轮廓、以党徽为焦点，在徽商故里的背景下刻画了医疗战线同志们抗击疫情的坚定信念。钱瑛的《救死扶伤，大爱无疆》刻画了白衣天使甘于奉献的圣洁形象。谢军的《使命担当》和《时刻准备着》刻画了钟南山、黄锡璆两位临危不惧、肩负使命的"逆行者"形象。

刘宁侯在《众志成城》作品中充分将国画润染手法与传统人物剪纸相结合，形神兼备、主题突出，散发出浓郁的浪漫主义气息。孙宁丽、范宁的《攻克疫情，不忘初心》以传统窗花剪刻技巧为主，中心的爱心纹样设计巧妙，进一步刻画了全国人民手拉手、心连心的团结情态。钱瑛的《临危受命》则运用深远的湛蓝色调，透过钟南山深邃的眼神让民众看到了他临危受命、敢于担当的英雄形象。

阜阳葛庭友的《疫情期间要多关注疫情报道，学习有关知识》《疫情期间公共环境要注意全面消毒》《疫情期间不要走亲访友，禁止交叉感染》和姚光华的《防范疫情有意识》《多消毒来勤洗手》《出门就把口罩戴》以及吴云的《常通风保持空气流通》《勤洗手冲掉残留病毒》等一系列作品主题突出、形神兼备，将抗疫措施、卫生习惯宣传到位，深入人心，显示出传统民俗艺术的淳朴风格。

传统艺术讴歌着时代精神，时代精神则又赋予传统剪纸新的生命。此次抗疫主体系列剪纸作品多以单色剪纸为主，装饰纹样丰富、技法多样，折剪装饰、锯齿装饰、开口装饰、透视装饰与涡纹装饰手法相结合，传统剪刻技法与装饰纹样粗细搭配，造型风格注重物象的神似。整体作品大胆夸张、构思巧妙、简洁拙朴，既承载着颍淮地区的传统剪纸艺术特征，也通过变化多端的艺术手法表现了一线工作者的战斗精神与人民群众的热切愿景。

剪纸艺术家们在传统的基础上进行编创，不仅表达了对一线医护人员的崇敬，把忠诚的脚印刻在疫区，也将防疫知识宣传到位，把威信的丰碑树在人民的心田，切实携手为阻击病毒构筑了一道道雄关。

与此同时，也需要在新时代的时空语境中重新审视民间艺术与社会生活的能动关系，构筑剪纸艺术的多元生态景象。具体来说应注意多维生态化发展方式，即：

1. 保持原汁原味的传统手工剪纸，及时反映城乡基层民众的文化需求；

2. 吸收当代社会的艺术经验并契合当代审美倾向和艺术市场需求，具备专业设计思维与国际艺术视野进行创意、抽象化创作；

3. 通过剪纸艺术的"物象"来打通未知世界中新的精神实在，以获得既定时空语境中的文化重释。

新时代的剪纸艺术呼吁着浪漫主义手法和深远的时空表达，不仅要具有剪纸艺术家的匠心绝技，也要以人类学家的济世情怀，从人与自然的宏观语境下进行广泛的人文观照。让我们各条文艺战线上的同仁们继续努力，进行工作区域大转移、工作方式巧变革，进一步提升我们的工作理念，危急时刻呼唤着我们的实际行动，让我们为打赢疫情防控阻击战做出安徽民间文艺界的应有贡献吧！

聚焦战"疫" 凝聚力量

——评战"疫"中的安徽摄影

◎赵 昊

新年伊始，抗击新冠肺炎疫情的工作牵动着每个人的心，随着战"疫"的进程，全省文艺界积极行动，在文艺战场、精神领域打响抗击战，在摄影领域提出"用影像报道真相，用影像传播真情，用影像为武汉加油"。省文联、省摄影家协会公众号先后发布了"记录时代，聚焦战'疫'，安徽新闻摄影人一直在行动""安徽新闻摄影人——聚焦战'疫'进行时""'抗疫'前线的安徽摄影人"等图文，一系列珍贵图像由各地新闻摄影工作者深入一线所拍摄，主要表现了医护人员工作、各地防疫、治愈出院等情形，作品主题内涵明确、深刻，瞬间表现各具特点，通过影像记录实况、致敬英雄，既鼓舞人心，又提醒大众，做到了"强信心、暖人心、聚民心、筑同心"，体现了新时代安徽摄影人在战"疫"中的积极作为。

安徽省文联、省摄影家协会通过微信公众号、网站等展示出一系列摄影作品，真实展现了治疗、防疫一线的状态，展现了人们面对疫情的精神风貌，以生动的形象感染人。

在医护人员呈现方面，感染科医务人员一起读片，展现了共同攻关的认真与严谨；脱下防护服后过敏红肿胳膊的特写、护士脸上口罩压痕的头像特写等，直观展现了医护人员的艰辛，体现了奉献与敬业精神；护士长和隔离病房内患者相互点赞的瞬间，更将温情直抵人心，在艰难中给人以信心与力量；武汉金银潭医院门前，中科大附一院（安徽省立医院）援助湖北医疗队临时党支部成立时，全体党员的统一手势表现了必胜的信心；安徽省第二批驰援湖北医疗队出征前的合影等，表现出集体的力量与战"疫"的决心；以背影形象呈现防护服所写单位及"武汉加油"字样，让人感动。系列图像还展现了医护人员简单就餐，使大众感受到工作的忙碌；通过框架式构图凸显了隔离病房里的医护人员举手握拳之状，表现出相互鼓励；感染科护士拍摄视频传给家人报平安，展现了救护英雄们真挚的情感，更让人感动于这一位位平凡的人负重前行的英雄壮举。

在防疫实况方面，突出表现了防疫人员手持体温枪检测的动态，车站、路口、街道、社区、单位等不同背景环境，表现出各地防疫全覆盖，体现出对疫情的高度重视，不同人物状态表现了防疫人员的辛劳认真与群众的自觉配合；公交工作人员给公交车辆消毒、公共区域用无人机防疫消毒等，反映了防疫的覆盖面及方式的多样化；还有不同情形的防疫宣传，如上门在家中为村民测量体温、进行宣教，体现了省健康脱贫"百医驻村"专家为民服务的积极行动；老村医在屋前宣传安全防控措施，表现了人物的动态，突出了背景墙面的"美丽乡村"字样，也展现了正是由于这些志愿者积极加入防控一线，我们的乡村才能更加美好的主题；在家隔离观察者收到社区工作人员送来食品、日用品后的挥手致意，表现了社区对隔离者的细致关心，传达了相互理解的情感；市民在超市内采购蔬菜的瞬间，表现了选购者戴口罩、远间隔选菜的情形与超市现状，体现了市场供应与市民自我防护的主题。

治愈出院方面，首位新型冠状病毒感染的肺炎患者痊愈出院，表现了祝福中人物的状态，既以鲜花等暖色调表达了画面的氛围，又以眼神的瞬间表现阐释了多样的心境；第五例治愈患者出院高举鲜花，众多医护人员鼓掌，表现了愈发坚定的信心。此外，还展现了奋战在一线的安徽摄影人形象，表现了他们在病区、路口采访的认真状态。系列影像视觉语言质朴，情感表达真挚，现场感强烈，在全面、系统的真实展现中凝聚了力量。

面对疫情，全省摄影界积极作为，新闻摄影工作者们所拍摄的一个个瞬间，既让人了解到医护人员等的英雄事迹，又让人感知到民众面对疫情时的面貌，真实记录了疫情中人们的生活状态。就当下而言，系列影像及时使大众得以直观了解信息，知晓疫情进展与防控措施，不断强化自我防护意识；直观了解救治、防控的现状与成效，鼓舞人心。从长远来看，为疫情中的人民留影，展现众志成城抗疫情的精神风貌，同时具有长久的警示、提醒作用。

作为摄影人，我们面对疫情的影像拍摄主要有两种：一是直击疫情，二是宅家记录。与其他表现方式不同，摄影真实记录的本质属性使拍摄主体具有与拍摄对象时空同一的在场性，在当前防疫形势下，这种在场决定了战"疫"拍摄主要是由摄影记者来完成。他们作为这场战"疫"中可敬的逆行者，以无畏的精神直击疫情，体现了他们的责任感与使命担当。

面对疫情的新闻纪实拍摄，需注重以下几点：从意识上，做到宣传引导与直面问题的统一；从认识上，做到职业道德与伦理道德的统一；从情感态度上，做到崇敬英雄与尊重患者的统一；从行动上，做到自我防护与实况拍摄的统一。从诸多作品来看，他们在一线直接记录，既重视信息传播，又注重情感表现，所摄系列决定性瞬间展现战"疫"实况、英雄精神与人文情怀，做到了多层面的并重与统一，起到了良好的传播效果。

在下一阶段的拍摄中，我们还可考虑以下几个方面：一是进一步扩大拍摄对象的覆盖面，更加全面、立体地展现多方面战"疫"的情形。目前拍摄主要集中于医疗救治、防疫检查等，还可在重点拍摄医护人员的同时，进一步关注社区工作、社会治安、城市交通、超市、保洁、快递等一线的工作人员，表现他们在战"疫"中的面貌，全面展现疫情中的治疗防护与人员疏导、后勤保障等工作的综合形象，并结合复工复产现状，拍摄生产人员防护与工作的典型形象，系统展现在有效的疫情防控管理中有序复工生产的综合情形。二是进一步拓展视觉表现的思路，更加多样、丰富地表现战"疫"的多层面形象。在以直击抗"疫"为主的拍摄外，还可考虑从不同层面进行视觉表现，如从城市景观层面，拍摄城市重点景观情形，以这种画面的"空城"形象表现社会的"静下来"，展现疫情影响与防控效果，同时通过与以往该景观人山人海的视觉资料直观对比，引人深思。三是进一步发挥影像的作用，通过准确、及时的影像拍摄与传播，为疫情防控工作提供有力的参考。我们的影像表现不仅是一般意义上的记录与宣传，更要在实际工作中充分发挥作用。我们要围绕疫情防控工作，拍摄封闭式管理、防疫措施等，密切关注复工返岗后的人员流动情况，敏锐地发现各区域科学、有效的新举措、新方式，为防控工作提供图像参考；发现在防控中存在的不足与疏漏，第一时间提供图像，促进相关部门及时改进与完善，起到摄影图像特有的社会作用。

对于大众摄影人来说，则须停下广寻素材、四处拍摄的脚步，严格按照要求宅于家中，居家亦是战"疫"的重要组成部分，仍可进行防疫影像拍摄。广大摄影人沉下心来聚焦居家生活，多样视角表现特殊时期居家的学习、生活、工作，展现出人们真实情绪的阶段性细微变化，为大众在防疫时期居家提供视觉参照与心理疏导。疫情过后，这些图像更是对生活态度的新引领、对疫情的深反思。这些图像展现了大众宅家以多样方式缓解焦虑、充实自我的乐观态度，从而深刻体现出生活这般静好，正是有人为此负重前行的深刻内涵，更是留下防疫时刻的生活印记，让人反思，时刻警醒。此类作品的定时展览，定会让大众倍加珍惜生命与自由，倍加感恩在幸福生活背后默默付出的英雄们，倍加珍爱社会、自然，倍加关注文明素养与公共卫生。此外，摄影人在保护措施得力、不影响防疫工作等前提下，拍摄所在小区、单位相关防疫措施，记录不同区域、单位防疫的共性与特点，经传播、交流有效方式，指出不足之处，为防疫献策，同时留下珍贵影像。

对于摄影界来说，疫情过后的思考尤为重要。我们须从生态、生命、生活等领域思考摄影主题，深度挖掘内涵，深刻反映问题。从艺术创作角度，对环境、现状以及对人类发展的思考等，均应纳入创作范畴，创作出具有深度、高度的作品。从影像记录与传播角度，摄影记者们在传播正能量的同时，进一步密切关注、研判多源信息，从事实出发，预见性、敏锐性地发现问题，真实、深刻地揭示问题，充分发挥影像的监督功能，经传播从而促进问题解决；大众摄影人立足身边、聚焦公共卫生领域，从健康生活、文明素养、卫生习惯等层面进行拍摄，发挥作用，同时真正意识到影像的纪实功能与社会作用，通过影像表现社会生活。在战"疫"中，我们看到了诸多感人事迹，救死扶伤的医护人员，尽心防疫的工作人员，无私奉献的志愿者，为保障城市运行、居民生活而坚守岗位的劳动者……他们正体现着时代精神。疫情过后，我们更应多聚焦尽职尽责的劳动者，更多聚焦社会中的凡人善举。

在摄影史的长河中，留下了许多反映灾难的经典作品，之所以经典，不仅仅是因为保存了一次灾难的历史影像，更重要的是对人们起到重要的警醒作用。疫情时期的影像须定时展览、回顾，长期警示。

当前，我们要以真实影像讲好抗击疫情的故事，激励大众，鼓舞人心，同时警示、提醒大众，强化防护意识，共同做好防控。我们致敬战"疫"中的每一位"战士"，我们致敬为我们呈现战"疫"影像的摄影人，他们不惧危险、饱含深情拍摄的系列战"疫"真实形象，更加坚定了我们打赢疫情抗击战的信心。我们更要以这些疫情中的珍贵影像教育、警醒自我，永远铭记每一个瞬间。

万毫齐力　共克时艰

——部分皖籍书法家抗击疫情作品赏析

◎ 方 川

　　书画界的朋友在笔会上经常开玩笑说："金书法、银花鸟、穷山水。"意思是说，在笔会举办的较短时间内，书法与绘画相比，创作速度快，产生的作品多；花鸟画的创作速度，又要高于山水画的速度。其实，这句话是源于20世纪初上海的书画市场的一句谚语："金人物、银花鸟、乞丐山水。"画人物画最吃香，挣得多；画山水画得连自己也养活不起。同样，把书法与文学作品创作相比，在同等时间内，文学也是干不过书法的。人们常说，报告文学是文学的"轻骑兵"，我要说，书法创作是抗击新型冠状病毒性肺炎（以下简称"新冠病毒"）艺术创作的"轻骑兵"。

　　在2020年初全国新冠病毒肆虐之际，从中国书法家协会到各地方书法家协会的书法家们以最快的速度，创作出"拿手"的书法作品，为武汉呐喊，为湖北鼓劲，为中国加油，为医护人员点赞。

一、天道世道人间道、忧国忧鄂忧苍生

　　在安徽省文联微信公众号上，我欣赏到了《文艺聚力　共同战"疫"：安徽文艺界在行动之淮南篇》；在"淮南市文学艺术界联合会"微信公众号上，我欣赏到了《众志成城，抗击疫情：淮南书法家在行动》一、二两期的"抗疫"书法创作汇编。其中参与书法创作的有方斌、李多来、丁启顺、

李牧、朱国好、李多虎、李利军、袁海燕、王健、史秀前、陈永、林伟、李明海等中国书协、安徽省书协会员以上的书法家。他们慷慨激昂、提管濡墨、奋笔疾书，字里行间、一笔一画融汇了书法家们的天道世道人间道、忧国忧鄂忧苍生的大爱情怀。我被这些书法作品深深感动，要为书法家们的创作鼓与呼。

遍览全部作品，书法创作内容精彩多样。书法家们书写了习近平总书记对疫情防控做出的战略决策："坚定信心、同舟共济、科学防控、精准施策，坚决打赢疫情防控阻击战"；"要牢记宗旨，勇挑重担，为打赢疫情防控阻击战做出贡献"；等等。"科学防控疫情，文明实践随行"楹联，表达的是对战胜疫情应人人有作为，依靠科学、不迷信。

方斌的书法作品有"真情宛在，真魂不倒""万毫齐力　共克时艰"两副，题款处，他写道："疫情起牵八方，或惦念或担当，唯万众齐力、真情相倾，方能安我家邦。"他号召书法家们情动于衷，以笔为"枪"，向疫情开战，勠力创作好作品，慰藉"疫中人"的心灵，是为家为国做的大好事。李牧以"南山施妙术，武汉斩瘟神"一副工整的联语，赞扬了耄耋之年的钟南山院士，面临感染新冠病毒的危险，莅临疫情一线，下定论、做决断、定风波、抚民心。李多虎创作的"生命最珍贵，爱心满江城"赞扬了医护人员、社会各界对武汉的援助、捐赠与牵挂。篆刻有张林的"众志成城"、翟峰的"平安武汉"，简洁明快，独具一格。

很多书法家还书写了本土作家创作的诗词。比如，李多来、史秀前两位书法家，书写了寿县洪祖东先生创作的抗疫诗词。李多来书写的内容是"风正潇潇雪正寒，白衣十万跨征鞍。逆行力挽江城困，为国何辞一寸丹"，赞颂千里驰援武汉的白衣战士。史秀前书写的是"迎新送往本来同，祸降江城冠毒笼。今夕万家沉寂里，只将祝福达苍穹"，一场疫情让原本热闹、喜庆、祥和的春节，变成一片沉寂、凄寒，但心中还充满了希望与温暖。

袁海燕创作行书长联"天冷人间茶易凉，试看春景推门窗。把书忧国匹夫志，提笔防疫寿无疆"，把书法家创作时的季节、环境、目的、心境非常准确地表达出来，与防疫期间的艺术创作，不仅是书法艺术，还包括其他类别艺术的创作情境非常契合。陈永强的《七绝》"瘟神骤降江城急，勠力同心阻疫行。千里驰援家国事，三军助力救苍生"，歌颂了中国人民解放军将士们驰援武汉的无畏精神。

王健的创作独具慧眼，他节录了明代医学家张介宾《类经》"辟疗五疫"中的第一段。题款曰："庚子春正月十九日，想古时之人，远无今时之技，瘟疫肆虐之策，今人想可习之，或有良策。"《类经》是对《黄帝内经》的内容进行重组科学分类、注释研究的中医著作，并与作者临床经验结合，形成了"用药犹如用兵，治病如治寇攘""看病施治，贵在精一"的医疗风格。后人把张介宾和东汉张仲景、元代李东垣相提并论，称他为"医中杰士"。如"新冠病毒"之类的瘟疫，乃天之邪气，必须壮肝肺心肾脾"五气"，才能有效防止传染，颇有意味。古代很多中医也常常是书法家，两者可以调和融汇，有些中医开出的处方，就是杰出的书法作品。

创作频率最高的是书写毛泽东诗词《七律·送瘟神》二首，有的写两首，有的写其中一首，有的写其中的一联，"借问瘟神欲何往，纸船明烛照天烧""春风杨柳万千条，六亿神州尽舜尧"。还有书写毛泽东的《七律·长征》《念奴娇·昆仑》的书法作品。

在安徽省文联微信公众号《文艺聚力　共同战"疫"：安徽文艺界在行动之淮南篇》一文中，我还读到淮南书法家们创作的其他作品，比如陈棉东的"众志成城"、周遵礼的"武汉加油"、夏长先的"战疫"等篆刻作品，别具艺术气息。还有方斌和李利军响应中国书法家协会号召创作的《心经》。方斌作品的落款写有"愿天下苦厄悉除"，表达了我们的共同心愿。

二、抗疫书法作品的形式　"意味"

英国美学家克莱夫·贝尔在其《艺术》一书里说："在各个不同的作品中，线条、色彩以及某种特殊方式组成某种形式或形式间的关系，激起我们的审美感情。这种线、色的关系和组合，这些审美的感人形式，我称之为有意味的形式。'有意味的形式'就是一切视觉艺术的共同性质。"这就是克莱夫·贝尔的著名命题"美是有意味的形式"的出处。

书法作品虽然是二维空间造型，但是很多书法家不认可书法是视觉艺术或平面艺术，而是认为书法创作是书法家所有的人生阅历、人文情怀、性格气质、艺术修养与艺术趣味的综合表达，给它简单归类到某一种艺术样式，对书法是不公平的。这些作品展示了特殊时期书法创作特别的形式"意味"。选取的内容、书写的字体、用笔的形态、章法结构、题款钤印，无不深思熟虑，意味深长。

从章法布局上看，作品多为纵式，个别为横式。有习近平总书记讲话散文体，有楹联、诗词、格言警句等韵文体。最短的三个字"我在家"，是老书法家陈孝全创作的；李利军创作了"共渡难关"的四字作品。有四尺整张、四尺对开等不同尺幅，错落有致；有对联、斗方、中堂、扇面、手札、横批等各种形制，琳琅满目。书体有甲骨文、金文、篆书、隶书、楷书、行书、草书等，不拘一格；生宣、熟宣、洒金宣，不一而足；还有古玺、汉印、篆隶书等不同风格的篆刻。书法家的创作包罗万象，各显神通，全方位展示了自己的创作个性、风格风貌。

给我印象最为深切的是，书法家们在题款处发表的对自己作品创作的背景特征、情感体验和创作心境的自况。这些题款韵味独特，处处折射着书法家们乐观进取、悲天悯人、积极向上的情怀，同时也能折射出书写者的创作趣味、美学追求与书法性情。

三、书法千古事 得失寸心知

书法家创作过程常常比较快，特别是笔会上，一挥而就，令旁观者眼馋、钦羡，但是，这个"快"是来不得"眼红"的。书法业内人都知晓，这快的背后是书法家们呕心沥血付出美好年华、寒来暑往青灯黄卷、道阻且长痴心不改的回报。

有一次，一位书法爱好者向书法家请教如何快速提高书法技艺的问题。他引用武术界一句谚语自我鼓励说："三年乱拳，必成拳师。""三年不行。持之以恒，孜孜不倦，手摩心追，心有灵犀，也得三十年。"书法家如是说，让他目瞪口呆。是的，书法家从接触书法肇始，发蒙描红、拜师问道、熬夜临帖、耗费精力、日月盈仄、艰难探索、切磋交流、千折百回，哪位书法家没有在山阴道上经过如此的历练、捶打、磨砺呢？书法史上哪一个著名书法家没有留下刻苦学艺的经典故事呢？历史上墨池、笔冢、蕉叶为纸等典故，已成为书坛佳话，激励着后学们孜孜以进、勇攀高峰。

苏东坡作为文豪，诗、词、散文、书法俱佳。他创作的号称天下"第三行书"的《寒食帖》，独领宋代书坛"尚意"风骚。尽管他说"我书意造本无法，点画信手烦推求"（《石苍舒醉墨堂》），强调自己在书法创作的时候，是信手写意趣，不拘成法，但是，他还是主张学书法的过程一定要下苦功夫。在他的很多书论中，对书法家的勤奋刻苦大加推崇，比如："君于此艺亦云至，堆墙败笔如山丘。兴来一挥百纸尽，骏马倏忽踏九州。"（《石苍舒醉墨堂》）"元章作书日千纸，平生自苦谁与美。"（《次韵米黻二王书跋尾二首（其二）》）赞美石苍舒、米黻吃得下苦，守得住寂寞，废纸堆积如山的书法训练。同时，他还号召书法家们要多读书，于书外下功夫，"退笔成山未足珍，读书万卷始通神"（《柳氏二外甥求笔迹》）。没有百纸尽、日千纸、读书万卷，哪里能够"下笔如有神"呢？！

行文至此，我用书法家丁启顺创作的阳子《立春》诗结束本文："东君明日复登临，百草回芽柳缤纷。借得天地立春气，扫灭疫疾护万民。"的确，春天已经到来，在党中央的英明领导下，经过全国人民不畏艰险的共同"抗疫"奋斗，"瘟神"终将被打垮。

2020年3月16日初稿，4月10日增删定稿

评论新锐

4

沿淮民间歌舞的时空构建脉络

戎龚停

沿淮民间歌舞的时空构建脉络

◎ 戎龚停

尽管在全国各地都有与沿淮民间歌舞相类似的歌舞类型，如北方秧歌、云南花灯、湖北恩施花鼓灯等，但沿淮民间歌舞相对富有特色地集中在从豫南到皖东沿淮一带，歌舞本体一般被称为"灯"，歌舞主体也一般被称为"玩灯人"。花鼓灯主体玩灯人受历史环境各方面因素之影响而履行了其历史文化职能。无论是从历史文献、古迹文物，还是从当下沿淮民众的歌舞文化生活来看，沿淮玩灯人的生存环境与民间歌舞艺术的构建具有共生关系。沿淮民众的生产生活环境也自然成就了民间歌舞艺术的构建进程与风格特征。因而，沿淮民间歌舞依沿淮各地时事而生，其时空构建脉络值得做进一步的梳理。

一、沿淮歌舞文化史地语境

沿淮文化与民间歌舞艺术有着千丝万缕的联系，无论从民间歌舞的应用环境、主体人群、文化功能，还是从歌舞艺术本体的动态构筑、风格的多样呈现等方面来说，沿淮歌舞的生发一直伴随着沿淮文化的演变而进行。在歌舞艺术尚未广泛地被沿淮民众所称谓之时，沿淮灯类民俗歌舞遍地开花，就有地灯、红灯、九莲灯等多种称谓。相对来说，地灯之类称谓是早于花鼓灯之称的，花鼓灯是泛称、近称。因此，本文将以花鼓灯为中心，视沿淮歌舞文化为与花鼓、灯类演艺范畴相关的民俗歌舞艺术体系。根据沿淮民间歌舞文化的史地语境，该研究尽量避免行政区域化，从文化区和文化纽带上思考，将花鼓灯也暂且规约为沿淮歌舞文化的范畴。

"淮河"的"淮"字在许慎的《说文解字》中解释为"从水隹声"，字形上就蕴含着河流、土地与人的三位一体之关系。纵览沿淮人民生活史，民众对淮河是难舍难分、爱恨交加，其悲其欢皆体现其中，尤其在淮河歌舞文化中莹然再现。在一定程度上，沿淮地理环境决定着沿淮人民的社会生活，其历史生活方式又决定着淮河文化的生发与构建。马克思主义强调"物质生活的生产方式决定着社会生活、政治生活及精神生活的一般过程"。历史上沿淮人民生产方式的转变与淮河歌舞艺术演艺习俗的变迁相依相附、亦步亦趋。可见，从沿淮人民的特定物质生活条件中去探求淮河民间歌舞艺术的审美观念、演艺习俗和生发进程是很有意义的。

有人说淮河文化是从下游逆行向上游行进的，诸如"下河调"之类的灯歌是受了"吴歌"的影响；也有人说淮河文化是从上游流到下游的，从豫南到安徽，如沿淮花鼓灯灯歌中的《慢赶牛》曲调是从大别山传入的。由此不难看出，民间歌舞的某些元素是从西向东播衍的，某些元素也是从北、从东或从南向沿淮区域传播的。可以说，民间歌舞艺术各个元素的播衍生发没有固定方向，不能人为简单归结它是按照某种方向方式播衍的，它是大众的、社会的，是自然客观的，任何人不能武断地定断其传播方式与方向。从总体情形来看，它的播衍与生发是多向无序的交流与融合，因此才彰显了它盎然的生命力。具体怎么动态移易，关键看是具体从哪一个历史阶段、哪一层面或者哪一元素来讲的。秦汉之际，豫南淮上地区属于楚文化风格区内。从当下田野考察来看，该地区文化生态楚风意味明显。明代洪武、永乐年间，为补充沿淮地区的人口空缺，全国各地民众（尤其是东南吴地民众）和部分将士与家属（以军屯方式）移民到沿淮地区（如今多地带"郢"字的村名可以佐证）。因而，诸多移民浪潮助推了淮河东西区域歌舞文化的交互杂糅，也潜在地成就了花鼓灯歌舞文化在整个淮河流域的同化。

从豫南各地的民歌《慢赶牛》《腊花调》（也叫"抢八句子"）与淮河中

游各地的相关灯歌的联系、南方民歌《无锡景》与颍上灯歌《打徐州》的联系、"倒七戏"在花鼓灯后场小戏中的出现、泗州戏与花鼓灯的联系以及南北秧歌舞蹈手法步法在沿淮花鼓灯的影响等迹象，可初步窥探沿淮民间歌舞文化与周边歌舞文化的多向融通性。尽管沿淮民间歌舞文化与周边其他歌舞文化有一定联系，但受沿淮地区风土人情和文化传统基因的内在规约，沿淮歌舞体系内多种歌舞艺术事象特征仍具有其独特性。

文化依河流而分布，沿淮民间歌舞依淮河文化而发生发展。淮河文化受长江流域荆楚文化和东南吴文化影响，在宋、元、明时期深受中原文化的影响，从而构建为龙凤呈祥的兼容性、过渡性文化带（如图1）。周边文化不仅在影响淮河文化，与此同时，淮河文化也影响着周边文化。

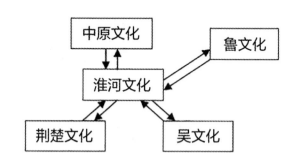

图1 淮河文化与周边文化关系图示

淮河文化区域体现出多重丰富性，大区域又有若干个小区域的支撑，西起桐柏山淮河发源地，东至洪泽湖周边，整个文化系统具有相当程度的兼容性和机动性。淮河上游，是楚文化与中原文化的交汇地，民间音乐文化多样化存现。淮河中下游，是夏文化勃兴之地，"夏之兴，源于涂山"。沿淮人民信仰山水土地，在山水交融的生活中所衍生出的多种神灵敬仰深深地影响着沿淮民众的精神文化生活。其中，人民对水的依赖性最强，对水的恐惧性也最强，淮水之神，受人们敬奉，在河南桐柏山支脉大复山南有淮源庙，在涂山有禹王宫。沿淮人民既渴望水的滋润，又恐惧水的威猛，与水的和谐相处，成了沿淮人民的生活奢望和幸福指标。在淮河灾难历史中，从南宋（1128年）掘黄河堤阻金兵事件起一直到清代（1855年）黄河改道自山东利津入海，黄河夺淮漫长的历史年代里，沿淮人民一直遭受着洪灾的考验，同时，沿淮人民也从中寻求到特有的生活方式，从而创造了兼容性的淮河文明。

二、沿淮花鼓灯艺术历时追踪

关于花鼓灯的渊源，众说纷纭，基于时间和地点两种因素，基本存在以下几种说法：

1. 夏代说

怀远很多民众都说花鼓灯源于夏代，在淮河边涂山氏国（现称"禹会区"），大禹会诸侯时曾以锣鼓来欢庆。为纪念大禹，民众在涂山上修了禹王庙，并以每年的三月二十八禹王庙会玩花鼓灯来佐证。

2. 唐代说

有人说是唐王许愿大闹花灯，笔者也听到双柳镇灯班子王景堂在"送灯"时唱道："……唐朝皇帝也把红灯玩咯……"民间很多演艺中都有关于"薛刚大闹花灯"的唱词，玩灯人说"花灯"就是"花鼓灯"。在光山县白雀园镇龙寨村的红灯活动中，村民从祖上传下来的祷词中显示，红灯民俗歌舞活动在唐朝已经流行。

3. 明代说

因朱元璋是立足于凤阳而在南京称帝的，沿淮民众的传说中自然少不了关于朱元璋的逸闻趣事。凤阳花鼓的历时生发也与明代脱不了干系。另外，据怀远常坟镇常广德收集的民间传说显示，花鼓灯的"岔伞"是朱元璋与沿淮民众的"茶伞"之转读。

4. 宋代说

《凤台县志》记载："花鼓灯历史悠久，宋代就流传在淮河流域的凤台怀远一带。"这种说法被大多数文化工作者认同，但具体细节问题尚存争议。

针对以上几种说法，曾有学者谈了自己的看法。如刘化文谈道："其实花鼓灯艺术自淮河源头桐柏到洪泽湖，整个流域都有花鼓灯起源的可能，而各地流派代表人都生活在同一年代，年龄相近。因此，花鼓灯只有流派之分，而无先后之说。"[1]

上述观点都各有其依据，关键是亟待理念的重构，花鼓灯不仅是一种歌舞艺术，更是歌舞体系中注重歌舞艺术所彰显的群众文化，岂能某一地点、某一时间、某一缘由就能解释得了起源呢？"传统是一条河流"，花鼓灯歌舞艺术品种和花鼓灯歌舞体系乃至沿淮歌舞艺术系列都是历代逐渐积淀而形成的，并一直处于渐进衍化的动态过程中，当下亦然。因此，歌舞文化"同文不同期"之所指应引起重视。

究其乐舞的历史，陆思贤对甲骨文"巫""舞""午"及"五"的辨识为沿淮花鼓灯歌舞文化的起源提供了富有根底性的参考。"巫"在甲骨文中是"工"，表示通天地四方者为巫，就如《说文解字》所言："能以舞降神者也。"商代午时正是巫观察日影之时，也是作舞通神之时。《说文解字》："五，五行也，阴阳在天地间交午也。"近人刘师培说："一、二、三、四、五，皆有古文。而六字以上，即无古文。此为上古只知五数之证。"[2]"在高山族象形文字中三个相关的表意字来看，ㄗ（人）、ㄖ（鬼）、ㄖ（巫）三者之间联系紧密，巫亦人亦鬼，是沟通人鬼的使者。"[3]上古时期关于舞蹈巫术的社会背景，当为后来沿淮歌舞文化的生发奠定了前期基础。后来，淮河民间歌舞依古代社祭和灯节等民俗而发展，《说文解字》注："社，地主也。春秋传曰：'共工之子句龙为社神。'周礼二十五家为社……"[4]起于汉代五礼观念和民俗娱乐层面上的闹元宵等则对沿淮歌舞发展起到了极大的推动作用。唐代将元宵放灯规定为三夜，灯市得到拓展。宋代时宋太祖规定放灯五夜，全国各大都市元宵灯会空前繁盛。

---

① 刘化文：《淮河流域非物质文化遗产的保护和发展》，安徽社科联：《第六届淮河文化研讨会论文集》，2011年，第374页。

② 《太炎文录》卷二引，转引自张华：《中国民间舞与农耕信仰》，吉林教育出版社1992年版，第137页。

③ 张华：《中国民间舞与农耕信仰》，吉林教育出版社1992年版，第147页。

④ 王群：《云南花灯音乐概论》，人民音乐出版社2003年版，第7页。

元明之后，淮河流域社会环境变化明显，这深刻地影响了民间歌舞艺术的发展进程。1730年，朱元璋命令从全国各地向凤阳多次移民，这就促进了经济与文化上的交流。限于规定，移民不得返乡，他们便扮作行乞艺人回乡探亲。如清代浙江人王逋写的《蚓庵琐语》中记载："我郡每岁必有江南凤阳丐者。余尝问一老丐，云洪武中命徙苏、松、杭、嘉、湖富民二十四万户，以实凤阳，逃归者有禁，是以托丐潜回，省墓探亲，习以成俗，至今不改。"[①]据《凤阳府志》记载，明朝凤阳的灾荒（水灾、旱灾、虫灾和风灾等）从未休止过。"逃荒"式生活遭遇正是"凤阳花鼓"外溢交融的主因。明朝"凤阳府"的社会环境不仅对凤阳花鼓灯歌舞文化的构建有着深远的影响，也是"凤阳歌"歌调、曲牌全国性传播现象的一大原因。

在某个历史时期，凤阳花鼓是作为区域歌舞文化（曾辖五州十三县，当时就包括沿淮大部分地区，就代表着当时的花鼓灯文化体系）的代名词而产生的，继而出现凤阳花鼓灯与花鼓戏的文化效应，尽管当下人并称其为"凤阳三花"，其历史语境是有其具体所指的。当下，凤阳花鼓演艺与沿淮地区蚌埠、怀远、凤台、颍上等地有着较为统一的风格，这就彰显了历史上凤阳政治、经济与文化对整个沿淮地区的影响力。

纵观历史，凤阳花鼓歌舞艺术一直在流变。在明代，花鼓灯歌舞文化已经广泛播衍，它不仅是大家所习以为解的"乞讨艺术"，也是追求尽善尽美、雅俗得体的官民同乐、形式不拘的歌舞艺术体系。所谓"凤阳花鼓"中的"凤阳"，不仅指今天安徽凤阳县，也涵盖了明代的凤阳府，涉及今安徽省的一半地域以及江苏泗洪和盱眙等地。太平盛世也好，吃糠咽菜也罢，沿淮花鼓灯歌舞是属于沿淮民众群体的。明初，凤阳本来是繁华富庶之地，三宫六院的宫女士官并没有与花鼓灯隔世不闻，他们也在可能的条件下乐享其中。其中，花鼓灯中典型动作"小二姐踢球"就是从宫廷娱乐中反馈到花鼓灯中去的。明成祖迁都北京后，"凤阳花鼓"歌舞的"神情"与"面容"岂

---

① 《中国民间歌曲集成·安徽卷》编辑委员会:《中国民间歌曲集成（安徽卷）》，中国 ISBN 中心 2004 年版，第 7 页。

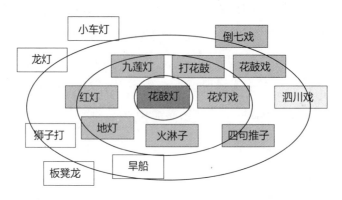

图2 淮河歌舞文化、花鼓灯歌舞体系与花鼓灯歌舞品种之间亲缘关系简易图

有不变之理？或歌舞乞讨，或小戏打诨，歌、舞、戏花鼓灯歌舞体系继续有机地构建着。因此，当下的凤阳花鼓、花鼓戏、卫调花鼓戏同根植于淮河歌舞体系，各有所表、互相影响。从本体上看，凤阳花鼓包括花鼓唱（花鼓小锣唱山歌小调）、花鼓戏（花鼓小锣，杂以管弦，唱叙事性和情节性的故事）、花鼓灯舞蹈（同于花鼓灯品种）、双条鼓舞蹈（凤阳花鼓的后期发展形式）。

这些表述肯定了沿淮民间歌舞历史生发的民俗文化语境与社会物质基础，顺延宋、元、明代灯俗，清代灯舞演艺进一步体系化为大花场、多样态的联动场面。在民俗灯舞"龙灯""狮子灯""旱船灯""小车灯""花挑""肘阁""锣鼓棚子"等基础上经过民俗演艺集体打磨而成，并与周边民间演艺品类互为交流借鉴，如宿州套鼓和泗州戏都有花鼓灯的"影子"。长期以来，花鼓灯集中体现为由蜡花、花鼓橛子、伞把子在锣鼓伴奏下的载歌载舞形式。因此，花鼓灯歌舞体系以及沿淮歌舞系列是一种多层性混沌体，花鼓灯乐种即为该体系中活跃有机的灵活体。如以花鼓灯歌舞品种为出发点，它与花鼓灯歌舞体系以及沿淮歌舞文化体系之间的关系可以从图2（微观核心为花鼓灯艺术品种、中观类型为花鼓灯歌舞文化体系、宏观范围为沿淮歌舞文化圈）予以表示出来，即分为四个层次，花鼓灯艺术品种对于自身表演元素的亲缘关系最为紧密，交融程度最强；花鼓灯周边灰度稍浅的红灯、地灯、火淋子、打花鼓、九莲灯、四句推子、花灯戏与花鼓灯的关系较为紧密，交融程度较强；小车灯、旱船、倒七戏、泗州戏与花鼓戏灰度进一步变浅，它们与花鼓灯有一定的亲缘关系，交融程度一般；龙灯、狮子灯、板凳龙等与花鼓灯的亲缘关系有所疏远，交融程度就进一步减弱。尽管诸多艺术层次对花鼓灯艺术品种有远有近，但玩灯人往往"艺不单行"，具有综合的演艺实力。

三、沿淮民间歌舞体系分类

沿淮民间歌舞传承主体构筑的类型空间，即体现着沿淮各种民间演艺事象的空间，歌舞艺术的地域风格与各个地区的艺人群体演艺史地语境密切相关，玩灯人通过玩灯行为形成内容风格相异的歌舞艺术类型，其中花鼓灯风格就成为沿淮各地的文化标志。

从艺术风格上来看，花鼓灯属于花鼓类民间歌舞，花鼓类民间歌舞主要存现于中国汉族区域的中部偏南的广大地区，在安徽、河南、江苏、湖北、湖南等地都有花鼓类的歌舞艺术品种。沿淮歌舞既具有北方秧歌的雄浑精神，也杂糅了南方采茶与花灯的柔美与雅韵，体现出南北民间歌舞兼收并蓄的风范与内质。依据历史各阶段沿淮文化史地语境，民间歌舞具有不同的所指，也就产生了相应的多种歌舞类型和样态。

1. 从沿淮民间歌舞的历史生发过程来看，它们大多承袭先秦"百兽率舞"和汉代"百戏"之衣钵。如打花鼓、九莲灯、鹬蚌相争、火马、高跷、龙舞、三仙会等。在豫南地区，"地灯"是花鼓歌舞的初始样态。在民俗演艺中有多种表演形式，如"对脸子""地扣子""地扑龙""灯出子""地灯溜子"等，都采用最基本的丑角、旦角表演。然后，在唐宋坊市建制元宵放灯的基础上，借助于浓烈的民俗诸神信仰，灯类演艺勃然生发于民俗节日中，花鼓灯相关歌舞品种逐渐播衍，依多象民俗顺势生发开来，既娱神又娱人。

从豫南、皖西田野考察看到，灯会"刷街"和歌舞"踩街"有一定的顺序，一般龙灯、狮子灯在前面，属于上艺，花鼓演艺在中间，后面跟的是旱船、花挑和跑驴儿等。在沿淮多地元宵灯会上，大都是多种歌舞品种纵列演艺，互相联动，这在唐宋坊市的元宵闹灯中早有体现。由此，从民俗文化大环境来看，花鼓灯从属于灯类演艺，在沿淮各地有"红灯""火淋子"[①]"围灯舞""皇绫伞""地灯""九莲灯"[②]等，这些演艺因相互交流甚密，一般都共时出现在特定的庙会或民俗节日中。

2. 根据地理分布，淮河流域在不同历史时期具有不同的地域布局。自从1194年南泛黄河夺去了淮河入海口以后，淮河水系地理分布呈现出新的特征，干流长度为1000余公里。根据河道地形来看，淮河流域区段分别为：从桐柏山源头到洪河口为上游（360公里）；从洪河口到洪泽湖出口的中渡为中游；从洪泽湖出口的中渡到三江营为下游（150公里）。民众甚至直接总结为，上游属于河南，中游属于安徽，下游则在江苏。

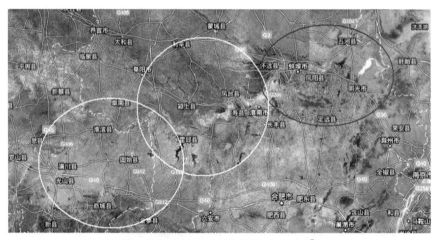

图3 沿淮民间歌舞文化风格区示意图[③]

受历史诸多因素（迁移、征战、经济文化交流等）影响，文化传承与播

① 豫南"火淋子"在民间也叫"火伞""逮腊花""围灯""跑大灯""花鼓灯"等，因民间忌讳"伞"谐音（同"散"），因而引用江湖隐语"淋子"来称谓。

② 九莲灯和豫南灯会中的"围灯舞"有一定的联系，舞蹈和歌唱相间表演，其表演风格也与颍上花鼓灯非常接近。笔者在阜阳2010年10月所见到的全部由儿童扮演。

③ 参见淮河卫星图 http://www.meet99.com/map-n20403.html。

衍呈现多向无序的动态特征，沿淮各地民间歌舞风格迥异。往往在淮河各区段界点之处，正是歌舞文化活跃之地，那么，民间歌舞文化按照地理区段进行划分明显不妥，在重视地理对歌舞文化的影响前提下，笔者将相对淡化歌舞文化的地理区段标识，将沿淮民间歌舞文化概约地分为淮上、淮中和淮下三个基本歌舞文化风格区，以便研究之需。

淮上：以光山、潢川、商城、淮滨、固始、阜南等为代表。

淮中：以霍邱、寿县、颍上、凤台等为代表。

淮下：以怀远、蚌埠、凤阳、五河等为代表。

当下，在淮上歌舞文化区，有围灯舞、火淋子、跑大灯、皇绫伞、地灯、灯歌、十八翻、灯子出（也叫"花篮戏""嗨子戏"）；在淮中歌舞文化区，有花鼓灯、推子戏、灯歌、寿州锣鼓等；在淮下歌舞文化区，有花鼓灯、锣鼓番子、凤阳花鼓、五河民歌、花鼓戏等。

3. 根据社会传播语境，沿淮民间歌舞体现出了街头红灯会、山村地灯戏、场院花鼓灯、舞台花鼓灯、学校花鼓灯等类型，各具其倾向性功能。在民间灯窝子里，民间歌舞指的是民俗花鼓灯，兼有娱乐、祭祀、礼仪等功能；在花鼓灯基地和中小学里，歌舞指的是一种艺术课程训练，开启青少年的智慧和培养身心艺术潜质；在花鼓灯艺术职业学校、花鼓灯艺术团和花鼓灯舞台演出实践中，花鼓灯指舞蹈艺术，反映了部分民众的独特艺术情趣，突出其观赏性，彰显其审美品质。

历史上相关的民间歌舞活动，往往是举全民之力而联合各群体而兴办的。玩灯人往往被调用到官民的各种仪式、民俗活动中，或祭祀，或娱乐，为的就是国泰民安。官家有活动，都被调用出来，民众自己的日常民俗自不用说，历史与当下亦然，尤其当下，笔者发现民间花鼓灯艺术家以及玩灯人的活动被县乡文化部门规约在当地小范围的民俗活动中，不能随便私自接待外地文化工作者，不能随意外出演出。凡是大型或外出艺术活动，都有政府文化部门所引导安排或集中排演。这种具体演艺机制对花鼓灯歌舞艺术本身的影响值得我们文化工作者予以关注。

4. 在淮河歌舞文化中，花鼓灯可以衍生为广义与狭义之不同的所指。广义泛指淮河花鼓灯歌舞体系；狭义特指花鼓灯表演艺术品种。在沿淮地区的大范围来看，花鼓灯歌舞体系在淮河歌舞文化体系中是最有影响、最有代表性的歌舞体系，它不仅仅涵盖花鼓灯艺术品种，也包括与花鼓灯艺术有机相连的地灯、围灯舞、火淋子、九莲灯、推剧、花灯戏、凤阳花鼓、泗州戏、淮北花鼓戏等。

花鼓灯在沿淮个别地方又叫"红灯"，在不同的时空语境中有着灵活的样态与风格。除了多样态的花鼓灯外，还有地灯、打花鼓、火淋子、九莲灯、花伞、扑蝴蝶、十把扇子等与花鼓灯近亲的歌舞品种，共同演绎着花鼓灯歌舞体系的总体轨迹。另外，其他歌舞体系中的相关歌舞品种，尽管与花鼓灯体系的歌舞品种在表演样态上亲缘关系稍远，但其依然与花鼓灯歌舞体系有着一定的联系，不可完全弃之一旁。我们在观照花鼓灯歌舞活动时，也应兼顾到其他歌舞体系的影响因子，如五里栏、鹬蚌相争、火马、跑驴、狮子舞、旱船、花车、花挑、竹马、高跷、龙舞、三仙会等。具体在民俗演艺中，花鼓灯不是单一存现的，而是和相关其他歌舞品种并向共融于某民俗事象中的，只不过花鼓灯演艺的综合性、娱乐性和戏剧性最强罢了。

上述民间歌舞艺术的道具、角色、队形、舞蹈语言等因素在花鼓灯歌舞

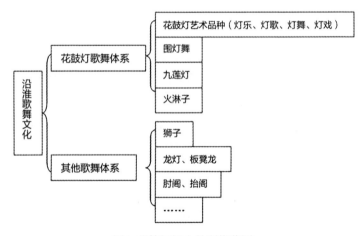

图4 花鼓灯概念的所指范围

艺术中莹然活跃，说明这些歌舞艺术事象之间必定有着历史上的亲缘关系和共同的活动场域。尽管当下大多数人认为那些歌舞艺术品种和花鼓灯歌舞艺术品种在表演形式上有相异之处，但这并不影响花鼓灯概念的逻辑层次性，即花鼓灯不仅指常人所言的花鼓灯歌舞品种，同时也指在长期历史时期内和播衍在沿淮地区的花鼓灯歌舞艺术体系。在相关论题研究中，不仅要把握花鼓灯的本体样态，更要把握花鼓灯演艺群体体裁的花鼓灯歌舞及其花鼓灯歌舞体系的历史内涵和社会外延，从而放眼于整个沿淮歌舞文化乃至汉民族歌舞文化。

结 语

在既定生态环境和社会环境影响下，沿淮民间歌舞事象是不断堆积的历史集合体，是在历史变迁中渐进"显山露水"的。由于淮河文化与周边文化互动交融紧密，沿淮花鼓灯体系内的歌舞文化品种与沿淮其他歌舞文化以及周边地区的音乐文化事象也同样互生互动，相互间关系也不可忽视。沿淮歌舞文化不是一时一地砰然爆发的文化，而是与中华文化同生同根的文化脉络之一，其成长中的任何阶段都有其时代价值和地方价值。当下，沿淮歌舞文化事象愈加膨胀，历史上的传统样式依然与现代歌舞事象互映并存于现今的沿淮民众生活中。

综合以上论述，可从三个方面来界定沿淮民间歌舞艺术的"所指"范围：从民俗来讲，沿淮民间歌舞基本上从属于"灯"类歌舞，因为灯类民俗事象遍布全国，传播空间也是在全国大范围的影响下而逐渐在沿淮地区积淀而成的；从本体构成上看，沿淮民间歌舞是歌、舞、乐、戏的有机综合体系；从生态环境来看，花鼓灯泛指沿淮各地各种花鼓类的歌舞样态（其中就包括当下语境下的花鼓灯歌舞品种），该体系是沿淮歌舞体系的典型支系代表。

安徽原创文学

5

父亲身影中的当代乡土伦理嬗变
——评赵宏兴的长篇小说《父亲和他的兄弟》

方维保

论余同友的荒诞小说

方新洲

还原散文之本且别具一格的惊艳
——读许冬林散文集《忽有斯人可想》

孙仁歌

父亲身影中的当代乡土伦理嬗变

——评赵宏兴的长篇小说《父亲和他的兄弟》

◎ 方维保

十多年前，读过赵宏兴的一部诗集《身体周围的光》。他将"阳光"比喻成"装修工"，感觉那诗作在朴实中蕴含着现代派沉思的鳞爪。在我的感觉中，他就是一个典型的诗人，尤其他的那个笔名"红杏"，总让我禁不住联想到颜色缤纷的女诗人。诗人从事小说创作的并不是很多，但一旦他们操作起小说来，其叙述也就诗意灿烂了，因为诗歌是所有文学的底子。赵宏兴就是一个以诗人的身份创作小说的作家。戊戌年的春节前后，奇怪的天气裹挟江南，梅花和各种花草，在跌宕起伏的温度中，几度开放和凋谢。而我也在这个花草被折磨得死去活来的春天里，不经意中读到了足以给我带来慰藉的署名赵宏兴而不是"红杏"的长篇小说《父亲和他的兄弟》。

一、纪年模糊的当代乡土社会的生活史

长篇小说《父亲和他的兄弟》共有九章——父亲、兄弟、供销社、苦鸹命、伙牛、挂面、借钱、土地、下杜村。各章大体独立，有一个相对完整的故事，有点类似于赵树理的《小二黑结婚》，或者萧红的《呼兰河传》。但《小二黑结婚》是以事件为中心的，而《父亲和他的兄弟》则是以人物为中心的。同样以人物为中心，萧红的《呼兰河传》却写了众多的人物，而《父

亲和他的兄弟》则整篇围绕父亲这一中心人物来叙述，虽然故事也有很多，却有一个核心纠葛，那就是父亲与小叔的矛盾冲突。萧红的《呼兰河传》缺乏时间的线索特性，而《父亲和他的兄弟》则与"传记"非常相像，从中华人民共和国初期一直讲到改革开放，通过插叙又介绍了父亲的父亲，以及父亲的出生、父亲到供销社供职、父亲的初恋、父亲辞职回乡后的乡村生活经历，直至父亲老年，近乎讲述了父亲的完整的人生过程。

从小说《父亲和他的兄弟》各个章节之间的关系来看，似乎有点散。但跳跃式的讲述，避免了时间线索中太多庸常和无意义事件对叙述的牵绊，有拣重点说的好处。"伙牛""挂面""借钱"等章节，时间有模糊不清或重复的成分，但"土地"一章的到来，立刻让时间的流程豁然开朗。以"我"为叙述者的回忆性叙述，通过"我"作为角色的介入，将所有的故事融合成了一个整体。

长篇小说《父亲和他的兄弟》是去情节化的，也是非故事性的小说。虽然在单独的章节中，比如"伙牛""借钱""土地"中，都有一个完整的故事，也有故事的跌宕起伏和戏剧性变化。但作家并不追求戏剧性氛围的营构，也不追求情节的逻辑性勾连，而是如一个经济学家，通过自己的叙述，讲述了当代中国乡村社会的种种生产方式。比如"伙牛"细致地讲述了分田到户、几家合伙养牛，以及父亲的犁田技术、养牛的方法和前后两次伙牛的分分合合；"土地"讲述了分田到户从丈量土地到抓阄的整个过程，以及宅基地置换的悲喜剧；"挂面"则讲述了下杜村请外村手艺人做挂面的故事，以及后来在割资本主义尾巴中戛然收场的结局。在乡土生活生产方式的讲述中，作家对吃食尤其情有独钟。在"供销社"中，作家讲述了供职于供销社的父亲的吃食，以及父亲及其初恋情人每天省一点饭食晒干后救济家里人的故事，还有爷爷饿死、大伯为殁人浊气熏死的情状。在"挂面"中，作家津津有味地讲述了挂面这种生活技艺，讲述奶奶生病被一碗挂面治好的神秘传奇；在"土地"中，作家讲述了母亲将刺槐花做成令人馋涎欲滴的美食的过程；在"苦鸹命"中，作家还讲述了乡村建房上梁的歌唱以及内心的喜悦骄傲。

小说《父亲和他的兄弟》有着显著的淡化时代背景的倾向，但是，通过这些生产方式和生活方式的讲述，我们还是能够很明显地感受到时代和地域文化所打下的烙印。同时，作家所讲述的乡村生产方式、生活方式、生产技艺、生活技术，并不是技术性地呈现，而是把它们作为父亲母亲以及乡邻们的生存艺术，融入他们的人生。在赵宏兴所呈现叙述的这些生产方式和生活技艺中，我能够感受到江淮分水岭地区的父老乡亲的大欢喜和大悲哀，我能够感受到他们在特殊年代的歌哭和挂在沧桑脸颊上的泪水的凉意，我更能够感受到父老乡亲们苦中求乐的生存意志。

所谓"技者，道也"。赵宏兴的叙述，真是有点汪曾祺的味道。但汪曾祺的叙述中多少有着几许绯红的浪漫，而赵宏兴的叙述较之更多了几分苦涩和苍茫。小说《父亲和他的兄弟》的自然去情节化或者回避整体情节性的艺术追求，使得整个小说如同一条乡村的无名小河，自由自在地流淌，与优美无缘，但却天然、质朴，也宛如我江淮分水岭地区的土地和父老乡亲的相貌和性格，其貌不扬，但沉静之下涌动着热烈。作者将诗歌的品格注入历史语境下的日常生活书写，使得小说在厚重的故事外壳下有了诗歌的清逸气质，更显得韵味无穷。小说《父亲和他的兄弟》不是一部让读者陷入情节欲罢不能的小说，但绝对是一杯饮后令人不觉回味、咀嚼、沉思的佳茗。

二、中国当代乡土社会的伦理史

父亲在中国文化中是绝对意义上的伦理尊者。正因如此，以儿子的身份来写父亲又似乎是儿子的责任，所以在文学史上非常常见。书写父亲，无论是在中国文学史上还是在世界文学史上都非常普遍，尤其是儒家伦理文化主导下的中国文化中，父亲更是讴歌的对象。父亲是长篇小说《父亲和他的兄弟》中的"传主"，整个小说的中心人物。

父亲的人生是这部小说的中心故事。这部小说也可以说是以儿子的眼光给父亲所写的一部传记。作品中的父亲，命运多舛，有着苦鸱命，他屡次三番想重返公职，但都阴差阳错，差之毫厘。他为人赤诚，孝敬父母，尤其是对自己的家庭，对自己的兄弟，对自己的儿女。作为长兄，他恪尽职守，但却为兄弟所羞辱，受尽屈辱，但他依然对生活充满了乐观情怀。这是一个受尽苦难且具有忍耐精神的父亲形象。父亲对自己作为长子的文化身份的认同，让他自愿承担起了拯救家庭的责任。他放弃了自己的工作，放弃了自己的爱情，牺牲自我，保全家庭。他对自己作为儿子和兄长的身份坚信，让他自觉承担起了自己在家庭中的伦理责任。

父亲在中国文化中从来就不仅仅是一种生物性存在，更是精神性的、文化性的象征。那个时代里，父亲崇拜是父亲作为家族威权的基本保证，尽管父亲的威权受到质疑。而赵宏兴笔下的父亲，则让我想起巴金小说《家》中的大哥高觉新。在那个时代，父亲的形象已经沦落，他已经成为文化中受嘲弄的对象，鞠躬尽瘁但十分可怜。与五四新文学普遍的"审父"不同，赵宏兴笔下的父亲，不仅仅是同情、理解的对象，更是一个某种程度上值得崇拜的对象。在这部小说中，父亲虽然丧失了作为长子的威权，但他仍能时时处处在遭遇弟弟的蓄意挑战和羞辱的情况下，苦苦撑持，着力维持。变换了道德视角的父亲，是令人尊敬的。而且，值得尊敬的不仅仅是他作为父亲的角色，而且是作为一个知识分子，作为一个人，他在苦难中委曲求全。父亲虽然身份低微，但不管生活怎样作弄他，他自始至终保持着善良的心性。在赵宏兴的叙述中，父亲的性格是稳定的，不为苦难的裹挟而变质。

根据传统的性别角色的规约，身为丈夫／父亲的男人最重要的就是他必须是一个家庭的供养者，这一角色的扮演保证了男人作为一家之主的尊严和主体地位。在小说中，父亲最隐痛的是供销社公职的丧失，在农村里又不精通农活。从文化意义上来说，工作是男性或者女性社会身份地位得以实现的基本保证，而父亲恰恰在这方面有着"先天不足"。在特定时代的中国农村中，不能干农活，无疑是父亲遭到小叔轻视并丧失兄长威信的重要原因。在叔叔对待父亲的无情中，蕴含着他对于长子强势地位的挑战。在叔叔的挑战中，父亲遭遇了作为长子的身份危机，遭遇了从中心到边缘的失落与迷惘。作为一个辞职回乡的乡村知识分子，虽然对农活不那么精通，但是他很聪明，很多农活一学就会，如犁田、养牛、挂面。他在对农活的学习和熟练之中，一直试图重建这种中心位置，重建自己的身份，也重建他与小叔之间的伦理关系，但可悲可叹的是，他的每一次努力都以失败告终。

作家赵宏兴没有将父亲放到大时代的风云变幻中，而是将其置于乡村的日常事务中，在非戏剧化、非传奇的叙述中，塑造了一个虽不高大但却可歌可泣的父亲的形象——一个既与中国儒家文化有着血脉联系，又有当代中国乡土特色的父亲的形象。

《父亲与他的兄弟》中，父亲的对手是他的兄弟——我的小叔。在叙述中，小叔是奶奶的小儿子、父亲的弟弟和我的叔父。在儒家伦理的序位上，他应该孝敬父母，听从长兄长嫂，慈爱侄儿，但是，不知从什么时候起，至少现代文学叙述（如巴金的《家》）中，叔父就开始充当败家子的角色，他与家庭的伦理关系就开始若即若离。这部小说中，叙述人更是将叔父的这一形象推向了负面的极致。小叔作为父亲的同胞弟弟，完全不讲手足之情，只要是父亲的事情，他都处处挤对，他诬告父亲导致父亲招工失败，他与他人串谋将伙牛占为己有，他置换房基地出尔反尔，他借钱给侄女上学却转身就要回去，以及殴打父亲和母亲，等等。他对于兄长，不仅忘恩负义，而且言而无信，冷酷无情，不可理喻，心肠恶毒，心胸狭隘，几近变态和疯狂。小叔对于父亲的憎恨和挤对，有时竟然毫无缘由，很多时候都只能用嫉妒和恶毒来解释。父亲为弥合亲情所做出的努力，到了小叔这里总是再次将结痂之处无情撕裂。尤其是奶奶的死，更是凸显了他作为儿子的亲情和人性的泯灭。他冷酷、刻薄，没有人性的热气。

因为这种仇恨和冷酷缺乏合情合理的解释，或者故事层面的交代，因此，我们就只能将其归结为人性之恶。在小叔这个人物身上，我看到了作者的启蒙视野的介入，以及启蒙主义之下，作者对于人性恶的针砭。小叔在小说的叙述中，充当了一个启蒙意义上的人性恶的符号。在父亲重新招工被其诬告和奶奶被其虐待致死等几个事件中，叙述者"我"充当了全知全能的上帝的角色，准确地讲述了奶奶在小叔家遭受虐待以及自杀的过程。本来应该存疑的情节，在"我"的想象性叙述中如此栩栩如生，成为指责小叔的无可辩驳的呈堂证供。

同时，作者赵宏兴也如同所有的启蒙主义者一样，对宗教性的善恶有报的逻辑充满了怀疑。这突出地表现在善恶惩罚对小叔的网开一面。小叔的作为不但没有受到应有的惩罚，反而逐渐茁壮，并最终成为这个乡村里最早走出去的人、最早靠打工发家致富的人。这一切都似乎在证明着北岛的那句谶语——"高尚是高尚者的墓志铭，卑鄙是卑鄙者的通行证"。

正是在小叔这一形象上，叙述者"我"的启蒙主义立场得到了非常明确的凸显。虽然小说《父亲和他的兄弟》是一部个人化的家史，作者"我"显然并不刻意凸显父亲和小叔活动的舞台背后的那个动荡的时代，小说叙述的聚焦点始终围绕着父亲的挣扎而展开，但是，小叔在宏大的启蒙主义远光的烛照之下，他那精明而自私的乡村小人形象，甚至是国民性弱点集合体的形象，却是非常鲜明的，鲜明到有点儿刺眼的程度。小叔这个形象，在小说的叙述中，充当了传统戏曲中的反派或者逆子的形象，他的存在让这部小说的矛盾得以结成、展开和铺衍；作为一个阴暗的角色，他的存在，有力地衬托了父亲的人格。父亲与小叔的关系，在小说叙述中更像基督教话语中的上帝和撒旦：没有撒旦的邪恶，就没有上帝的尽善尽美；没有父亲这一伦理意义的道德正面，就没有小叔这一伦理意义上的道德负面。对于父亲和小叔，叙述者都有着鲜明的道德判断。这种道德判断行之于形象，就是父亲与小叔形象的道德两极——极致的善良和极致的邪恶，在二元对立的叙述中，小叔被很彻底地小丑化了。假如说这部小说有一些戏剧化元素的话，就在于黑白的截然对立、善恶的相互激荡，它非常类似于传统戏曲中的善恶"二人转"。这种善恶对立的叙述，看上去很传统，但也是启蒙主义固有的话语模式。

当代乡土社会是中国农民苦难的渊薮。只有脱离乡土，才能逃离苦难。

小叔的一套看似恶行的做派，实际上是在做着与乡土亲缘道德的切割工作。小叔以他自己的方式告别了乡土，也告别了乡土的亲情伦理。没有了小叔的乡土，当然少了一个捣乱的逆子，少了一个乡土亲缘文化结构的破坏者。但是，没有了小叔的乡土，父亲与小叔的情感对台戏的热闹也就到头了。正是叛逆的小叔，反衬了父亲的乡土伦理的坚守者的角色。

看上去，作家对父亲的想象，也并不是将其放在家国结构中的，如《白鹿原》那样，而是将其放在乡土日常的生活肌理里，置于家庭伦理结构中，对父亲的褒扬也是出于其对于伦理角色的担当，而对于小叔的贬斥也是出于对其伦理角色的失当，但是作者其实是将他们这一对矛盾，放在伦理文明的变迁上来看待的。父亲步步为营企图坚守，但依然最终失败；而小叔步步紧逼，看似失德失伦，却最终大获全胜。通过这一对关系，叙述者"我"让读者看到了乡土社会在当代政治的大气候下伦理道德颓败的触目惊心。

父亲和小叔的人生纠葛，构成了《父亲和他的兄弟》这部长篇小说的张力结构。这一结构的营造，将长时段的叙事时间跨度，以及纷繁的故事牢牢地聚集成了一个优美的整体；而他们之间关系的演变过程，正是一部意识形态冲击下的中国当代社会的伦理嬗变史。

三、情感暧昧的故乡之思

"我"是父亲人生的叙述者、父亲和小叔故事的穿针引线者，也是整个故事的叙述者，但我同时是父亲的儿子，是小叔的侄儿。我在叙述中具有了双重身份，扮演着双重角色。"将身份用情感的方式来表达"①，这是人类话语表达中的自然现象。

在父亲与小叔的人生对台戏中，"我"的情感天平自然倾向于父亲，把

---

① 李海燕：《心的革命：中国情爱的谱系，1900—1950》，转引自郭婷：《现代中国的情感革命：评两本爱的概念史》，《思逸》，2017年第6期。

他塑造成为一个道德理想主义①的化身，把自己变成了一个父亲人生的赤裸裸的同情者。鲁迅的散文诗集《野草》中有一篇故事《颓败线的颤动》，讲述了一个做妓女养大儿子的母亲遭受儿子蔑视的故事。其中母亲的愤怒，是通过自序来实现的。在《父亲和他的兄弟》这部小说中，长兄如父的父亲对小叔忘恩负义的愤怒，是通过"我"的叙述来表达的；是利用"我"的叙述者的权力，通过将小叔丑角化来实现的。"我"作为小说中的一个角色，设身处地地感受着父亲的曲折和委屈。父亲在遭受欺凌的时候，"我"的内心在流血、情感在沸腾。美国当代小说家卡佛曾说："一个作家的工作，不是去提供答案和结论。如果故事本身能回答它自己……这就足够了。"②写实主义的情感零度理论，并不适合于评价这部小说中"我"的情感倾向性。因为正是通过"我"的情感倾向性，作家暴露了他的如同父亲一般的重建乡土伦理的企图。

"我"同时又是父亲人生的观察者，是乡土社会的观察者，父亲、母亲以及小叔们，也就是我的父老乡邻们，他们在城乡二元的社会里遭受歧视，饱经饥饿，以及政治动荡的折腾，他们在生存的底线上挣扎，甚至为了活下去而不顾亲情互相倾轧。"我"虽然对父母、乡邻们的遭遇感同身受，但又无可奈何。我作为故事中的一个角色，因为年幼而无法改善父亲的境遇，就是作为一个后置的叙述者，无力回返到历史生活的现场，去干预当时的生活流程，而只能默默地叙述。而这种无奈的沉默在场者的角色，无疑加重了"我"的自我谴责情绪，以及为这种情绪所裹挟后而进行的具有几分夸张的倾向性话语。

但是，"我"的身份，既是父亲的儿子和小说中的角色主体，同时又是一个旁观者。理性的、冷静的观照和叙述，是"我"的责任。作为一个叙述者，也作为一个儿子，"我"虽然同情父亲的遭遇，但却并不认同他的牺牲

---

① 方维保：《人民性与穷人的道德理想主义——读许春樵的长篇小说〈男人立正〉》，《名作欣赏》2009年第11期。
② Vanessa Hall. *Influence of Feminism and Class on Raymond Carver's Short Stories*. The Raymond Carver Review，2009(2)：54-80.

精神和"为他"主义的价值观念。所以，在新时代到来后，"我"也就理所当然地成为父亲的叛逆者，远离了乡土，虽然"我"的叛逆与小叔有着质的不同。"我"对故乡的情感是复杂的。父亲在故乡的土地上行走，已经形成了固定的模式，而"我"这一代已然为新的城市文明所激荡，因此，不能不离开故乡、离开父亲，去拥抱新的、父亲未曾体验过的生活。正是父亲的被"我"审视的处境，让"我"产生了惺惺相惜后的出走愿望，和摆脱父亲相似处境和命运的渴望。而这难道不就是小叔一直做着的并已经实现了的人生梦想吗？！至此，我不能不佩服一位民间哲人的诡诈，他说："在殊途同归之前，不必着急。我们正活在各自的宿命里，然后朝着某个共同的结局从容前进。"①

小说《父亲和他的兄弟》的结尾是耐人寻味的。作者让叙述者"我"充当了一个回乡者，并将整个故事纳入回忆的框架去凭吊。"下杜村不光是我地理意义上的故乡"，更重要的"它还是我精神意义上的故乡"。②地理意义上的故乡，"我"离开是容易的，但精神文化上的故乡已经融入了"我"的日常行为方式，进入了"我"的骨髓，成了"我"的血液。"我"就是想离开也是离不开的。这种宿命关系的形成，当然是由"我"生于斯长于斯的故土和亲情培养起来的。

但是，叙述者"我"的那浓重得化不开的伤感和漂泊感又是从何而来呢？乡土文明在社会风潮的激荡下最终沦落如斯。父亲虽然一辈子试图离开，但却不得不与它厮守终生；小叔一辈子竭蹶，要离开它，最终如愿以偿；"我"虽然对乡土怀有深情，不也是如小叔一般离开了吗？！"我"的孩子们当然更是将他们的祖辈故土视作异乡。至此，我与叙述者"我"一样不得不怀疑：血缘真的是联系故土的生命密码吗？当启蒙主义的社会进步理性化为中国现代知识分子的精神本质的时候，农耕社会的故乡已经成为落后的代名词，成为必然要逃离的思想猎场。也许在情感上他们依然保持对故乡

---

① 蓝蓝的天的博客《读书笔记：霍乱时期的爱情》，http://blog.sina.com.cn/xiaolubanbi。

② 赵宏兴：《父亲和他的兄弟》，中国书籍出版社 2018 年版，第 251 页。

的乡愁眷恋，这引诱他们皈依故土，但是，为理性所主宰的故事底蕴，却鼓动和诱惑他们作一次义无反顾的出走式的告别。

最终一句话：长篇小说《父亲和他的兄弟》所讲述的父亲与小叔的纠葛，以及"我"与小叔的纠葛，其实就是我的江淮分水岭的父老乡亲们竭尽全力离开祖祖辈辈生活着的乡土的故事。而对于乡土，无论是"离得开""离不开"，还是"舍得下""舍不下"，都不是一句话能够说得清的。在质朴的回顾性叙述中，这部小说所包含的心理可能是五味杂陈的——对抗、坚持、反思、追忆、凭吊，可能还有自我的抚慰和疗救，以及永不回头的离别。

论余同友的荒诞小说

◎ 方新洲

　　余同友自步入小说界以来，一直勤耕不辍，近十年进入了相对成熟的丰收期，已成为安徽短篇小说创作的翘楚，并已开始在全国范围内产生影响。他较为突出的特点之一是荒诞书写。这类形式的小说，覆盖面触及了底层社会生活的多个层面，承沿着他固守的人文关怀和价值取向，从多个视角来聚焦转型期的社会现象，着力戳穿伪饰的庸常生活表象，揭示普通人的生活窘迫和生存困境，体恤生命个体的悲惨命运与荒凉况景，从人性的善良中洞察人生的无奈和困顿，试图把脉都市与乡村、理想与现实、伦理与世俗、沉沦与坚守的对抗及其可能性走向。也不时地于人物艰难抗争的苟延残喘中，发掘出良知坚守者的不屈品格和人性中的高贵品质，让读者于阅读的痛楚中体味到心灵的震撼和温暖的抚慰。在平静的叙事中，小说矛盾冲突渐次、舒缓地展开，有时却是迂回曲折甚至意外，其中不乏隐喻、对比和映衬，细腻而丰富地展现了人于既定价值的生存秩序中受到冲击后，精神、心理的坍塌乃至理想追求破灭后的尴尬、失序、乖张、挣扎、沉沦、茫然以及堕落，凸显出转型社会现实中难以预料的深刻荒诞性。

　　当然，一个成功的作家自然少不了炽热的情怀和冷静的观察，特别是在人心浮躁、变化急遽的社会环境中，人们物质欲望空前强烈，唯利是图而导致道德沦丧，必须有着自己的审视、判断和坚守。小说《白雪乌鸦》把瓦庄人置于社会嬗变的大背景下，让主角王翠花处于观念冲突、事件冲突的旋涡中心，逼使她这样一个极其普通的农妇承担起近乎使命的重任，从而展露出当今社会物质繁华背后的价值失落的痛楚、热闹喧嚣背后的冷酷。于是，一个普通的生活故事折射出社会底层中不同的人物形象、性格及其各自活着的理由。

小说中的瓦庄人多是在操金钟的带领下，在海城开洗头房赚了钱而盖上楼房过上体面日子的。靠出卖肉体换来物质生活的丰裕，获取表面的虚荣却是以牺牲道德良心为代价。这样的事情本身就充满了与伦理乃至常理相悖的荒诞性。主角王翠花和残疾人丈夫陈大毛，是村里唯一的还居住在土砖房里的最贫穷的一户，因而在不知情的情况下，也想借助操金钟之力把只盖了一半的楼房盖好。但下海伊始，就无意中与操金钟合伙诱骗了姑娘小芳，使她走上一条卖身之路。王翠花在事后的冲突中认识到是自己无意中祸害了小芳，改变了她的命运。为了小芳和自己，王翠花开始了救赎行动。本来这是一次合乎情理的自我纠错行为，理应获得社会的理解和支持。然而，令人啼笑皆非的是，她在现实中反而无路可走，纠错不成，却成了别人攫取不当利益的障碍。在与众人与社会的不断对峙、冲撞乃至遭遇诅咒冷眼之后，她于一次不省人事后醒来变成了一只乌鸦。可是，她成为乌鸦后仍然固执己见，四处鸣叫，从而受到瓦庄人的无情围剿。

一个社会，当物质的欲求压倒一切欲望时，意味着灵魂的遮蔽和人性的沉沦。瓦庄人正是物质欲望的过度膨胀而使良知逃遁于无形。他们的所作所为，只服从于一个宗旨、一个标的，即给自己带来物质上的享受。无论是开洗头房、吃国家保护的野生动物，还是围剿妨碍自己追逐财富的乌鸦，都毫无悬念地服从于这一目的。弱小的王翠花是瓦庄的唯一例外，传统观念左右着她的思想、动机及行动，质朴而单纯。当弱小的抗争遇上所谓强悍的多数人的暴力时，悲剧会不出意外地发生。王翠花的言行与众人相对抗，于情于理都会使她成为一个众矢之的、无处栖身的异类。无疑，这是当下底层社会某个侧面的一个缩影。王翠花的不幸遭遇代表着某些原有的价值观念在现实社会里的艰难以及苦于挣扎的窘境。

作者独特的艺术手段，呈现出在社会变革大潮的裹挟下，瓦庄人自发的沉沦与艰难的救赎之间不均衡的对抗，以及对物欲的放纵与呼唤良知回归的较量，潜藏着余同友对人和社会的思考——我们要过什么样的生活？我们应该走什么样的路径来达到我们想要的目的？小说临将结束时，勾勒了一个令人难以释怀的场景："我回头看天空，那只白雪中的乌鸦振翅盘旋着，一路紧跟着我们，嘴里还高声喊叫着：'不能走哇！不能走哇！'"①

强烈的黑白对比，孤独执拗的追随，映衬出这只乌鸦飞行的孤单和无以诉说的悲怆。现实的荒诞性由此可以窥视：社会主体价值观却是由无助的小人物来拼命呼喊、拯救、捍卫，善良正义只能选择变身为乌鸦来寻求生存……小说中随着"我"的被迫退去和警官老马打哈哈的暧昧言行，也预示着正处在转型中的瓦庄危机重重，因此瓦庄人的未来将有着诡异的多重可能性的走向，以上描述显示出小说的深刻之处。

在《去往古代的父亲》这篇小说里，在市图书馆负责古籍部工作的父亲退休后，由于恪守传统思想、道德及观念，与急剧变化的社会现实显得格格不入，以至于在生活中处处被动和尴尬。有着近乎古代君子品格的父亲，明知道大表哥的品性无赖，仍经不起他涕泗横流的忽悠和承诺，借钱给他而有去无回；出于本能的义愤，在公交车上发现并抓住小偷，然而却没有得到任何人，包括失主和好友的支持，反而受到了小偷的威胁；满心欢喜地参加雅集，却又被另有所图的人利用……这一人物形象应该说是比较新颖的，是余同友洞察社会生活的独特发现。代表着传统文化、价值观念的有着老知识分子做派的父亲，在变革的社会大潮中从无奈到失落再到迷失，既意喻着自我更新的艰难乃至无望，也预示着人文环境的不善导致了某些源远流长的价值观的被流失和被抛弃。小说的辅线，"我"，作为一个有职业操守的医生，却经受了非正常的不公正的遭遇，也从侧面映衬了这个社会不遵守规则不合常理的荒谬性，折射出这个社会和人的病态。在小说的结尾，游戏中的我和父亲不期而遇于古代，给小说营造出了怅然的诗意氛围，出乎意料然而又在

---

① 余同友：《去往古代的父亲》，安徽文艺出版社2018年版，第153页。

情理之中。在虚无缥缈的诗意中，弥漫着的是绵绵无尽的伤感和疼痛，浸润着一种原有生活赖以寄存的价值观在现实中无法获得着落的无力无奈感，只能寄希望于在虚拟的虚幻世界里寻找到一点可以慰藉的温暖。父亲为什么要去往古代？"我"为什么沉迷于游戏里仗剑行侠？或许是早已远去的农耕文明，存在着诗意牧歌式的田园生活和快意恩仇、爱憎分明的江湖，让人怀想；或许是喧嚣的现实尽管日新月异、物质繁荣，却看不到通往远方和诗的路径，反而不断蚕食着人的精神疆域。小说让人于阅读中体味到笼罩着迷雾一般的伤感情绪。

前面论及的两篇小说，尽管充满了荒诞感，但叙事角度还是立足于常规逻辑的，而小说《转世》则是从一个独特视角描绘出当下社会的一个令人匪夷所思的侧影。借助刘文海和他的女儿小兰的故事经历，嘲弄了"物欲人"在环境污染与个体利益、富足的城市与相对贫瘠的乡村面前如何择取的丑态；亦即在功利和欲望诱惑下，即便是人伦的底线也是极其脆弱的，经不起考验的，理所当然，一般意义上的道德约束力更是苍白无力。刘文海和女儿小兰天衣无缝的相互配合，把一个荒诞不经的人死转而复生的故事，表演得极其正常，仿佛小兰现在在城市里的一切本来就是如此。背叛常伦的荒谬，心平气和的坦然，揭示了一个令人痛心的残酷，即我们的未来、未成年的孩子，已经被当今物欲化的社会所彻底缴械。平常的故事情节，隐含了手术刀般的犀利，直指人性中的贪婪和病态，人性的脆弱让人不寒而栗。小说无疑发出警示，民风淳朴的乡村所受到的污染，不仅仅是自然环境遭到前所未有的破坏，人文环境的荼毒程度更是有过之而无不及，而后者的生态恐怕也更难以修复。

底层关怀，人性探微，现实透视，以及对变态诸现象的冷嘲热讽，是余同友恒定的内心指向而流泻于笔端的。如果说《白雪乌鸦》《去往古代的父亲》和《转世》是基于对底层人的同情而对现实社会生活进行的针砭，那么可以说《老魏要来》不只是停留在同情和批判的层次上，而是把人与人、人与生活环境的关系，上升到颇有寓言意蕴的层面，尝试着对人的生存困境的一次触摸，从而使小说具有了某种形而上的哲学品质。透过刘浪这名刚毕业的研究生进入三院三室的经历——从"局外人"到"局内人"的视角转变及其自身的不由自主的蜕变，即通过崇拜、追寻、否定及最终认可了大家共同臆造的一个虚拟性人物"老魏"这一过程，来观察、感受、揭示出人在某种境遇下生存的困惑和存在的困境及其突出围困的如何不可能。实际上，也就是展示了在当下的现实生活环境中，一个人是如何从清醒走向麻木，从本是坚持保有独立人格的自然个体如何心甘情愿地混同于泯灭个性和良知的社会群体，从试图保持自我到不得不向污浊环境投降进而彻底堕落的异化过程。荒诞的艺术手法，有利于读者撕裂和剥离生活、人性的伪装，除去表象的遮掩而逼近本来面目。无中生有的"老魏"如何合乎情理地脱胎于不可理喻的现实土壤，让人窥见生活本身的荒诞感。身陷困境中的刘浪无从突围——即预示着个体生存的基础动摇和破碎，只能主动地选择妥协，显现出如此境况下个体生存境遇的逼仄和别无选择。小说独具匠心的是时而"在"，时而"不在"，"不在" 而又"在"的"老魏"这个幽灵般人物的成功塑造，可以说，已经超越了具体人物形象本身所固有的意义边界，在一定程度上已具有直指生活荒诞本质，抵达人生、社会乃至生活、人性"本体"的形而上学意味，颇有一般意义上的哲学意蕴。因而，可以说"老魏"这一形象已有了某种寓言的意义，因而也赋予了小说内涵的不确定性，使得文本的丰富性解读成为可能性。

荒诞的艺术手法，已成为余同友钟爱的不可或缺的表达方式。从已发表的作品来看，业已取得了不错的成就，探索的深度上广度上也在逐年拓展。他的未来挑战在于，"自始至终应该针对的是人们在现实生存境域中所普遍产生的焦灼和伤痛，以及我们如何摆脱这种焦灼与伤痛的各种可能性状态。它在穿透现实生活的同时，应该在人的内心世界中致力于对人类存在的可能性的勘探"[1]，亦即在追求"人类存在的可能性的勘探"的行进过程中，将

---

[1] 洪治纲：《无边的迁徙》，山东文艺出版社 2004 年版，第 191 页。

荒诞艺术手法在更大范围内更高层次上更加自如地进行探索和运用，力求独辟蹊径，把传统文化中的一些积淀传承的美学元素，如民间的传说、舞蹈、神话故事、巫史妖术、图腾符号及其象征，诸如此类相对特异的文化符号，通过增删点染转化，钩沉咀英变异，与之进行创造性地有目的地糅合、渗透、交融，赋予小说多个维度，给读者奉献出一种新颖诡异的审美形象，呈现更为强烈更为浓郁的民族特色或者地域色彩，并在语言上着力沉潜，在拓展人物性格、心理与现实生活的相关丰实度基础上，指向人之为人的本质存在，从而在短篇小说创作上形成别具一格的余氏个性化的美学胎记。

还原散文之本且别具一格的惊艳

——读许冬林散文集《忽有斯人可想》

◎ 孙仁歌

　　究竟何谓散文、散文到底应该怎么写的问题，一直是散文界近些年来热衷于讨论的焦点。近20年来，散文创作中不断涌现种种创新成果，不同程度地搅乱了散文美学视觉乃至审美习惯。的确，从余秋雨为代表的文化散文的横空出世，到随即而来的所谓新散文、学者散文、思想随笔、报章体散文以及只有命名权意义的"在场主义散文"等，固然都各有千秋，都为长期单调的散文创作平添了几分丰姿，但就针对散文文体而言，毕竟也有不讲物理抑或规律的另类，如所谓新散文允许散文虚构，允许就像写小说一样去写散文，从而让虚构遮蔽了作者真实的身份及其心迹，故而受到不少读者质疑也不足为怪。

　　文化散文创新价值虽然很高，但好景不长，历经一番繁华之后，这种文本创新很快便沦为大路流行色，继而"异化"成了一种散文不散文、文化不文化的吓唬人的东西，动辄让膨胀的文化集装箱、丰厚的学术考据乃至思想释放压弯了散文之本，终遭读者抛弃。至于学者散文、思想随笔，窃以为是深受西方随笔影响的中国式随笔，其过度议论问题、阐释思想并饱含批评意味的文本与春秋笔法所界说的中国式散文不可混为一谈，不过也有不少人硬是把这种随笔现象视为散文现象，一时间散文这个"弱女子"被八面扑来的靓妆强行装扮得花里胡哨、五花八门，即便最熟悉"弱女子"的知己者，一时间也难免被混淆视听了。

40年改革开放的语境终究营造了一个众声嘈杂、话语佯狂的文化气象，无论学界批评家们如何争论、语霸，散文创作领域依然乐于标新立异、各行其道，或许，批评家和散文家都在这种文无定法、有容乃大的氛围中探寻着属于自己的归宿，谁也难以强持一种理论或一种文本凌驾在散文的制高点上企图技压群芳、独领风骚。不过，不论是文本创新还是理论争鸣，终极目的乃至希望或许都是一致的，就是散文还应该回到散文的样子，而不是硬"妆"出来个种种"白脸黑脸"。

近读省内女作者许冬林的散文集《忽有斯人可想》，不禁为之击掌，展卷阅读之际，直觉清新淡雅又文采飞扬，让人耳目一新。

开篇自序就给人一种散文回家的感觉，也就是说作者写散文就是写散文，说早晨就是说早晨，她居然能把普通的早晨说得那么灵动、那么有趣、那么亲切，所以特别可读，既没有一丝矫揉造作，也没有分毫拔山盖世之势，一切都来得那么自然、那么随性、那么率真，仅仅读完这篇不过千余字的自序，这本开始于早晨的《忽有斯人可想》似乎正是笔者期待中的散文文本的回归，这种直奔散文写散文的散文，读起来很爽，看上去很美，想起来也挺有意思，散文的本性本来就是这样一种强调小巧玲珑且又不乏丰姿的文体，却被一些打着创新、突破、争抢命名权的"梁山好汉"们肆意变奏、颠覆，一度把散文玩得四不像。比如持久性甚嚣尘上的所谓大文化散文，让文化乃至学术考据完全把散文文本淹没了，读者只能看到文化抑或学术，却看不到散文是死是活，读者的眼球完全被文化或学术夺走了，殊不知散文就像一棵被压弯腰的小树，正在苟延残喘、奄奄一息。

正因为面对这种散文现状如散文自身一般有一种濒死感，所以文艺批评家雷达先生生前曾主张并呼吁散文要回归，即要由大返小、由多返一、避繁趋简，不要在散文这棵小树上挂太多的东西，散文其实就是一棵小树，不要把那些不属于它的东西挂在它的身上，导致它折条断枝、花谢叶败不成风景。这与早些年秦牧所倡导的写散文要追求"盆景""扇面"效果，把小巧轻盈、简约多姿视为散文的最高形式如出一辙。

今读许冬林《忽有斯人可想》，就如同一头撞进了推销"盆景""扇面"的店铺里，举目之间琳琅满目、惊艳迭出。全书1—5辑，从命题到列入的每一篇美文，都一律以"盆景"化、"扇面"化的丰姿展示出来，不单看上去颇见园林形态，每一篇读起来也很轻扬、惬意，阅读心理上一扫过去那种一见动辄洋洋万言的大文化散文就有头大的感觉。许冬林即便不属于学者型散文家，却也深谙散文之道、作文之法，从她笔下喷溢出来的文字总是那么暖暖的、爽爽的、美美的，同时也不乏某些耐人寻味的、精妙的观感与描述。第一辑"做一朵旧年的杏花，慵懒地开"单元里所选入的19篇精短美文，可以说篇篇精彩、字字珠玑，俨然园林艺术老板一股脑推出的19种风格相似、形色各异的盆景，盆盆看上去都赏心悦目、润人心田，如细细加以品味，也自有诸多让人咀嚼不尽的人生况味。如《桃花不静》，文笔温馨、简洁、干练，立意不俗，在一种闲适的心境中营造了一种互动的张力，桃花的确不静，每年春季看桃的节日就很热闹，浮躁的人境自然也毁坏了缺少保护的桃花之静。此文颇见意境美、内蕴美，读来不亚于听一段轻音乐，很养生，就如同给生命补氧。

这种感觉，在阅读《忽有斯人可想》的过程中频频光临。第一辑中的《春六帖》《村有杏花》《舍南舍北皆春水》等篇什，都堪称当下散文百花园中难能多得的美文。据说后两篇还被选入了中学语文阅读教材，广受中学师生欢迎。可见，许冬林的散文，老少咸宜，无论什么年龄段，也无论是文化平民还是文化贵族，恐怕面对许冬林的"盆景王国"，都会悦目圆睁，至少不会产生阅读疲劳吧。全书从第一辑"做一朵旧年的杏花，慵懒地开"到第五辑"阅读是种深不可测的深情"，彩点多多，妙笔多多，每一辑的命名、引言都显得那么礼仪、那么家常、那么优雅，俨然园林主彬彬有礼地打开了一扇园林之门，让客人满怀期待而来，共享诗与思的对话，临去时依然心旌摇荡、口含余香。

第二辑"伴一丛芭蕉，听风听雨到天明"中的《孤而美》，在笔者看来，此文不仅可以上中学语文教材，也可以上大学文科写作教材。读完此文，笔者十分敬畏作者良好的散文文体意识，许冬林及其散文是践行散文文本的范式，散文文体到了她这里宾至如归，得到了充分尊重。这篇《孤而美》谈及的问题其实是很有深意的，却因为作者文笔生动、灵气、婉约而又富有节奏感，即用感性乃至诗性的话语化解了立意的高深，又把读者带进了平民化对话的园林客厅中来，从而在深入浅出的笔意中分享了"孤而美"的真意所在，可谓形散神凝，作者把散文文本还原到了极致。《养一缸荷，养一缸菱》与前几篇美文异曲同工，看似闲适散淡，可只要能凝神静心地读进去，就不难读出作者对生活的一种情感评价抑或态度。或许只有热爱生活又饱含趣味的人，才能养一缸荷收一缸菱吧？

　　第三辑"只有情怀，不似旧家时"和第四辑"我与自己，孤独成双"中所收入的文章与前后几辑体例布局、笔墨分配很和谐，都匀称有致，辑辑施墨用力似乎都彼此关照、"门当户对"，很讲究格局美。《剩下的时光是自己的》是作者直面自我的一种态度，轻松、内敛的表述中也可以从中窥视作者的另一种沉淀，历经几番风霜雪雨之后，也呈现了人生的一种成熟与练达，属于自己的东西必须靠属于自己的心去把握，否则，时光也会不告而别。此外，《山有桂子》《旧时菖蒲》《秋事》等美篇佳作，共同构成了"冬林式"的文本模式及其风格。诸如取材都信手拈来且不拘一格，涉及面很广，过日子、养花、读书、人生顿悟、观物有感、忽发情思等，都在她的笔下变成了一道道葡萄美酒夜光杯，许多不经意的微小事物一入笔，就趣味盎然。第四辑中的《理性的虫子》《小砚》《一只绒线团的后来》等，都可圈可点。特别是《忽有斯人可想》这篇具有提纲挈领意味的点魂之文，更耐人寻思。斯人是谁？何以会让作者动辄可想悠思？这里倒不必寻根究底，算是作者给读者留下的一点文本深层次结构中的超出字面的东西，权当悬念吧。文学创作活动中，或许每一个作家心中都住着一个挥之不去的"爱人"，作为散文文体的"天使"许冬林，这个饱含文学缪斯品质的"爱人"许多时候就成了她写作的驱动力抑或灵动所在。正如有人针对学者诗人何向阳诗中频频出现的"他"很好奇，可诗人给出的答案却又让人如临玄机："我写诗始终是在念给不存在的爱人听……"①以笔者的理解，这个"爱人"就是诗人生命中不可或缺的"知音"，且不管虚实与否，对于一个写作者都可视为"忽有斯人可想"的现象，否则，作家一旦没有人可想了，哪里还有文章可做？文学理论中把这个"听"的人界定为"隐含的读者"，是文学原理之一说。许冬林把"忽有斯人可想"冠以书名，可谓别出心裁，让全书更有了一种文学的品位。当然，全书所选之文不单多呈盆景、扇面之美，也有不少篇什不仅立意显得很洒脱，而且从内涵上去考量也不乏文化底蕴和书卷气。限于篇幅，对于文本内容抑或主题层面的分析这里只能删繁就简了。

　　一览并阅读许冬林《忽有斯人可想》很过瘾，掩卷之际，惊讶有余，欣慰不尽，可以说《忽有斯人可想》是引领散文回归散文的标杆，全书以鲜活的、诗性的、比较规范的散文话语形态还原了散文的本来样式，也直接回答了究竟何谓散文、散文到底应该怎么写的问题。是的，且以散文集《忽有斯人可想》为例，此散文集饱含散文文本自信，让散文恢复了一棵小树、一簇鲜花抑或盆景、扇面的风采，在轻盈小巧中折射出一种淡淡的幽思、哲理，在散漫闲适中散发着种种人生参悟及人文情怀的缕缕馨香。作者始终给人一种很安静的神态，挥笔之际，总能凝神于一种优雅不躁的小叙事状态，情感抒发始终能把握住一种静水深流的心理层面。最为难能可贵的是作者不矫情、不滥情，也不遮蔽自己的身份，所写之物、所抒之情，都与自己的身份构成一个和谐的链条。散文创作领域，就有一些人习惯于矫情、喜欢装嫩，老大不小的了，一写起散文了，就把自己的身份丢了，殊不知"散文是一切作家的身份证……散文家理当维持与读者对话的形态，所以其人品尽在文中，伪装不得。"②所谓伪装，就是矫情。对此，已故作家汪曾祺批评得更直接："挺大的人，说些小姑娘的话，何必呢？我希望把散文写得平淡一些、自然一些、家常一些。"③

①　张滢滢：《何向阳：写作是与不存在的爱人的对话》，《文学报》2015年3月14日第1版。
②　余光中：《缪斯的左右手》，湖南人民出版社1997年版，第10页。
③　汪曾祺：《蒲桥集·自序》，作家出版社1989年版，第3页。

在笔者看来，许冬林的散文就比较符合汪老的散文观。或许，闲适、内敛的文字本身就是一种力量，即便不予以更多的阐释，也自有其不俗的魅人之处。从实而论，处变不惊，暗波涌动，正是许冬林散文不拘一格之处、惊艳之处。坦白地说，读许冬林的散文，确有身临园林散步、赏景之效。由此想到多年前曾反对过批评家谢有顺的一个学术观点："有一种好的散文，是叫批评家束手无策的，它欢迎阅读，却拒绝阐释……周作人式的散文，确实称得上是专供闲读的闲笔了。"[1]（注：尽管此言存在一定的偏颇，笔者认为越是闲适的文字，往往越需要批评家的阐释，尤其是周作人的"苦雨系列"更是如此。）但把这一观点用在这里，又是适用的了。当下一些盆景式、扇面式的还原散文之本的散文，确实不需要批评家过度阐释，因为这种十分切合散文之本的散文，本身就是风景，只要投去一双会欣赏的"热眼明睛"，也就够了。比如台湾散文家陈冠学与他的《田园之秋》、大陆散文家刘亮程与他的《一个人的村庄》以及本文所推介的许冬林与她的《忽有斯人可想》等，文笔都是闲适的，话语都比较鲜活、生动、优雅，既有"记述性"，也有"艺术性"，一言以蔽之，我们期待的散文文本就应该是这样的，正本清源，散文终于又回归了"最亲切、最平实、最透明的言谈"[2]的真诚至上的形态，《忽有斯人可想》堪称其中一个范式。

以上是笔者对许冬林散文的第一印象。当然，文无止境，在给予许冬林散文较多美誉的同时，也不能粉饰其美中不足之处。盆景式、扇面式乃至竹简式散文固然曲美和众，诗性满满，也不乏人气地气，表层结构纵然无可挑剔，但深层结构恐怕还达不到"城府高筑"，也就是说看上去很美、很特别、很惊艳，但经得起玩味、咀嚼的文化层面、思想内蕴、哲学意味是否也能给足读者呢？另外，这种唯美、闲适的散文笔法，也容易形成一种定式化或模式化，这就要求许冬林在今后的散文创作中要有意识地拒绝重复、勇于创新和突破，让自己今后面世的散文作品能始终保鲜，既拥有更多的散文文

① 谢有顺：《重申散文的写作伦理》，《文学评论》2007 年第 1 期，第 137 页。
② 余光中：《余光中散文》，浙江文艺出版社 1999 年版，第 387 页。

本元素，又饱含全新的许冬林个性元素，从而让许冬林的散文能持久带给读者以审美享受。

我们热切地期待许冬林的散文百尺竿头，更进一步！

2019年5月18日写于忘知斋

理论探索

"文化危机"视角下先锋小说"历史意识"研究

徐立伟　周方强

"话剧加唱"及其相关问题的再思考

周　慧

镜前的"维纳斯"

李传玺

"文化危机"视角下先锋小说
"历史意识"研究

◎徐立伟·周方强

马克思在《资本论》中指出:"劳动过程结束时所取得的成果在劳动开始时就已存在劳动者的观念中了,已经以观念的形式存在了。"①这个理论不光适用于物质生产,同样也适用于精神生产。文学创作是一种特殊的精神生产活动,对这个活动的考察,要在具体的历史背景中进行。而所谓劳动者的观念,就是历史意识在文学中的表现。于是,研究一种文学的历史意识,不光要分析文本所体现出来的内容,还必须考虑到生产这些文本与实践的历史意识。②通过揭示文艺存在的历史和社会规定性来总体地把握文学的审美和历史特征。

历史意识,"是指人们由历史知识凝聚、升华而成的经验性心理、思维、观念和精神状态"。③历史意识在文学作品中的表现,是隐含却深刻的。当我们将目光放在20世纪80年代的中国当代先锋小说时,那种不同于传统文学的先锋文本,那种诡异扭曲的叙述方式,毫不隐讳地呈现出历史意识在所谓的历史节点上发生的剧烈变化。那是一种从"人的发现"走向"人的表现"的文化自觉意识,是保守压抑后突然眼界大开的文化迷惘意识,是一

---

① 中共中央马克思恩格斯列宁斯大林著作编译局:《资本论》,人民出版社1975年版,第50页。

② [英]约翰·斯道雷:《文化理论与大众文化导论》,常江译,北京大学出版社2010年版,第72页。

③ 徐兆仁:《历史意识的内涵、价值与形成途径》,《中国人民大学学报》,2010年第1期。

种随风摇摆又渴望坚定的文化自主意识，是一种充满好奇又难断根脉的文化寻根意识。一言以蔽之，那是身处在文化危机中的历史意识。

1984年，马原发表《拉萨河女神》时，正值中国经济发展势头强劲、对外经济文化交流显著增加之时。当时的社会意识，尤其是知识领域受到西方思想影响很大，在文艺创作上，随即涌起了"八五新潮"。一方面出现了以阿城、韩少功为代表的寻根派，一方面出现了以刘索拉和徐星为代表的现代主义，以及当时就已经发表还没有被命名的马原的先锋小说。这些小说中，有的描写现实，有的描写历史；但不可忽视的是，这些题材中很多都涉及"文革"。"文革"既是历史，又是现实。历史和现实的双重性，似乎也反映了当时文化界内心的双重性：一方面是对现实的迷惘，一方面是对历史的困惑。反映在文学中，就是"文革"题材大量出现直至一种扭曲表现的形态。这缘于一种"文革"记忆的想象关系的复活，"文革"幽灵"隐秘而奇怪的显灵"①。无论是神话的枯竭、现实遗忘，还是"文革"记忆的显灵，都体现了知识分子在对文化的理解和对文化的建构两个层面上的困境。这两个层面，对应着文化危机的两个表征。所谓文化危机的两个表征"一是在现实的个人生活和社会生活层面上实际地发生着的文化观念自觉或不自觉的冲突与裂变""二是社会的精英阶层，包括知识精英及政治精英对于这一现实的文化冲突的自觉的反思和检讨"。②20世纪80年代的文化危机与80年代的文学艺术有着非常紧密的关联。先锋小说中体现的历史意识，是80年代文化危机的缩影，也是整个时代的文本显现。

一、文化失范和文化冲突

个人生活或社会生活中发生的文化观念的裂变称为文化失范或文化冲突。关于"失范"（anomie），存在于微观与宏观两个层面。"宏观层面的

---

① 陈晓明：《无边的挑战——中国先锋文学的后现代性》，中国人民大学出版社 2015 年版，第 21 页。
② 转引自徐立伟：《"美学观点和史学观点"视域下的中国当代先锋小说》，安徽大学博士学位论文，第 41 页。

失范属于社会规范、制度体系的稳定性与社会秩序问题，即指社会规范系统的瓦解状态——社会解组。微观层面的失范主要是指社会团体或社会成员的失范行为，它与越轨行为是同义语，指社会团体或个体偏离或违反现行社会规范的行为"①。在先锋小说出现的80年代中期，从文化观念上讲，微观和宏观层面都发生了裂变。按照马克思主义的观点，宏观层面，主要问题源于统治阶层。马克思说："统治阶级的思想在每一时代都是占统治地位的思想。这就是说，一个阶级是社会上占统治地位的物质力量，同时也是社会上占统治地位的精神力量。"②这种力量在政策上表现形态的变化，最明显的就是文学创作经历了《在延安文艺座谈会上的讲话》的"文学为政治服务"到《在中国文学艺术工作者第四次代表大会上的祝词》中"不要横加干涉"再到"主体性"的引入，异化问题的深入争论，反映论权威地位的下降等文学史上的事件，为当时的先锋小说提供了丰厚的"宏观铺垫"。文学的制度体系在发生着剧烈的变化。一度作用于文学身上的规范系统开始瓦解，新的文学观念和作品开始从各种破碎的规范缝隙中流泻出来。微观层面，所谓的"越轨"可以从两个方面考察：一是文学的创作者。"文革"刚结束时的文学创作，"现实主义"依然是意识形态主潮，拥有绝对的权威，但是，随着十一届三中全会后国外文艺理论的翻译介绍、国外文艺作品的出版，作家们开始逐渐探索西方的文艺思想并付诸实践，现实主义的地位受到了巨大冲击。在当时的文化语境下，现实主义绝对权威的动摇是文化危机的一个非常明确的信号，因为"现实主义显然不是单纯的文学创作方法，它实际是主导意识形态的思想规范"③。对现实主义的越轨，也就是对"规范"的越轨。二是文学的消费者，也就是文学的阅读者。新的文学艺术作品的出现，无疑撼动了文化消费者对"现实主义"的耿耿忠心。星星美展、八五新潮、朦胧

---

① 朱力：《失范范畴的理论演化》，《南京大学学报》2007年第4期。

② 中共中央马克思恩格斯列宁斯大林著作编译局：《马克思恩格斯选集》（第1卷），人民出版社2012年版，第178页。

③ 陈晓明：《中国当代文学主潮》，北京大学出版社2013年版，第317页。

诗引起的巨大轰动和反响，清晰地印证了消费者的"越轨"。但是，文学现象的背后，似乎还是意识形态话语的博弈，尤其是当时影响很大的论战，如徐迟的《现代化与现代派》、李准的《现代化与现代派有着必然联系吗》等，将现代主义文学在中国的传播简单地看成是西方意识形态的"入侵"，将现实主义和现代主义的比较看成是社会主义文艺和资本主义文艺的斗争。在表征上，是一种文学方法对另一种方法的威胁，而实际上，是一种想象对另一种想象的替代，这些都是文化"失范"的果实。

除了一种想象对另一种想象的替代以外，文化失范还体现在一种叙述对另一种叙述的替代上。在文学的形式上，出现了向内转。鲁枢元先生的《论新时期文学的"向内转"》中指出："粉碎'四人帮'以后，文坛上出现了一种悖谬于传统写法的小说作品，……它们的作者都在试图转变自己的艺术视角，从人物的内部感觉和体验来看外部世界，并以此构筑起作品的心理学意义的时间和空间。"[1]这篇文章发表于1986年，那一年先锋小说已经崭露头角，文本中的存在主义、现代主义、后现代主义鱼龙混杂，画面混乱又绚烂，而鲁先生说的"小说写得不怎么像小说了"，正是立足于现实主义规范而言，像与不像的界限也就在于小说的叙述方式。而先锋小说牺牲掉的外在的东西，其实就是现实主义文学创作的"典型环境中的典型人物"的"典型原则"。这是对现实主义规范的扬弃。例如孙甘露的《请女人猜谜》："这篇小说所涉及的所有人物都还活着。仿佛是由于一种我所遏制不住的激情的驱使，我贸然地在这篇题为《请女人猜谜》的小说中使用了她们的真实姓名。"[2]这是小说的第一句话，整体上是讨论这篇小说，这是元小说的技巧，是后现代主义小说的创作形式。作者对小说叙述的介入，就是对创作和作品二元对立的消解。而题为《请女人猜谜》，通篇读下来，散碎的叙述中，既没有女人也没有谜语。形式的随心所欲也就是历经了"向内转"之后，"换来的更多的自由"。在文学的内容上，个人的体验压过了故事的发

① 鲁枢元：《论新时期文学的"向内转"》，《文艺报》1986年10月18日。
② 孙甘露：《夜晚的语言》，上海文艺出版社2013年版，第43—44页。

展，成了小说的第一性。也就是主观的真实盖过了客观的真实，作品开始专注于人的体验和感受。之所以文学的内容也和文化失范相联系，是因为文学内容的变化，也恰恰体现了微观上"文化权力的受动者们"的一种反抗。比如马原的小说《虚构》："我就是那个叫马原的汉人，我写小说。我喜欢天马行空，我的故事多多少少都有那么一点耸人听闻。"[①]这一句话同样用了元小说的叙述方式，但是从内容上我们可以看出：第一，作者不再为历史代言。按照经典马克思主义的观点，历史应该存在某种关联，即"人们之间是有物质联系的。这种联系是需要和生产方式决定的，它的历史和人的历史一样长久；这种联系不断采取新的形式，因而就呈现出'历史'"[②]。而个人的天马行空却与所谓的关联脱离了干系，我只代表个人的同时，也放弃了历史。第二，作者不再为集体代言，我就是那个叫马原的汉人，一句话，将自己与他人区别开来，我做我的事（写小说），并且我呈现给别人的，是我自己的天马行空。一切来源于自己，为了自己，由自己做主，为自己负责。不仅如此，和形式一样，先锋小说文本的内容也在文化失范的背景下走向了求新求变的路上。比如格非的《褐色鸟群》，无边无尽的叙事圈套下，微小细节的不断变化，让一个故事没有尽头地走下去。比如余华的《现实一种》，血腥的暴力的残忍的发指的现实逐一呈现，挑战着读者的接受边界。如果说现实主义的规范目的在于将集体意识形态引导向一个既定的方向，那么，文化失范背景下的先锋小说，走的却是将人的体验带入一种没有尽头的想象之中。

关于冲突，可以从文化危机的对立中考察。文化危机主要包含内源性危机、外源性危机。内源性文化危机"是由于文化模式内在的超越性与自在性矛盾的冲突和文化内在的自我完善的合理性要求而导致的文化失范"；外源性文化危机"是靠一种外来的新文化模式或文化精神的冲击才能进入文化

---

① 马原：《1980年代的舞蹈》，春风文艺出版社2004年版，第50页。
② 中共中央马克思恩格斯列宁斯大林著作编译局：《马克思恩格斯选集》（第1卷），人民出版社2012年版，第178页。

的怀疑和批判时期，进入非常规期和裂变期"。①在先锋小说出现的80年代中期，中国的文化危机是一种"内源性危机和外源性危机"共同作用下的文化冲突形式。内源性危机，其表现为一种新出现的、自觉和自为的文化模式与旧有的自在和自发文化模式的冲突。冲突的双方分别是"政治意识形态"和"历史记忆与个人体验"，也就是当时的文化秩序、文学规范与当时（80年代）知识分子的集体记忆和个人体验的冲突。究其原因，一方面，当时的文化秩序，虽然经历了十一届三中全会和中国文学艺术工作者第四次代表大会，虽然拨乱反正，大力提倡解放思想，但是，十年"文革"的极左思想依然余毒未尽；另一方面，现实主义传统影响深远，文学反映历史现实，为国家、为时代发展鼓与呼依然是文学的重要任务。所以，尽管大方向上邓小平同志已经提出"不许横加干涉"，但是体制内在岗在编作家仍旧要考虑文学表现方式上的"政治正确性"，不能随意僭越。这种考虑，也就不可避免地携带上了"政治意识形态"的痕迹，既有权力的成分，又有意识形态的引导，于是内源性危机的伏笔就已经埋下。它的对立面就是"集体记忆和个人体验"。葛兰西曾经在《狱中札记》中提到过社会集团的产生与经济职能的密切关系，并且这个集团还会产生多个将自身功用赋予集团的知识分子阶层。这就是说，一个社会集团有可能存在着多个知识分子阶层，而这些阶层产生的职能领域是不同的，对自身功用的认识也就是多元的，同一集团的知识分子不具有绝对同一性。所以，在政治意识形态一元化规范的时候，就会激起多元化的反抗，这就是文化冲突。而在情况复杂的80年代，对自身功用的认识的多元化也直接造成两种表象：第一是集体记忆，经历过共同的上山下乡、读书从军，一代青年有着非常多的共同经历，这种时代潮流下的共同经历造就了一代人中多个维度的集体记忆；第二是个人体验，每个人的体验都会有所不同，即便是同样的历史背景下，人看待历史、看待现实的眼光也会不尽相同，这就是个人体验。所以，当政治意识形态在文学领域试图

---

① 转引自徐立伟：《"美学观点和史学观点"视域下的中国当代先锋小说》，安徽大学博士学位论文，第41页。

全盘覆盖集体记忆和个人体验时，矛盾一触即发。尤其是在极"左"思潮结束后的80年代，这种矛盾甚至还渗透着十年浩劫的某种情绪反弹，就像格非小说提到的先锋小说作家与意识形态的紧张关系，"要么成为它的俘虏，要么挣脱它的网罗"①。此言虽然有点绝对，但是也体现了先锋小说出现的80年代这种内源性危机所带来的激烈文化冲突。外源性危机与内源性危机的不同之处，在于外源性危机的矛盾双方不只是发生在现有模式内部，它更多的是外来的文化精神与现有的文化精神之间的交锋。外来的文化精神，表现在文学方面，主要是指现代派争论的两条导线——"朦胧诗"和"意识流"小说。在此期间，关于现代主义、后现代主义等理论著作和文艺作品被大量翻译介绍到国内，"仅1978—1982年五年之间，现代派问题争论论文不下五百篇"②。在当时的中国，外源性危机首先表现为追随与模仿。那时，现实主义开始式微，作家们的创作更加倾向于一种新的、有变化的形式，目的是要和真正的世界文学踏上同一条轨道。于是模仿也好，追随也好，在西方的文艺思想，尤其是现代主义、后现代主义的视角下开展创作，是一种求新求变的终南捷径。例如这两个鲜明例证，一个是先锋小说的时间意识的母体语式："许多年以前……许多年以后"，另一个是马原模仿博尔赫斯的《秘密的奇迹》："小说最后一句话是：哈罗米尔·拉迪克死在三月二十九日上午九点零二分。马原的《虚构》在时间的处理上，很明显受到博尔赫斯的影响，至少结尾都用时间做标记'我机械地重复了一句，五月四日'。"③其次，还表现为重读与反叛。西方文艺理论，文化精神的引进，不可避免地冲击到了经典马克思主义的理解问题，对马克思主义经典著作的阐释也成为外源性危机的衍生品，其中，最有代表性的例证是新时期对《1844年经济学哲学手稿》的重读，尤其是关于人道主义、人本主义的探讨。李泽厚先生曾经提到："当时最集中的表现为呼喊人道主义，把马克思主义解释为人

---

① 格非：《塞壬的歌声》，上海文艺出版社2001年版，第269页。

② 陈晓明：《无边的挑战——中国先锋文学的后现代性》，中国人民大学出版社2015年版，第11页。

③ 陈晓明：《众妙之门——重建文本细读的批评方法》，北京大学出版社2015年版，第37页。

道主义……这当然是对'文化大革命'以及以前数十年把马克思主义强调成阶级斗争的学说的反对。"①最后，是工业化带来了人的价值的巨大影响。在《改革开放的历程》中提供了当时的一些经济数据。1981年，电子产品出口额仅为1157万美元，1986年上升到1.19亿美元，1987年上升为2亿多美元……吸收外商投资项目达12161个，外商投资协议金额281.51亿美元，实际使用120亿美元。②改革开放打开了国门，带来了经济的快速发展，也带了工业化和现代化。但随之而来的，是外源性的文化冲突，科学技术、经济社会的高速发展，表现在文学艺术创作方面，同样是波澜壮阔。文学反映越来越倾向于文学表现。在先锋小说的创作中，出现了后现代主义意味的元小说和元叙事，如马原的《拉萨河女神》《虚构》、孙甘露的《请女人猜谜》等，出现了直观表露血腥暴力的余华的《现实一种》，出现了摒弃高大全红光亮的小人物故事的刘震云的《一地鸡毛》等，这些都是当时外源性文化危机冲击后历史意识在文学上的具体表现。

二、文化反省与文化批判

知识精英及政治精英对于这一现实的文化冲突的自觉的反思和检讨称为文化反省与文化批判。精英知识分子对文化危机的失范的认识是理性的，这种理性会引起和推动整个社会的文化反思，进而形成社会层面的文化反省与批判。先锋小说对文化失范的把握，表现为对传统文学规范的颠覆。在先锋小说文本中存在很多后现代特征。也就是说先锋小说作家，作为当时的知识精英，他们对文化危机中个人文化精神的反省，采用了"后现代性"方式。后现代性的主要特征包括："(1)反对整体和解构中心的多元论世界观；(2)消解历史与人的人文观；(3)用文本话语论替代世界(生存)本体论；(4)反(精英)文化及其走向通俗的价值立场；(5)玩弄拼贴游戏和追求写作

---

① 李泽厚：《中国现代思想史论》，生活·读书·新知三联书店 2010 年版，第 212 页。
② 王洪模等：《改革开放的历程》，河南人民出版社 1989 年版，第 516—519 页。

快乐的艺术态度；（6）一味追求反讽、黑色幽默的美学效果；（7）艺术手法上追求拼合法、不连贯性、随意性，滥用比喻，混合事实与虚构；（8）机械复制或文化工业时期历史存在和历史实践的方式。"①不难看出，这些后现代的特征中最具有代表性的特征就集中在对"中心主义"和"二元对立"文化模式的解构。首先，中心主义的思想来源在于罗格斯中心主义，倡导思想中的理性之光，并"将逻各斯当作探讨世界本原以及追求终极实在、永恒原则和绝对真理的中心"②。这种中心主义一再强调一种绝对的权力中心。而80年代中国文化危机中的中心主义，对文学而言，就是带有意识形态性质的文学规范，这种规范与文学中体现的"多元论世界观、消解历史和反精英的文化模式"是抵触的。比如孙甘露的《我是少年酒坛子》中所写的："在我们谈话的时候，时间因讽拟而为感觉所羁留。鸵鸟钱庄之外是被称作街景的不太古老但足够陈旧的房屋。是紧闭或打开的窗，是静止不动或飘拂的窗帘，是行走或伫立的人群。"③小说几乎完全不存在叙事，没有典型环境和典型人物，与其说是言语的流动，不如说是体验的整合，与其说是一种文学形式，不如说是一种文学实验。但有一点是肯定的，就是小说文本彻底地颠覆了现实主义文学规范这个创作的"中心观念"。其次是二元对立，在《小逻辑》中，黑格尔指出："每一方面之所以各有其自身的存在，乃由于它不是它的对方，同时，每一方面均借对方而反映其自身，只由于对方的存在而保持其自身的存在。"④这种对立的作用在于证明自身本质的存在。而这种对自身本质的确定，又是后现代主义所摒弃的。所谓反精英、反讽，追求拼贴复制，更多的是对自身本质的一种消解，或者说，是对通过对立确证而成立的自身本质的消解。先锋小说作家的反省不在于意念上的反抗，而是用一种让意念在文本中表现的方式来实现自身的文化诉求。先锋小说很少出现传

①　陈晓明：《无边的挑战——中国先锋文学的后现代性》，中国人民大学出版社2015年版，第9—10页。

②　李成旺：《西方逻各斯中心主义传统与马克思哲学的革命》，《学术月刊》2008年第4期。

③　孙甘露：《夜晚的语言》，上海文艺出版社2013年版，第94页。

④　[德]黑格尔：《小逻辑》，贺麟译，商务印书馆1962年版，第263页。

统意义上的"典型",没有典型环境（宏大叙事），也没有典型人物（高大全红光亮），甚至有时候连环境和人物都不能完整存在，只是碎片般地游离于文本叙述的表面。如苏童的小说《一九三四年的逃亡》中，"蒋氏干瘦发黑的胴体在诞生生命的前后变得丰硕美丽，像一株被日光放大的野菊花尽情燃烧"①。如果干瘦和丰硕是对立的，那么用于同一主体就显得难以成立，如果日光放大了野菊，他就应该是绽放而不是燃烧。所以，这个文本叙述虽然有相对立的言语，但是却构不成本质的确证，不仅如此，这还让本质更加迷离，就像人飘忽不定的意识状态。这种现象得到了当时评论界（知识精英）的一些支持，吴亮先生就曾高举过《向先锋派致敬》的大旗声援先锋文学，他说先锋文学"有着比日常的实用世界及其法则更重要的有价值的事物，不存在于现实生活中，恰恰相反，它是不可直接触摸的，仅存在于人的不倦想象以及永无止境的文字表达之中"②。这种支持构成了文化危机中的反省，因为知识精英们开始用理性的反思来把握文化危机中的失范和冲突，从而更清楚地把握了文化危机，把握了所谓的历史。

关于文化批判，主要集中在两个问题上，人的异化与人的复归。关于异化，词根来源为拉丁语alius，表示"其他"之意，alienus表示归属他人他地。所以，异化的基本意思是"导致疏离或成为其他"③，体现在先锋小说出现的80年代，这种文化上的"疏离"和"成为其他"是非常明显的表征。所谓疏离，是一种对于文学本质的游离，成了一种本质对象化的"不全是"又"不全不是"的中间状态。这是文化危机下先锋小说作家的内部原因造成的，也就是80年代后期崛起的创作群落所"具有历史的晚生感、艺术的迟到感、文化上的颓败感"④，体现在先锋小说的文本中，表现为文本呈现的"不是历史的体验，而是历史的想象；不是文艺思想的创造，而是文学形式

---

① 苏童：《一九三四年的逃亡》，《收获》1987年第5期。
② 吴亮：《向先锋派致敬》，《上海文论》1989年第1期。
③ [英]彼得·奥斯本：《问题在于改变世界》，王小娥、谢昉译，中信出版社2016年版，第67页。
④ 陈晓明：《无边的挑战——中国先锋文学的后现代性》，中国人民大学出版社2015年版，第21～23页。

的模仿；不是文学史的胜利者，而是某种意义的失败者"。其中最重要的原因，就是先锋对形式的过度追求，使得大部分文本都在"人的发现"与"人的表现"上做文章，过度重视人的感受、碎片化的诗意、模糊的叙述圈套和叙述主体的反复切换，而没有投入应有的精力在"人与文艺"的关系上做思考，没有力图通过文学艺术实现对人的"道德诉求和终极关怀"。这使得后来先锋小说进入了一种形式的困境，无从破解。但之所以说是异化，还由于在一定程度上，先锋小说甚至走向了相反的方向。一方面，在道德诉求的范畴上，很多先锋小说并不主动追求文本的道德意义，似乎把道德也当成了一种政治意识形态话语去反对、去逃避，并且，有的直接拿道德下手，敲打着道德的律令。比如洪峰的《奔丧》和《瀚海》，在文本的历史追溯中几乎全部以人与人的混乱关系以及性的强力来搭建人物关系结构。余华的《十八岁出门远行》几乎用了一个道德被遗弃的题材，不加任何评判地讲述一个落井下石的抢劫故事。事件中的行为者是冰冷而木讷的，唯一试图的拯救，还以失败告终。这样的例子很多，虽然一些先锋小说不涉及道德问题，但很多涉及善与恶、美与丑的小说文本，依旧不提供道德判断的标准，这使得价值在文本中缺位，后现代意味的零度描写，被引入了一个道德"零度"极端。另一方面，在对于人的终极关怀上，先锋小说的后现代手法往往使整个文本成为个人心理的流动，对人的表现，尤其是对人的内心感受的表现的放大，导致太过于追求瞬间的感受和意向，让人作为一个整体失去了"自由自觉"的光泽，转而沉浸在没有边际的意识旋涡中。就像残雪的《山顶上的小屋》《黑眼睛》，虽然作者找到了潜意识的入口，对人的意识进行表现，但是潜意识与"显意识"的关系始终缺席。显意识中的善念和恶念，自由与恐惧并没有实现叙述的差别，一切都是含混在一起的。人被本质化为意识的流动，而背离了人的自由自觉的存在属性。人的终极价值在文本中没有实现的预兆和指向。所以，当文学被先锋小说仅仅塑造成文本的形式，文艺与人的关系也就意味着边缘化。文学失去了道德诉求和终极价值指向，文学就只是文本而已，这一点，是异化的根源。

有人的异化势必存在着人的复归，这是文学发展的规律，是文学史的辩证统一。这种回归在经典马克思主义的文艺理论中找到回声。马克思主义文艺批评观中，对人与文艺的关系有着深刻的揭示，这是马克思主义文艺批评观中最为重要的人学思想。在《1844年经济学哲学手稿中》中，马克思说："一个种的整体特征、种的类特性就在于生命活动的性质，而自由的有意识的活动恰恰就是人的类特性。"①我们把这种类特性总结为"自由自觉"。自由，必须回到人的地位上。自由，是人的自由，是"关注文艺与人的关系，他们是在人类自身发展的历史实践活动中去考察文学艺术，并以人的自由解放与人类社会的全面进步作为文艺研究与文艺批评的终极目的与评判标准"②。对人的回归的理解，80年代，主要体现在文艺理论界对文学的认知态度上。尤其是80年代，学术界对钱谷融先生《论"文学是人学"》的讨论，进一步夯实了新时代以"人的复归"为基础的文学批评理论构架。1979年，蒋孔阳先生的《谈文艺批评中的艺术标准》发表，他在文章中提出了文艺批评的四条重要标准，即："形象的生动性和典型性""感情的真实性和真挚性""形式的完美性和独创性""美学的感染性和愉悦性。"③此文与《文学是人学》遥相呼应，呼吁人的主体地位。1979年，《上海文学》又组织了文学"工具论"的大讨论，出现了影响巨大的《为文艺正名——驳文艺是阶级斗争的工具说》，由此，"文学是人学"深入人心，关于人道主义、人学、人本主义的讨论陆续展开，由批评界发起的、整个文学艺术界广泛认同的、文学向人的回归开始在文学史上发挥重大作用，人的本质回归，人的价值通过具有审美特性的文本展现，人更具有人的本质意义。在批评界，追问人性本质、追索人文关怀是整个时代文学艺术批评的最重要的价值基础。这种作用的正面效果一直持续到今天，文学批评中针对文学艺术对人与"自然、社

---

① 中共中央马克思恩格斯列宁斯大林著作编译局：《马克思恩格斯选集》（第1卷），人民出版社2012年版，第56页。

② 赵凯：《马克思主义文艺理论中国化论纲》，安徽文艺出版社2016年版，第75页。

③ 蒋孔阳：《谈文艺批评的艺术标准》，《光明日报》1979年10月3日。

会、人"的关系的审视更加深刻，文学艺术依托人的主体地位与人的实践属性，不断拓展审美空间，提高审美境界。早在80年代，从鲁枢元的《论新时期文学的"向内转"》到吴亮的《为先锋派喝彩》，都已经意识到文学作品中人的地位的提高和人的复归，并鼓励先锋小说中积极的因素，鼓励文学艺术把现实的人从政治话语控制下的文本中挖掘出来，生成一个现实的人，通过对现实的人和现实的人性的关注，来实现人的本质力量和对人的终极关怀。

结 语

先锋小说产生的80年代，是一个具备历史特殊性的时代，一方面它是"文革"结束、改革开放的重要历史节点，另一方面，也是西方文艺思想涌入、社会文化经受多方冲击的特殊时期。如果从文学研究的角度看，这个时期的历史特殊性，就在于它蕴含着非常复杂的文化危机。

一方面是文化失范和文化冲突。文化失范的表现有两方面：一是一种社会理想被另一种社会理想所代替。宏观上，文学的规范在变化；微观上，文学创作和消费也发生了改变。二是一种叙述被另一种叙述所代替，文学的形式发生了"向内转"，人对外部历史现实的关注被内在体验所取代，在文学的内容上，文学不再为历史代言，也不再为集体呐喊，文学成了个人的情怀。关于文化冲突，分为内源性危机和外源性危机。在内源性危机中，其冲突的双方分别为"政治意识形态"和"历史记忆与个人体验"。政治意识形态作为文学艺术的调控力，与文学创作者的个人体验和集体记忆发生碰撞，个体与集体在整体面前都成了反叛者，作家们开始关注内在自我、精神自我。在外源性危机中，表现为对西方的追随与模仿、对经典的重读与反叛，以及工业化带来的人的价值观的变化，也正因为如此，出现了与传统文学作品风格迥异的先锋小说。

另一方面，是文化反省和文化批判。一般说来，知识阶层的理性反思被称作文化反省和文化批判。先锋小说作家作为知识精英，对文化危机中个人文化精神的反省，采用了"后现代性"方式。大的方向上主要是两点：第一是对中心主义的摒弃。绝对中心不复存在，认知因人而异。第二是对二元对立的放弃。对于本质的表现而言，不再通过相互对立中显现和确证，本质只存在于无尽的想象之中。对于文化批判而言，主要是谈人的异化和复归。人的异化指针对文本而言，先锋小说并没有重点关注文艺与人的关系，而是将目光放在文本对个人的表现上，所以难以完全实现文学的道德诉求与人的终极关怀。人的复归主要指批评界的觉醒，从"文学是人学"的大讨论，到文学的"去工具化"，再到为"文学向内转"的鼓与呼，倡导着人通过具有审美特性的文本表现人，让文学成为人自由自觉的本质的实现力量。

安徽大学大自然文学协同创新中心2019年度课题：马克思主义生态美学中"美的规律"的实现研究阶段成果（ADZWP19-03）；浙江省教育厅科研项目资助："美学观点和史学观点"电影批评研究（Y202044974）；浙江理工大学2019年教育教学改革研究重点项目：大学生审美教育的探索与实践——以浙江理工大学为例（JGZD201908）；浙江理工大学中国传统文化与当代发展研究所专项课题："美学观点和史学观点"视域下中国故事电影符号学研究（2020xx02）。

"话剧加唱"及其相关问题的再思考

◎ 周 慧

缘 起

所谓"话剧加唱",是中国戏曲现代化进程中,随着话剧导演普遍介入戏曲创作而出现的一种对于用话剧思维及其相应手段创作出来的一类戏曲作品的略带贬损意味的说法,意指其创作出来的戏曲作品不像戏曲。这一说法究竟源自何处、兴于何时,笔者尚未进行过细致严格的考证。倘若从话剧导演普遍介入戏曲创作的20世纪末、21世纪初开始算起,这一说法在中国戏曲界至少已存在了20年。在这20年间,有关这一现象或问题的思考和讨论似乎也从未间断,其间,更是夹杂着毁誉褒贬等源自不同立场、出于不同目的的各种评判。今天,笔者之所以旧话重提,再次对这一问题做出思考,实则是源于介入戏曲创作的话剧导演之反向思考以及从其立场出发对黄梅戏等年轻剧种与"话剧加唱"关系问题的提出。

为了使创作出来的戏曲作品更像戏曲,不可否认,越来越多的介入戏曲创作的话剧导演逐渐开始从不同方面进行着他们的理论思考和实践探索。尽管他们付出了不懈的努力,也使尽了浑身解数、穷尽了各式手段,但最终的结果却依然不尽如人意,其作品仍旧会被戏曲出身的专业人士认为整体是话剧的感觉,或未曾走出"话剧加唱"的窠臼。对此,某话剧导演曾指出,中国戏曲是一个广义的概念,不可一概而论,单就黄梅戏等后起的年轻剧种而言,我们可以思考这样一个问题,即:关于这些剧种的风格特色,它们并不像古老的昆剧、京剧那样具有严格的表演程式，本身就比较随意自由，接近现实生活的自然形态，那么这一类剧种从通常意义上来说和"话剧加唱"又是什么关系呢？这一发问，与其说是对有关戏曲作品"话剧加唱"的质疑所给予的回答，不如说是对这一问题的重新发问，并且是立足于有别于以往的全新视角。

作为特殊历史时期旨在为中国戏曲谋求出路的一种不甚健全、略带无奈的戏曲艺术创作模式，笔者并不完全否认以话剧思维及其相应手段创作出来的"话剧加唱"之戏曲作品所曾具有的价值，以及其在中国戏曲发展史上所应有的意义。然而，时至今日，当努力实现向戏曲本体特质的回归已成为一种普遍的创作趋势和美学追求时，曾经的"话剧加唱"便不应该再次成为导演艺术家们，尤其是介入戏曲创作的话剧导演们所凭借的创作模式、所寻求的探索路径，且应从理性和理论的高度认识到戏曲、话剧与话剧加唱三者于创作思维、美学观念上的特性与区别，从而有效避免"话剧加唱"的出现。同时，就中国戏曲而言，虽然各个剧种发展历史长短不一、程式规范程度不同、风格特色也有所区别，但却同样都是在中国传统文化、美学思想的背景和土壤中孕育成长发展起来的，所以它们也便同时具有中国戏曲共有的本体特质和美学特征。

一、本文所涉及的"话剧加唱"两种不同内涵的具体界定

"话剧加唱"而今虽然已成为一种约定俗成的说法或概念，但是究竟什么是"话剧加唱"，尤其是"话剧加唱"中的"话剧"其内涵到底是什么，即因为何种具体的标识将其定义为"话剧"，却至今鲜有较为明确清晰的阐述和分析。如同中国戏曲一样，话剧也是一个内涵不断被延展且逐渐被中国戏剧界所普遍认知的广义概念，不仅有斯坦尼所强调的体验演剧观的写实美学话剧，也有布莱希特所主张的表现演剧观的非写实美学话剧，包括表现、象征、荒诞等。由此可知，"话剧"一词，在不同的历史时期，在不同的文

化语境下，在不同的对话交流平台上，其内涵和所指也并非完全一致。那么，具体到本文所涉及并讨论的"话剧加唱"中的"话剧"，其具体又指称什么呢？

在"缘起"部分的阐述中，"话剧加唱"中的"话剧"就已然被笔者和某话剧导演分别赋予了两种不同的内涵。根据相关阐述，不难发现：在笔者这里，"话剧"指的是通过话剧思维以及由其派生出的相应表现手段或创作方法完成的艺术作品，着重于话剧思维的统领和指导；而在某话剧导演那里，"话剧"指的是凭借话剧，特别是斯坦尼写实美学话剧的舞台手段和表演方法完成的戏剧作品，重点在话剧表现手段的借鉴和使用。由此，所谓"话剧加唱"也便随之具有了两种不同的含义和模式：一种是"话剧思维（含相应表现手段）+戏曲音乐（唱腔）"；另一种则是"话剧表现手段+戏曲音乐（唱腔）"。

两种不同的内涵界定、两种不同的模式构成，形成了两种看似不在同一层面上的话语系统和评判标准，但实质上两者关注、思考和讨论的问题却不约而同地聚焦在了同一个点上，即话剧成分进入戏曲艺术中，是否会对其本体特质带来质的影响或根本改变。从某话剧导演的视角、立场出发，其所提出的通常意义上的黄梅戏等年轻剧种和"话剧加唱"有何关系的问题，本质上也即是认为由于黄梅戏等剧种表演风格质朴自然，较少程式性的规范和束缚，更具生活自然形态的真实性和真实感，并与话剧的表现手段极为相似，所以黄梅戏等剧种原本就更为接近于话剧。

二、戏曲、话剧、话剧加唱三者思维方式、美学观念等的比较说明

中国戏曲，一般认为其根深蒂固的美学观念是"写意"，并且"'格物说'的重形似与'意象说'的重神似的辩证的统一"[①]常被看作是这一美学

---

① 胡芝风：《戏曲舞台艺术创作规律》，文化艺术出版社 2005 年版，第 43 页。

观的重要特征。它强调的是剥离生活自然外在形态，把握内在精神、机理的得"意"忘"形"，追求的是心理学意义上的情感与感受之真实。在假定性原则上，中国戏曲遵循的是"似真非真，虽假犹真"的再现与表现相结合的原则，即川剧表演艺术家康芷林老先生所指出的"不像不成戏，真像不是艺。悟得情和理，是戏又是艺"。就表演手段而言，中国戏曲具有一套严格、规范、系统的程式，包括声腔、念白、身段、技艺技巧等。在表演和塑造人物的过程中，可根据具体情况，对这些程式做出不同选择和自由组合。戏曲的时空处理，原则上是反观的、表现的、后造的，也是空灵的、流动的、情感的。在节奏上，中国戏曲追求的是一种韵律化、音乐化的综合艺术节奏，同时其内、外部节奏并不要求完全一致，节奏的表现手段也相对较为多样和繁复。关于场面调度，舞台区位的划分一般是以流动的点、线为主；同时，无须刻意创造舞台焦点，演员在哪里，舞台强区和焦点就在哪里；舞台支点的设置也较为灵活自由，小道具即可作为支点，舞台上也可以不存在或不出现具体有形、可视的支点；演员的站位、活动路线等，多讲究构图和画面美。在审美追求上，中国戏曲强调的是情感共鸣、道德评判和耳目愉悦。

话剧，分为写实话剧和非写实话剧，在此需分别说明。

写实话剧，以写实为其美学观念，强调的是对自然生活形态的精准模仿、真实再现，遵循的是"以假当真"的再现的假定性原则，努力在舞台上构筑"第四堵墙"，并制造逼真的生活幻觉，目的是让观众产生身临其境之感。在表演手段上，写实话剧采用的是与生活自然形态相似或相接近的舞台动作和语言。舞台时空较为写实、具体和固定，是一种通过物质材料搭建而成，先于演员的出现而存在于舞台上的正观的再现的先在式舞台时空。写实话剧的舞台节奏与现实生活基本相符，内、外部节奏较为一致。舞台演区的划分一般以块为主，且往往通过各种手段创造舞台强区和焦点，使用布景、大道具等搭建并以此作为舞台调度的支点，演员站位和活动路线更具生活自然形态。在审美效果上，写实话剧主要追求的是情感之共鸣。

非写实话剧，以非写实作为其美学观念，强调的是对自然生活形态的超越和创造，追求的是事物内在精神本质的真实，遵循的是"以假当假"的表现的假定性原则，它力求打破或是根本否定舞台上的"第四堵墙"，且运用各种艺术变形让舞台变得无所不能。在表演手段上，非写实话剧采用的是与生活自然形态相接近的舞台动作和语言，或稍做变形。舞台时空一般较为中性，更具空灵和流动性。舞台节奏和场面调度等与写实话剧基本一致，只是在审美效果的追求上，非写实话剧诉诸的是观众的理性及相应思考。

以上所述，既是戏曲和话剧于美学观念、假定性原则、创作手段等方面表现出的差异和不同，同时也可视作戏曲和话剧导演不同创作思维及其相应内容的具体体现。

而所谓"话剧加唱"，根据以上所述内容，即可做出如下阐释：依照话剧导演的创作思维，遵循写实或非写实话剧的美学观念与假定性原则，采用相应的话剧表现手段（包括表演、时空处理、舞台节奏、场面调度等），加上戏曲的唱腔所构成的一种舞台表演艺术形式。

三、为什么说通常意义上的黄梅戏具有中国戏曲艺术的本体特质

就某话剧导演提出的关于黄梅戏等剧种的风格特色问题，笔者并不持相左观点。不可否认，作为发展历史并不算长久、自身积淀谈不上深厚的年轻剧种，黄梅戏并不像昆剧、京剧那样已然拥有一套系统规范完整的程式化表演手段，而是相对来说比较自由灵动、接近生活。对此，朱万曙先生曾指出："考察早期的黄梅戏，会发现，很多演员并非科班出身，他们并没有受到系统的表演程式的学习和训练，他们的表演更多的是对日常生活的观察和模仿，不是'师傅'教的，而是自己观察和提炼的，带着自己的体会，又直接接受观众的检验，因而更加'真实可信'。"[1]他同时进一步指出，黄梅戏

---

[1] 朱万曙：《黄梅戏表演的审美特征》《安庆师范大学学报（社会科学版）》2018 年第 6 期。

表演的这一"真"又具体辐射到两个层面：一是对人物性格、思想情感表现的真；二是对生活细节再现的真。那么，这是否就意味着黄梅戏和话剧之间的必然关系了呢？

对于这一问题的阐述分析，我们还是要回到关于"话剧成分进入戏曲艺术中，是否会对其本体特质带来质的影响或根本改变"的言说讨论上。在这里，其实涉及一个有关导演创作的思维方式、美学原则、演剧观属性（演剧方法）和具体的表现（演）手段四者（四个层面）之间关系的问题。众所周知，不同的艺术门类、艺术形式，需要的是不同的艺术思维和这种思维方式最终派生出的相应艺术手段。戏曲和话剧，亦是如此。如上所述，它们不仅有着各自的美学观念、假定性原则，也有着相应的创作手段和所追求的审美效果。一般而言，思维方式、美学原则、演剧观属性和表现（演）手段，四者之间系由虚至实、从抽象到具体的一个逐层决定、依次展开的关系，即：有什么样的思维方式，就有什么样的美学原则；有什么样的美学原则，也便会决定其采用什么样的演剧方法和具体相应的表现（演）手段。思维方式→美学原则→演剧观属性→表现（演）手段，作为这样一个关系架构中最后一层的表现（演）手段，不难发现，在不同的艺术形式、艺术门类中其具体形式常常会有个别雷同和相似之处。同时，为了表现力或个性色彩突出的需要等，不同艺术形式、艺术门类之间还可以在表现（演）手段这一层面进行相互借鉴和学习，采取"拿来主义"，并且不会对其上一层的演剧观属性，以及再上一层的美学原则等造成决定性影响或质的改变。由此也就可以解释如下一系列问题：为什么布莱希特话剧中的"间离手段"和中国戏曲中所采用的"副末开场""生旦家门""背躬"等表演手段有异曲同工之妙，但它却依然是话剧？为什么电视连续剧《大宅门》里使用了戏曲的锣鼓作为伴奏乐器，却从未有人质疑它像或是戏曲？为什么今天很多话剧作品中借鉴了戏曲的表现手段，但却依然无法改变其话剧的本质？

由此，关于"话剧成分进入戏曲艺术中，是否会对其本体特质带来质的影响或根本改变"的思考，似乎可以得出如下认识：第一，所谓的"话剧成分"，不可一概而论，而是要做出具体分析，明确其是何种成分，是从思维方式到表现（演）手段结构框架中哪一个层面上的成分。第二，如果只是彼此表现（演）手段上的相似相仿或学习借鉴，一般并不会对其本体特质和精神内核造成影响或带来伤害。第三，评判一部戏曲作品是否"像"或"是"戏曲，不能仅将具体的表演手段作为唯一的考察对象和检验标准，而是应该从一部作品整体舞台呈现所体现出的演剧观属性、美学原则、导演的思维方式等更高层面上进行综合考量和把握。第四，进入戏曲艺术中的"话剧成分"，如果是较高层面的思维方式、美学原则，毫无疑问，必将改变其原有特质。

再回到有关某话剧导演提出的通常意义上的黄梅戏等年轻剧种和"话剧加唱"是什么关系这一具体问题的探讨上。虽然承认黄梅戏在表演上接近生活，在人物性格、情感的表现及细节的再现上力求真实，但朱万曙先生却还是依然坚定地在该篇文章的摘要中指出："黄梅戏具有中国戏曲表演共有的叙事性、抒情性，以及综合化、虚拟化、程式化、美化的审美特征，也具有区别于其他剧种的'真''圆''亮''俗'的表演审美特征。"[①]表演上接近生活、力求真实，只是让黄梅戏的演出更具亲近感，易于让观众看懂、便于令观众与之产生共鸣，却并不能从根本上改变其戏曲的本质属性与基本特征。所以，置身于中国戏曲大家族中的黄梅戏，和来源于西方的艺术形式话剧，显然是归属于两个完全不同的系统。

四、戏曲作品不"像"戏曲的主要原因分析

一部戏曲作品，之所以在最终的舞台呈现时会被人认为像"话剧"，或给人以"话剧"的感觉，究其原因，笔者以为主要有以下几个方面：

---

① 朱万曙：《黄梅戏表演的审美特征》，《安庆师范大学学报（社会科学版）》2018 年第 6 期。

（一）文本问题

戏曲和话剧的不同创作思维，不仅体现于导演，更在编剧身上，即文本方面。传统戏曲创作，讲究的是"立主脑、一人一事、一事到底"，是流动于不同时间、空间的"转场戏"线性结构方式，同时，包含有相当程度的叙事体成分。话剧文本写作，多为分幕分场、每场场景相对固定集中的"定场戏"板块结构，同时依据主题表达的需要和讲述方式的不同，又有开放式、锁闭式、人（群）像展览式等不同的方式。随着戏曲向话剧，尤其是写实话剧，以及影视等学习的进一步深入，戏曲文本体制不仅从"转场戏"发展并大多固定为了今天的"定场戏"，叙事体成分几乎绝迹，更在语言、整体风格，包括主要人物抒情段落的设置与书写、场面及全剧意境的营造等方面发生着质的改变，所以当一部戏曲作品的文本从一开始便不具备戏曲品质或其本体特征时，整体的舞台呈现便很难不给人以"话剧加唱"之感。

（二）表演问题

对于戏曲演员而言，传统以及后来的中性、写意舞台一般只为其提供表演空间，并不为其提供戏剧空间，具体的戏剧空间，则是需要演员通过自己的表演创造并展现、传递给观众的。所以，对于戏曲和话剧（专指写实话剧）两种通过不同方式创造的戏剧时空，曾有学者分别将其命名为"反观式表现性舞台时空"和"正观式再现性舞台时空"。也就是说，"中国戏曲舞台上的戏剧时空首先是存在于演员心里的，是演员所饰演的剧中人物对其所处外在环境的内心感受，继而通过演员的表演将这一个感受外化并'呈现'在观众面前，然后，观众根据演员的这一表演展开丰富的想象和联想，在自己的脑海中完成有关这一时空环境的最终创造。"[1]于是，这就对演员的表演提出了更高一层的要求，不仅要具备细腻强烈的感受力，更要具备真实准确

---

[1]　周慧：《戏曲舞台现代叙述方式的导演探索与建构》，上海戏剧学院 2017 年博士论文，第 59 页。

的表现力，只有这样，才能实现戏曲舞台所谓的"景随人现、步移景迁"的流动时空，使得虚实并存、想象与存在互动关联，显现留白的力量，更有效地彰显戏曲艺术本身的无穷魅力。反之，如果演员在这一方面有所欠缺，便很难达到这一理想的戏曲艺术效果。

（三）舞台与道具问题

中国戏曲的舞台设计与道具安排，应该说是与其虚拟化、程式化以及美化的艺术特征紧密联系在一起的，由此也共同建构出了其根植于中国传统文化的写意美学精神（原则）。关于舞台设计，在以上谈及表演问题时已经说到，它仅提供表演空间，并不创造戏剧空间。关于道具安排，则恰如一首名为《中国戏曲》的京歌歌词中所写的那样："马一鞭、船一桨，文用折扇武用枪。"在戏曲舞台上，一般是表现骑马，有鞭无马；表现乘船，有桨无船；表现绣花，有布无针线。借用罗怀臻先生的话，这里的一鞭、一桨，就叫作"媒介物"，因为有了这个媒介物，所以就可以产生对生活的联想。但是，如果在舞台设计与道具安排上不注重这一审美特征，硬是将原本可以省略或是以媒介物来加以联想呈现的景片、道具等搬上舞台，不仅会与演员"歌舞演故事"的戏曲程式化表演发生抵牾，与戏曲本身的写意美学产生冲突，更会令观众产生戏曲表演不像戏曲的审美感受。当然，在今天的戏曲舞台上，舞台设计已基本不存在写实话剧那样表明具体时间、空间的装置、景片等，但是，道具的安排和使用，却依然是一个不容忽视的问题。

除以上所述原因之外，戏曲作品之所以会给人以"话剧加唱"的印象，还有角色行当的组织搭配问题，不同内容与形式的唱段的设置、安排问题，"趣"（包括风趣、情趣、意趣）的缺失等各方面因素。

结　语

并不否认中国戏曲在迈进现代化进程中所必须做出的积极探索和努力创

新，以及向其他艺术门类、艺术样式不断进行的学习和借鉴，但是前提是首先要保证"戏曲"还是"戏曲"，必须依然保有其自身的本体特质和独特存世价值。当然，倘若一开始即以不破不立，打破重来为出发点和最终目的，则另当别论。所以，当话剧或其他艺术形式的导演介入戏曲创作时，当其他艺术门类、艺术样式的成分被借鉴吸收到戏曲创作中时，务必要明确的是：什么可以"拿来"，什么不可以"拿来"；哪个层面（次）的艺术成分可以"拿来"，哪个层次的不可以"拿来"。只有这样，方可以保证在实现戏曲现代化，不断被提升现代品质、完成现代形塑的过程中，它的名字，依然还被叫作"中国戏曲"。

参考文献

[1] 安徽省艺术研究所：《黄梅戏通论》，安徽人民出版社2000年版。

[2] 陈多：《戏曲美学》，四川人民出版社2001年版。

[3] 陈幼韩：《戏曲表演美学探索》，中国戏剧出版社1985年版。

[4] 郭亮：《戏曲导演学概论》，湖南人民出版社1982年版。

[5] 胡导：《戏剧导演技巧学》，中国戏剧出版社2005年版。

[6] 胡芝风：《戏曲舞台艺术创作规律》，文化艺术出版社2005年版。

[7] 黄在敏：《戏曲导演概论》，文化艺术出版社1994年版。

[8] 蓝凡：《中西戏剧比较论》，学林出版社2008年版。

[9] 李建平：《戏剧导演别论》，上海书店出版社2011年版。

[10] 卢昂：《东西方戏剧的比较与融合：从舞台假定性的创造看民族戏剧的构建》，上海社会科学院出版社2000年版。

[11] 牛国玲：《中外戏剧美学比较简论》，中国戏剧出版社1994年版。

[12] 徐晓钟：《导演艺术论》，文化艺术出版社2017年版。

[13] 张仲年：《戏剧导演》，海峡文艺出版社1995年版。

[14] 朱万曙：《黄梅戏表演的审美特征》，《安庆师范大学学报（社会科学版）》2018年第6期。

镜前的"维纳斯"

◎李传玺

翻翻中西美术史,你常常会有有趣的发现。比如中西画家都曾在古代画过镜前或镜子中的"维纳斯"(美人)。

就从委拉斯凯兹的生平和绘画发展史说起吧。这位1599年出生于西班牙塞维利亚的大画家,先是跟随几位才华平平的画家学画,1617年加入当地画家行会,获得开设画室的资格,1622年第一次来到马德里。经过努力,1623年春,他被召入宫廷,接受了一件委托作品,为菲利普四世画像,作品的成功使他一跃成了宫廷画家。但他并不就此满足。这之后,他认识了鲁本斯。"1628年,鲁本斯访问马德里,委拉斯凯兹经常去拜访作画的鲁本斯,只有委拉斯凯兹一人被允准。正是鲁本斯说服了委拉斯凯兹去意大利访问。1629—1630年间,画家去了热那亚、威尼斯、佛罗伦萨和罗马。他第一次亲睹了心目中最崇拜的画家提香的原作。他勤奋地临摹大师的原作,同时创作了一些尺幅巨大的作品。委拉斯凯兹以《梳妆的维纳斯》和《阿拉喀涅的寓言》等作品达到了自己绘画生涯的巅峰状态。"(《西方美术史十五讲》)读这段文字,我们可以知道,正是鲁本斯的器重和给予的教诲,以及在他的指点下,沃拉斯凯兹去了意大利,勤奋临摹自己最崇拜的大师提香的原作,才使自己的绘画发生了质的提升,跃上了巅峰状态。

既然如此,那我们再去看看鲁本斯和提香的作品,看看他们都给了委拉斯凯兹什么样的影响。

这三位有着承续关系的大画家竟然都有着一幅同题画:镜前的"维

纳斯"。

　　三位大画家，提香最早，他是意大利文艺复兴时期威尼斯画派的代表性画家，被称作"西方油画之父"。他1488年出生于威尼斯北部靠近比利时边境的山区小镇卡多莱。他先是前往威尼斯跟随贝利尼学画，1507年开始给乔尔乔内当助手。三年后，乔尔乔内去世，提香开始成为独立的画家。1516年，他开始创作祭坛画《圣母升天》，这幅画成了威尼斯文艺复兴时期一件里程碑式的作品，并自此使提香闻名遐迩。之后二三十年，提香创作了许多重要的、非常优秀的祭坛画、肖像画和神话题材画。到了16世纪50年代末，提香的画风为之一变，从早期肖像画颇为注重准确的轮廓线、造型感转向更为自由大胆的风格，更加突出色彩的极端重要性，常常凭借抽象的色域而生发作画的灵感，由此又获得"色彩大师"的光荣称号。提香的《镜子前的维纳斯》作于1554—1555年，正好是提香创作风格的转型期，既带有明显的造型感，又开始逐渐模糊轮廓线而开始突出色彩色域。画面极具戏剧性和强烈的动感。维纳斯坐在深红色丝绒床上，背景深黑色，使得铺满整个画面的三个人物更加突显。右边两个长着翅膀的小天使，一个拿着花冠从背后往一头金发、梳理整齐的维纳斯头上戴，一个在侧面左手托着镜子底边，右手扶着镜框左边，斜着让维纳斯打量自己。这幅镜前的维纳斯，并不注重镜中的维纳斯，镜中的维纳斯只呈现左边眼角和左边臂膀的一小部分，注重的是打量欣赏自己的维纳斯的神情与姿势。维纳斯身体微微右倾，嘴角紧抿，眼睛专注地看着镜中的自己，似乎惊讶于自己的美，并沉浸在对自己的美的欣赏之中，连小天使举着花冠来给自己戴也没察觉。右手自然下垂，抓着床上的丝织品和滑下来的衣服掩着下体，左手斜向上举捂在胸前，如果加上眼光斜向镜中，正好是三条力下、上、下的回环，而两条平行的胳膊，不仅避免了使整个躯体一览无余，且正好把躯体斜分成两部分，在光点的作用下，额头与眼睛、左肩臂、右乳和小腹更加突显，也就是额头更加光洁、眼睛更加入神、肩臂更加丰腴、乳房更加饱满、小腹更加柔滑，使得维纳斯那么圣洁、美丽、饱满而又那样具有丰韵。正要向头上戴的花冠与扶在胸前的左手，加强了整个画面的动感，同时左手又成了一个诱惑，每个欣赏者似乎都觉得那只手马上就要滑下，也期待她马上滑下。有人说，这是维纳斯早起梳妆的时刻，但我认为不是，两个小天使已经明确表示了这是恋爱中的维纳斯，她正要通过这种打量，把一个美的纯洁的维纳斯奉献给自己最爱的人。

鲁本斯，1577年出生于德国歇根。他的父亲是比利时安特卫普的一名新教律师，为了躲避宗教迫害，携带妻子逃到德国。鲁本斯12岁时，父亲去世，他跟随母亲回到家乡。14岁时，他为佛兰德斯一个公主当侍童，并开始学绘画。21岁时，安特卫普画家公会正式授予他画家身份。1599年，他前往意大利，一边为曼图亚公爵作画，一边临摹一些他钟情的大师的作品，并向同时代杰出画家借鉴学习。他获得了公爵的赏识与提拔，常常让他担任特派大使出访西班牙和意大利的其他城市。1608年，母亲去世，鲁本斯回到家乡，出任布鲁塞尔宫廷画家。一年之后，迎娶第一任妻子伊莎贝拉，并迎来绘画生涯的巅峰时期。49岁时，他的妻子去世，4年后，即1612年，迎娶年仅16岁的第二任妻子海伦娜，之后，他创作的许多作品均以海伦娜为模特。鲁本斯被称为"巴洛克画家之父"，人们认为他的作品之所以能够把北欧以及佛兰德斯的艺术与意大利的艺术融为一体，就在于他到了意大利后悉心研究与临摹了提香、丁托列托、拉斐尔等大师的作品，并善于向同时期的画家借鉴与学习。他的许多作品，充分展示了他描绘丰满女性人体的激情以及对富有力度形式感的热衷。既然他受到过提香的较多影响，可能正因此，他也画了幅《镜前的维纳斯》。如果把两幅画加以比较，也确实可以看到两幅画的相似性以及提香注重造型感的影子，即都是由女性的上半身躯体占据了画面的中心位置、前景及主要空间，都是那么丰满，都有一种强烈的造型感。但区别也是显而易见的：提香的女性躯体微向左倾，鲁本斯的微向右斜；提香的维纳斯正面迎向观众，鲁本斯留给观众的是背影；提香的丰腴，鲁本斯的壮硕；提香给我们的是光滑与沉静，鲁本斯则让我们感到微微的紧张与躁动。这种紧张与躁动来自她突然看到心爱的人在身后站着，正用一种炽热的爱的眼光看着她从内心深处一下涌动出来。也正是这种爱的眼光才能细细抚摩她背部的每一寸肌肤，也只有用这种充满爱的激情的笔触才能细细描摹出来她肩胛骨两侧、脊梁两侧、股沟两侧以及臀部每一处肌理的细微变化。提香的脸部虽然侧向但显现完全，镜中的脸部只是一点点侧影，鲁本斯的几乎完全相反。如果把这幅画当作一个故事剧，眼光从下往上看是故事的渐次展开，看到头部正是故事高潮的到来。而这高潮又受到了另两双眼睛的烘托。显然，这是早晨起来的梳妆，黑人女佣俯着身子，正用双手梳着她曼妙的金发，眼光专注地看着，显得梳得那么用心。左边的小天使将镜子举得与头部齐平，显然是为了让她更好看清梳理的情况与美丽的容颜，而小天使也是那么专注看着她的表情。恰这时，她看到了背后站着的他，于是露出了甜甜的、略带满足又微显天真的笑意。此画作于1616年，正是他二婚后的第四年，如果这就是海伦娜的话，我们不能不感叹才20岁的她的壮硕，这个表情也正契合她的生理年龄与此刻他们的幸福生活，是这个年龄享受着这般爱情甜蜜的结晶体。而这个画法妙在何处呢？她看着她背后心爱的人，也将永恒地以那种表情以那种眼光看着我们，以后凡是能看到这幅画的每个人都在享受着她——海伦娜，不，维纳斯爱人的资格。

委拉斯凯兹的《梳妆的维纳斯》也叫《镜前的维纳斯》，既然这是他在经常拜访了鲁本斯，并去意大利临摹了提香作品之后创作的杰作，我们真的可以说他创作这幅画是受了这两位大师的影响，可能还隐含着要通过这幅"同题材"的画来同他们一决高低，从而提升自己画坛地位的意图。维纳斯横躺在画面中部，背对着欣赏者，右手支着头，使得头抬起看向画面左边小天使竖在床边的镜子，白色的床罩上铺着深褐色的床单，更加突显了躺在上面的维纳斯那光滑、细腻、圣洁的躯体。可以看出这幅画与前两幅画及两位大师的关系，有明显的造型感与形式感，也没有一味强调轮廓线，特别是躯体右边与床单接触的部分，作者既画出了维纳斯优美的曲线，又通过色域即色彩的互相影响、渗透与过渡，使得维纳斯与床单之间并没有一种悬浮感。这幅和鲁本斯的那幅人物都是背向欣赏者的，也用细腻的笔触画出了人物背部的肌理。但它与前两者之间的区别又那么显著。人物的姿势，前两者是坐着的，这幅人物是横躺着的；人物关系相对单纯，前两幅都是三个人，带有一定的故事性与戏剧性，此幅只有左上部的小天使半跪在那儿扶着镜子；从构图上看，前两画人物皆是竖向的，且画面很满，两个次要人物形象较虚，人物之间关系更注重通过目光和动作交流，此幅画面较为疏朗，且较多变化，维纳斯横躺着，上下两部分皆留出大片空间，左上部，小天使也画得较实，半跪着，挺着的上身和横折的膝盖，既使画面有了变化，也使人物的姿势在对比中获得了呼应，也可以让欣赏者的眼光多了些层次感与回旋感。总体上说，前两幅画显得很有气势，有种享乐主义情调，而此幅画，修长的双腿、丰满的臀部、纤细的腰肢、优美的线条、洁白的肌肤、横躺放松的躯体，太抒情了，太娴静了，太纯情了，太优雅了，那样富于生机活力，那样洋溢着女性青春的气息与美感，也使得此幅维纳斯有一种让人更亲近更可爱的感觉，好像能够让人很容易走向她并走近她，并一定能够获得你想得到的甜蜜。但这个比较只有表象的。这幅画与前两者之间还有层更深邃的区别。不知大家有没有注意此幅画的三个脸部表情与目光，维纳斯的脸部没有给予呈现，小天使的头虽然歪着，显得很顽皮，但也是虚化的，既然是"镜前的维纳斯"，画面中的维纳斯也是在看着镜中的自己，为什么镜中的维纳斯也是模糊的？面对这个画面，自从这幅画产生以来，人们就在猜测，难道委拉斯凯兹通过这个画面在表达什么吗？中国画有技术构件，西方油画有寓意构件，那就是只要小天使出现了，他都是在鼓动人们特别是维纳斯恋爱或再度陷入爱的深渊，正是由于此，提香曾画过一幅画，恼怪小天使丘比特胡乱发射爱之箭，维纳斯要用一条彩带将丘比特的眼睛给蒙起来。具体到这幅画，莫非维纳斯又恋爱了？虽然镜中的维纳斯模糊，但脸上飞起的红晕却清晰映了出来。如此一来，画面左上部的红色帷幔就不仅仅是对比中部的深色，衬托维纳斯洁白的躯体，可能更是在象征维纳斯确实已经涌起了火热的爱意，而爱情往往是直觉的、非理性的，也往往排斥甚至拒绝理性，也就是说，爱情中的人往往看不清自己。委拉斯凯兹是在表达这个哲理，也在告诫每一个欣赏者沉浸到爱情中要注意看清自己吗？当然，通过这个虚化，我们也可以这样理解，每个欣赏者啊，我们要注意欣赏现实中的优美，不要去关注那些镜子中折射出的虚幻的美，要注意区分哪些是真实的美，哪些是虚化的美，只有真实的美才是我们需要和值得追求的。如果前两幅画的表达仅在画面中，有别致有新奇，委拉斯凯兹的画就画中有画、画中有话了，就具有了更深邃的意味。

人类的艺术通感就是如此奇妙，中国绘画史几乎同时代居然也有一幅"镜前的维纳斯"。它是仇英，也不是仇英，但最终还是靠仇英传下来的杰作。

仇英，字实甫，号十洲，约明弘治十一年（1498）出生于苏州太仓县（今太仓市）一个普通的百姓家里，小时主要跟随父亲做漆匠，读书不多，但由此养成了对色彩的敏感和一定的画图的基本功，他之后主要画工笔人物和青绿山水，应该是小时的这般命运决定的。十五六岁来到苏州城后，他一方面在一家手工作坊干活，一方面开始偷偷且顽强学画。一次，他在一处庙宇的一角伏地作画时，引起了路过此地的大画家文徵明的注意。他的天赋加上努力，以及前期打下的扎实基本功，得到了文徵明的赏识，文徵明推荐他拜名画家周臣为师。仇英就这样在文徵明等人的极力提携下，很快成长为苏州一带的名画家。许多富商常常把他请到家里，一住很长时间，让他潜心作画，并收购下他的画。项元汴就是其中一位。项元汴（1525—1590），既是富商，也是画家，还是大收藏家。他收藏的一架铁琴，上有"天籁"二字，于是把自己的藏书藏画楼定名为"天籁阁"。他非常喜欢宋版书与字画，只要听说谁家有，即邀名家前往鉴别，只要是真的，哪怕价钱再高，也要拿到手。叶昌炽曾称天籁阁"海内珍异十九多归之"。仇英住到项家作画，同时利用项家的富藏精心临摹以提升自己。他在项家临了《汉宫春晓图》，也临了《宋人画册》，虽是临，由于临得精准，且加了自己的意味，从而也成了仇英的杰作。《宋人画册》里就有一幅中国版的"镜前的维纳斯"，名叫《半闲秋光》。画的上、左、下都开着桂花，尤以上部繁茂，高大的枝叶已经探过屏板，表明女主人的居室基本上被桂树围着，中右是睡榻，靠过道一头放着画屏，屏中一幅洇染的水墨山水，中部紧挨着睡榻与画屏平行有一长条几，几上中间放着镜台，美人正拢着手凝目专心看着镜中的自己，是在欣赏自己，恐怕也是想着如何装扮自己。右手放着妆奁，里面摆着四种颜色的脂粉，似乎已经取出两三种放在左手边准备用，但这些又好像都不满意，丫鬟正取来新的，准备交到近侍女官的手上，两人头相倾的姿势和女官的手势，似乎是女官在问是不是这几种，或是在表达但愿这几种能够合她的心意。如果把这幅镜子中的面容同上面几幅并列到一起，倒也可以构成一个序列，没完全呈现；完全呈现中分模糊的、清晰的；清晰的分看着画外人，看着自己。如果说西方的维纳斯是在恋爱，是在为悦己者容，那中国的这个"维纳斯"则是在想通过精心打扮，将自己收拾得漂漂亮亮的，然后闲闲地走到庭园中去，将自己完全融入这灿然的秋光和沁人的馨香中去。《半闲秋光》这幅中国的"镜前的维纳斯"图，有着西方镜前维纳斯图完全没有的清雅的情调与清新的诗意。

当然一个最主要的区别：西方的维纳斯总是裸体的，中国的美人总是着衣，往往也是沉静的。为什么西方传统油画总是让维纳斯这样呈现给大家？大家看一幅提香1514年左右的画《神圣的和世俗的爱》，虽然在画中提香表达了无论是天上还是世俗的爱都值得赞美，都是美好的、令人陶醉的，画面正中的泉井上趴着小丘比特，他正在专心玩水，也许他已经达到目的，无论是天上的还是世俗的，都被他的爱箭射中，都已经沉浸到爱河之中。在形象上提香却赋予了他们的区别。左边的是世俗的"维纳斯"，她身着盛装；右边的天上的维纳斯竟然裸体，左手举着表示上帝之爱的火焰。也就是说，在西方画家那里，裸体的维纳斯代表着天上的爱、神圣的女神。古希腊人在创造神话体系时，一个重要原则就是"神人同形同性"，又认为，只有健全的身体才能产生健全的精神，因此必须追求肉体与精神的完美结合。这种理念导致产生了柏拉图关于"美"的定义，"美"作为一个理式，或一个理念，是不可能逐步完成的，也不可能从"非美"中产生，它只能自我完成，在完成后是无可比拟的。这也推动后世艺术家对裸体产生了这样的信念："没有比人体的美更能激起对感官的柔情了"（罗丹语）；"任何对象都不能像最美的人面和体态那样迅速地把我们带入纯粹的审美观照，一见就使我们充满了一种不可言说的快感"（叔本华语）。按照这样的"传统"，我们完全可以说，每个画家笔下的裸体的维纳斯，都是他们心目中肉体与精神完美的结合体，都是他们理想的柏拉图式的关于女性、关于爱的美的范式。既然如此，此爱此美只应天上有，也应该是完全的、超凡脱俗的，不应该有什么遮掩，有遮掩只能表示有缺陷，也是从头到脚都是圣洁的，我们只有用也只能用圣洁的眼光与心灵去欣赏她们。又如何看待中国传统绘画中着衣美女形象的形态呢？按照西方的观点，我们着衣的美女就只能是世俗的美与爱了。确实是，即使是描绘神话故事中的人物，这些人物也并没有多少超凡入圣。但是不是说我们描绘的人物甚至美女就都带有较强的具体规定性或者个性身份色彩呢？既然说的是仇英，就再以仇英的仕女画为例。有人认为，仇英的仕女基本上都是细眉小口，瓜子脸庞，削肩纤身（其实我们原来形容美女也是按照这个典范来比附的），他创造的这类艺术形象，"已经成为时代仕女美的典范"（林家治、卢荣泰语）。巫鸿在《重屏》一书中对后宫人物肖像画有如此总结："对象的个人特点被减少到不能再少，人物几乎被简化为看不出彼此区别的偶像。"祝勇更是对中国传统美人画有了这番归纳："美人图也经历了一场格式化的过程。自魏晋流行列女图以来，历经唐宋，直至明清两代，对美人的画法早已定型，变成了一个可以复制的符号体系。美人的标准被统一了。如宋代赵必𤩽所写的：'秋水盈盈妖眼溜，春山淡淡黛眉轻。'所有的美人都大同小异，那些精致的眉眼、口鼻，成为艺术产业链条中的标准件。""明代佚名的《千秋绝艳图》，描绘了班姬、王昭君、二乔、卓文君、赵飞燕、杨贵妃、薛涛、苏小小等60多位古典美女的图像，是真正的美女如云，但仔细打量，发现所有人的面貌都像是从一个娘胎里出来的，一律的修眉细目；假如再把清代费丹旭笔下的《昭君出塞图》和陈清远的《李香君小像》拿来比对，我们也很容易把这两个不同朝代的美女当作孪生姐妹。"有人从艺术理论的角度阐释，之所以出现这种现象，是因为我们一开始强调的是以形写神，固然要写神，但更重要的是通过形表达神，内在精神美高于外在形式美；有人从社会学角度阐释，中国是个讲究等级的社会，美人的服饰能够传达出她的身份与可能的高贵，让她们着衣，也是对女性的尊重，更能防止在艺术作品陶冶下出现礼崩乐坏。当然祝勇也给出另一种阐释："这种格式化，是女性面容在经过男性目光的过滤以后得出的对'美'的共识，在这些美女图的组织下，女性面容立即超出了个人的身体，与一个更加庞大的符号体系相连，这个更加庞大的符号，是由哲学、美学、伦理学、心理学、性学等共同构建的。"不管怎么说，中国的美女形象也是中国古代画家心目中的关于女性美的理想范式。

在这一点上，中西传统画家走到了一起。

文艺评论

对康诗纬"半个世纪的手账"
的补遗与品读

◎ 刘继潮

20世纪80年代初，史无前例的"文革"刚刚结束，百废待兴。诗纬君（昵称康Dai）说："为了繁荣社会主义文艺，为了给美术工作者和美术爱好者提供一本参考资料。"康Dai脑子快速运转，构思编选了一本速写集。速写集厚度约1厘米，平装。与今日的精装大画册相比，确实显得简陋，但封面设计颇有新意。封面、封底以传统白描花卉铺满，底色为淡绿灰，线型是浅明绿。封面右下压上深色流畅的行书——"速写"，为橄榄绿。封面雅致、素朴、简洁，单纯得没有一点多余的添加。习惯了"文革"中流行的大红大紫"红、光、亮"模式，突然看到如此清新的一本画册，怎不感慨万千？！

速写集所选作者重点放在全国名家，作品学术层次极高。粗略统计，速写集共收作者约80位，作品114幅。其中，省外作者约50位，省内作者约30位。全国有影响力的名家有黄永玉、苗地、李震坚、赵宗藻、全山石、靳尚谊、刘文西、周昌谷等。全国实力派画坛新人有徐希、张广、肖惠祥、夏葆元、俞启慧、丁绍光等。这是多么炫目的作者队伍！在如此短的时间内，在联络手段十分落后的非常时期，邀约到如此令人心动、眼亮的作者群，这需要多大的能耐与坚持！当年的康Dai，可能出于个人兴趣，编辑、推出速写集。然而，毫不夸张地说，速写集的出版是"文革"结束后安徽美术出版的奇迹。省内作者以中青年为主，能与全国名家出现在同一本速写集中，对本省中青年作者无疑是最好的激励。今天，从美术发展史的视角回观，1980年速写集的出版，是进入新时期开局之年，安徽美术出版界值得记述的事件，是那个特殊年代结束之后诞生的具有特殊社会价值的精神成果。客观地说，1980年速写集的出版，为安徽美术新时期的振兴与繁荣起到构筑基础、开启新境的积极作用。康Dai说："'半个世纪的手账'不止100幅，由于版面的限制，很多画面都舍弃了。"遗憾的是，在画册"半个世纪的手账"中，找不到康Dai编辑出版1980年速写集的这笔"手账"。也许是被"舍弃"了，也许是被遗忘了。安徽新时期美术史，不能遗忘1980年速写集出版的这笔"手账"，故而，建议将这笔"手账"存入"岁月留痕"板块，以为补遗。

1980年下半年，我收到康Dai寄送的速写集。扉页上，康Dai手书：继潮同志存，康诗纬80.6.15于合肥。那时我远离省城合肥，蜗居在皖北的阜阳分校。我的一幅速写作品，被选入1980年的"速写"集，这对默默无闻的画画人来说，萎靡现状一扫而尽，个体自信急剧提升。康Dai的出手相助，真可谓雪中送炭。搜索结识康Dai的信息，必须说到我们共同的朋友——韩玉华（萧翰）。20世纪70年代，当时韩玉华住在省博物馆的后院。某次，康Dai和我在韩玉华家偶然碰面，经韩玉华介绍，我们成为朋友。自此，韩玉华家就成为康Dai和我晤面的据点。一次，在韩玉华家，康Dai和韩玉华正在激烈讨论画面处理与不择手段的话题。正说着，康Dai冲出屋，抓起一把黄泥，糊在韩玉华正在画的一幅油画上。我被惊得目瞪口呆。康Dai和韩玉华艺术创作的出格之论，对来自闭塞之域的我，太刺激了！在我的印象中，康Dai和韩玉华玩艺术，都是不拘套路出牌的高手。1986年，我回到合肥，和康Dai晤面一如既往，君子之交也。

一晃40年过去了。大疫之中，康Dai寄来他的大型精装画册《半个世纪的手账》，扉页上题写：继潮兄正之，康诗纬2020.5.8。还附一封毛笔信札，写道："都是一辈子的朋友了，期待您的批评。"读后，我很感动。

"手账"是以"速写日记"的形式呈现的。其创作理路，让我想起康Dai当年抓一把黄泥糊在韩玉华油画上的行为艺术表现。艺术创作不择手段、康Dai的创造性思维，一以贯之。以"半个世纪的手账"，作为个人画集的主标题，实属独一无二，这是康Dai没有套路的出牌套路。此举一下与其他人的画集彻底拉开距离。康Dai有两项过人的坚持：一是坚持记日记。多少年如一日，从不间断，文字谨严，再现当时、当地、当事人的活动、对话与情境，精确得令人生畏。一是坚持画速写。敢于班门弄斧，现场为名人、名画家速写造像，唯有康Dai有能耐应付裕如。以速写记录生活，富有现场感，比文字记录生活直观、生动。文字和绘画，在康Dai那里，相互补充。加之，拥有玩摄影的优裕条件，积累无数影像资料。推出"半个世纪的手账"大型画册，舍康Dai，不会有第二人。

康Dai自己将"手账"称为"速写日记"或"绘画日记"。也就是说，"半个世纪的手账"，其实就是画家半个世纪的"速写日记"或"绘画日记"。"手账"一词的创造，具有网络气息，更能吸人眼球。然而，一般而言，"速写日记"或"绘画日记"，为画家基本练习的一种纯粹形式。画家随时随地将眼睛所见之人、物或事件，随手记入速写本中。另外有画家的课徒稿，以及画家每日的笔墨练习，又被称之为"日课"。"速写日记"或"绘画日记"，画之内多为被塑造的对象，这对象被画家所研究、所描绘，可以与画家毫无干系。"速写日记"或"绘画日记"，是某种绘画体裁纯粹的形式呈现，而画家则处在画之外。

康Dai信函中"期待您的批评"的说法，其实是期待与老朋友的真诚交流。酷暑中，面对案头"半个世纪的手账"，我反复阅读，反复检视，揣摩、思考、探究个中被评论家们忽略的某些名堂。就我观之，我更愿意把"半个世纪的手账"看作一部"画传"，是康Dai诗纬君自画、自撰、自编、自主出版的自我画传。画家从幕后走到前台，从画外进入画中。

从画册标题看，画册的一级标题，"半个世纪的手账"，省略了主语"我"，完整的表述是：我的"半个世纪的手账"。画册分四个板块，有四个二级标题，即"岁月留痕""西行漫记""交往名家""热土记忆"，这些也都省略了主语"我"。画册的三级标题数百条，其中，直接冠以主语"我"的有7条，其余的大都也省略了主语"我"。文字上省略主语"我"字，恰恰表明我在其中。

从"手账"主图画面看，不同时期作者的影像，直接进入主图的画面之中。粗略统计，作者影像进入主图画面之中的有33幅。可以认为，"半个世纪的手账"，是解说"我"与人、与物、与事件、与活动的关系以及现场"我"的感受。康Dai坦言："在这本岁月存折里，存有我半个世纪的阅历、艺术的观点、时代的背影，以及我对东西方文化的认知。"也就是说，康Dai自己确认："半个世纪的手账"，是"我"的"手账"。这与笔者的观察与认知不谋而合。

从版式设计结构看，"手账"主体内容的版式设计，以两面为一个单元。单页面为主图，主图充满页面。双页面有附图、文字。附图置于双页面左上角。附图，横幅最大不超过10.5厘米，竖幅最大不超过8.5厘米，或为绘画作品，或为照片，或为历史文档。文字置于双页面右下，最少3行，最多12行，文字清晰、俏皮、可读性强。附图和文字都是对主图的补充与说明。由此看出，"手账"版式设计的主旨和模式与经典画册的版式设计大异其趣。

"手账"的主体内容在主图，主图以速写形式为主要手段。只有3幅画面完全与速写无关，是用照片、报纸拼接完成。作者对速写形式的使用十分随意，或一幅完整的速写作品，或选取速写的某个局部，或仅一个物件的速写再现。速写以钢笔形式为主，也有指画速写、油画速写和淡彩速写。速写的生动性、直观性、表现性展现无遗，线条之流畅，造型之传神，疏密、松紧、徐疾之把控，一任自然而轻松入味，炉火纯青矣！这里，关键性的突破，表现为"速写＋"，是加号的加，即速写加各种各样的手账实物。速写加"当年的原始文档"：报纸、官方文件、私人信函等；速写加"那个年代的证据"：成绩单、稿费单、电车票等。"速写＋"，是玩，是再创造，是重新建构，是绘画思维的根本性突破。"速写＋"，有趣、真实、丰富而厚重。"速写＋"，需要勇气与胆识、素养与智慧。

画传展现了时代的主旋律，传递出时代精神、时代趣味与时代审美。康Dai是组织中的人，又有几十年记者生涯的历练，应为题中之意。不过，画传中有些不显眼的边边角角，却也流露出画家的独特个性。其视角之独特，选材之精妙，用语之生动，十分难能可贵！文人作自传，古已有之。有学者认为，从文化认同的意义上说，家谱、自传等，比正史更鲜活、更真实、更有个体生活世界的独特性、丰富性。个体是社会之细胞，族群是社会之单元，社会是由社会细胞、单元组成的有机体。对"半个世纪的手账"的画传，亦应作如是观。总之，画传是一部以我为主体的"岁月留痕"，是画家自传体图像志，是传主的图像记忆与重组。画传亦是画家个案研究的珍贵文献，是后人研究那个特定时期历史的鲜活材料。画传——"半个世纪的手账"，有趣、有故事、有可读性。

在西方文化史上，曾有画家看到银版摄影照片后惊呼：绘画死了！西方人机械地将摄影和写实绘画对立起来。在我国，摄影和写实绘画都是舶来品。有趣的是，二者各自发展，并行不悖。自20世纪70年代开始，一手画速写，一手摁快门，在康Dai那里，速写和摄影、写实和再现，相互影响，相互强化，甚至不妨相互客串。譬如，《寻找女画家杨光素》（"手账"第101页主图），就是速写与照片运用电脑制作拼接的作品。在再次建构的新画面上，速写和照片几乎天衣无缝，且共生共显，更加生动有趣，情味盎然。笔者明白，摄影和写实绘画，都是视觉的、客体的与再现的，所以两者之间的融通，完全没有障碍。试想，假若将拍摄的建筑照片，拼贴到古典写意山水画上，一定会出现宋人沈括发出的"似此如何成画？"的批评。摄影与写实绘画理路类同。问题在于，中国古典写意绘画是认知的、本体的、不依赖单一的视觉。西方绘画的写实性，与中国古典山水画的写意性无法相互兼容。也就是说，西方写实与中国写意，是内在机理根本不同的两种绘画体系。这里的引申论述不宜展开，就此打住。

据我的观察，几十年来，速写和摄影成为康Dai艺术探索相互补充的两个面向，已经内化为画家的生活方式和人生方式、思维方式和艺术方式。长此以往，康Dai在再现客体对象中游弋，在写实表现路径里徜徉，已经驾轻就熟，进入艺术创造一贯而圆融的境界。

读"半个世纪的手账"——"画传"，读出传主的美术身份、初心与院校背景、坚实的绘画造型基础，读出传主对绘画主业的敬畏与坚持，对西方写实绘画的浓厚兴趣以及对西方现代艺术的思考。传主身栖多类，而心仪美术，几十年如一日，激情满满，投入美术实践、实验、开拓的探索，硕果累累，绘画作品在国内外产生广泛影响。读至此，酷暑中终于感到丝丝清凉和阵阵轻松。

观观堂

2020年6月14日

《东风泊》：基于历史经验的
理想主义重构

◎ 黎在珣

　　文章文艺是人类理想、精神、文明的重要载体，亘古至今，中外未变。古人说"文载道，诗言志"，历史的车轮驶进现代，安庆前贤陈独秀认为"文学者国民最高精神之表现也"。在鲁迅看来，包括文学在内的文艺应该不只源于国民精神，还得提炼国民精神，以便能够引导国民精神不断向高阶境界提升，亦即文艺虽源于生活但高于生活、引领生活。他的原话是这样："文艺是国民精神所发的火光，同时也是引导国民精神前途的灯火。"如果我们稍加考察就会发现，不论中国文明史，还是人类文明发展史，都是高于生活的理想主义灯火照耀、引导出来的历史。诺贝尔文学奖就是颁给那些评委们认为"具有理想倾向的最佳作品"。

　　对刘鹏程来说，不断创作的过程就是一个不断突破自我、追寻自我理想实现之旅。他所有的创作，都可理解为努力通过文学的方式寻找属于自己在芸芸众生中的坐标，亦即寻找"这一个"。不断突破自我、追寻理想的过程，既是深化对世界和人的理解的过程，也是铸就自我、书写历史的过程。

　　刘鹏程笔下的泊湖不只是他的地理故乡，更是他念兹在兹的精神故乡。这片神奇的水域，是《晋书·庾亮传》"无过雷池一步也"中古雷池的一部分。鹏程多年来将笔触聚焦泊湖，让泊湖、湖乡的历史以及人们日常生活中的零零碎碎以不同的形象活跃在自己的作品里。《东风泊》是他泊湖系列作品的第三部，这部作品突破了作者以往诗歌散文创作图式，以小说的形式讲述泊湖，讲述湖边先人的理想追求，讲述发生在那里的图存救亡的生死传奇，让人们看到了一个不一样的泊湖，丰厚了泊湖文化的内涵，也填补了地方史领域的空白，具有里程碑式的意义。

作者在"引子"部分说，一个铁疙瘩激活蛰伏已久的记忆："我父亲在我童年时讲述的那些人、那些事，一桩桩、一件件……在我的心里渐渐复活；那些战场遗迹、那些生死传奇……在我的心里愈来愈清晰——"父亲当年有意无意播下的种子在他心里不断发芽、生长，让他不能自己："不管怎样，只要以一颗真诚而崇敬之心写下他们，我就对得起自己，对得起生我养我的这片湖水。"泊湖文学后生呈现过往历史的一种责任感或曰使命感催生了《东风泊》的诞生，有些类似音乐爱好者听到契合自己心灵律动的音乐会不自觉地唱和。"写下"意味着走近那段历史，走进那段传奇。尽管无法还原过去的物理场景，却留下包裹其中的激情、理想、追求和情感。在这部书里，流畅的叙事很容易把读者带入那个传奇故事发生的时代和环境，在那个"荡漾了一万年的古老雷水里"和周边的湖乡经历一次又一次的"生命洗礼"，让心灵得到一次又一次的净化，也为宿松和中国新民主主义革命绘制了一幅波澜壮阔的历史画卷。当然，作者不只是讲湖乡人民的苦难史和奋斗史，还在不同时空叙事经纬中建构出一种记忆的诗学。

《东风泊》让我想到莫言在雅典以《讲故事的人》为题的演讲，想到本雅明"讲故事的人"的理论。本雅明说："讲故事的人所讲的是经验——他的亲身经验或别人转述的经验。通过讲述，他将这些经验再变成听众的经验。"[①]经验的结果在很大程度上取决于当事人的知识、阅历以及文化理念和理想追求等。在这个过程中，不管当事人有没有意识到，都有一个"确认"或曰再认知的过程。经验实际上是一种"认"，认不出来就等于没经历没经验。那些包含再认知的经验在自觉不自觉的选择中会形塑人们对历史对

---

① ［德］瓦尔特·本雅明：《讲故事的人——尼古拉·列斯科夫作品考察》，《无法扼杀的愉悦：文学与美学漫笔》，陈敏译，北京师范大学出版社 2016 年版，第 49 页。

社会对人生的认知和感情，并沉淀在人们的文化血液里，影响着人们的价值观和世界观。

父亲的讲述给了鹏程基本的事件、视野与感觉。他在多年有意无意的回忆中理解着父亲的讲述，理解过去发生的那段传奇，以及站在当下自觉不自觉地与之展开对话。换句话说，父亲讲述的那段历史一直潜移默化地参与他的学习、生活、工作。借助对泊湖和那段跨越22年传奇如肌肤触碰般的了解，鹏程在《东风泊》里讲述了父辈记忆中的经验历史以及作者对这段历史的经验，以呈现那段热血沸腾生死传奇的方式传承自强不息的历史、拓展不屈不挠的文化，并通过传承和拓展的方式建构有温度的地域历史，铸造有高度的文化精神。"记忆造就传统的链条，事件因此得以代代相传"[①]，通过书写将事件将记忆将对话渐渐融入历史，构成历史、文化的一部分。

注重效用是书写历史、构建历史的一个重要方面。这种效用"可能表现为故事包含的某种道德寓意、实用建议，抑或某一民间智慧或处事原则。简言之，讲故事的人都懂得如何给读者提忠告"[②]。忠告有多种形式，如通过尊重主体史实的叙事或人物刻画让读者认同作者的价值观，以及作者对作品中人物事件的褒贬臧否。在这里，"历史……并不单纯是历史材料或历史数据的函数，而且同时更为重要的是，它还是那些在研究怎样发现'过去确实是什么样子'的人们（也就是历史学家）的心灵和思想的函数"[③]。《东风泊》可以看作是刘鹏程心灵和思想的函数。这个函数旨在通过"还原那个时代的历史风云"，通过展示"透明的、发光的"历史人物与时代共振的精神频度，建构理想主义的精神史诗。因此，《东风泊》既是对过往传奇的呈现，也是与那段传奇的对话，还是对蕴藏在传奇背后精神的建构。潜行在字里行间的理想主义让我们的地域文化、我们的精神世界变得更加充盈，底蕴

---

① ［德］本雅明：《写作与救赎》，李茂增、苏仲乐译，东方出版中心2009年版，第93页。

② ［德］瓦尔特·本雅明：《讲故事的人——尼古拉·列斯科夫作品考察》，《无法扼杀的愉悦：文学与美学漫笔》，陈敏译，北京师范大学出版社2016年版，第48页。

③ ［英］沃尔什：《历史哲学——导论》，广西师范大学出版社2001年版，第7页。

更深厚。

有人可能认为作为小说《东风泊》的叙事多了些而描写少了些，其实不然。王蒙说："不同的体裁，在取材、细节、氛围、展开推进以及语言的推敲、渲染与色彩、节奏与气韵上并不一样。"①一方面，非虚构写作作为一种强大的"话语结构"，不是我写历史，而是历史写我；另一方面，描写一旦过度，就会稀释历史。本雅明曾说："使故事嵌入记忆深处的做法，莫过于拿掉心理分析之后的朴实无华和简洁凝练。讲故事的人越是能去除心理遮蔽，把故事讲得自然天成，故事就越是能占据听者记忆，与听者的经验完全融合，听者也就越愿意有朝一日把它讲给他人。"鹏程写诗的历练让他养成用词简洁、独到、准确的习惯。为了留存那段"真实的存在"，也为了保证传承的效果，小说简化了一些景物描写和心理描写的枝枝丫丫，有利于凸显大历史"原来的形状"。从他富有个性的表达中，我们不难感受到鹏程的体温和美学脾性。

《东风泊》是小说，又不是小说，是历史和文学交媾出来的品种，属于非虚构写作。说它是小说，是指它具有小说的一切要素和重要特征，包括小说的结构方式、叙事方式和修辞方式等，比较注重叙事的文学性，包括现场描写感性具体，细节刻画生动逼真；说它不是小说，是指虽然打破了历史书写的固有模式和条条框框，丰富了历史叙事的多样性，但书中湖区革命者群像的雕塑基于史实，所有的地名和人名都非虚构，主体事件是在这片神奇土地那个特定时空中发生过而非虚构想象的存在。

《东风泊》这种非虚构写作"好比是用蜂蜜做药丸，用盐做牙膏，用疼痛去追求按摩的快感"②，看似很陌生，很时尚，其实跟我们很熟，称得上是熟悉的陌生人。读者不只关心历史事实，还会对史料的空白处产生填充的兴趣。这样，对事实的热情探究让想象在书写历史的过程中不知不觉获得合法性。于是，在史实的缝隙，进行合理的推想和构建，就成为人们走近历史

---

① 王蒙：《"非虚构小说"？》，《小说选刊》2019 年第 4 期。

② 同上。

真相的重要途径，通过基于主体史实之上的虚构以达逼真之效果成为中国历史上史家秉笔书写历史的重要传统。历史书写正是因为蕴含着希冀与想象，才没有沦落为无足轻重的手艺活。换言之，传统史家习惯以想象和叙述的方式介入对于史实的认识与书写之中，以此推动文化的不断建构。不追溯过于久远的源头，我们就说《左传》，在《左传》里我们能够看到不少这类非"记言"乃"代言"的篇章。钱锺书在《管锥编》中曾一针见血地指出："上古既无录音之具，又乏速记之方，驷不及舌，而何其口角亲切，如聆謦（疑为"謦"）欬欤？或为密勿之谈，或乃心腹相语，属垣烛隐，何所据依？……盖非记言也，乃代言也。如后世小说剧本中之对话独白也。左氏设身处地，依傍性格身份，假之喉舌，想当然耳。"①所谓"想当然"就是书写者在史料的空白处尽可能再现特定时空出现过的真实事件，包括设身处地地体察、模拟其中人物的所思所想所言所行，复活相关的历史事件。从这个角度看，历史也是推想，也是建构，有趣的是，这种推想、建构出来的文学可能比史学更接近历史真相。当然，这并不意味着作为小说的《东风泊》和《左传》《史记》等史书可以等量齐观。

《史记》被鲁迅称之为"史家之绝唱，无韵之离骚"，书中荆轲刺秦王、鸿门宴、项羽乌江自刎等篇章之所以成为世代相传的经典，一个重要原因就在于它们是以一种当事人的口吻讲述出来的。对此，钱锺书有精到的解读："史家追述真人实事，每须遥体人情，悬想事势，设身局中，潜心腔内，忖之度之，以揣以摩，庶几入情合理。盖与小说，院本之臆造人物，虚构境地，不尽同而可相通。"②这就意味着，任何书写都带有或明或暗或浓或淡的个人印记，从这个角度，任何历史——包括对整个国家民族乃至全人类波澜壮阔的历史书写——不只是当代史，还是个人史。人不只是历史事件的当事人、推动者，还是文化精神图谱的塑造者、承载者。这部时间脉络清晰的《东风泊》既是宿松以严仲怀、杨学源等为代表的湖区人民在那个特定

---

① 钱锺书：《管锥编》（第一册），中华书局 1986 年版，第 165 页。
② 同上，第 116 页。

年代叱咤风云的史诗，也是鹏程对那段波澜壮阔历史建构的结果，也就成为人们认知那段峥嵘岁月的桥梁。诺贝尔奖获得者德里克·沃尔科特说："要么我谁也不是，要么我就是一个民族。"我们可以说，刘鹏程就是泊湖，就是湖乡。《东风泊》在"历史"的叙述中展开，也会成为被叙述的"历史"。

我觉得刘鹏程内心深处隐藏着一个不小的野心，那就是想多方位、多侧面、多角度、多层次地发掘以泊湖为代表的湖乡文化的内涵，将泊湖及其周边地区建构成如同莫言的高密乡、马尔克斯的马孔多和福克纳的约克纳帕塔法那样有着独特情感与文化内涵的所在。他的《泊湖的密码》就显露出将泊湖打造成梭罗笔下的凡尔登湖和沈从文笔下的湘西那样的努力，《东风泊》是这一努力的继续。尽管鹏程笔下的泊湖不是完全地理上的，而更多的是"一个文化地理意义上的更广阔的存在"，但是，我相信若干年后刘鹏程有关泊湖的文学作品还是会成为引领人们寻找泊湖的向导，帮助人们认识泊湖及其周边地区的文化。

志在四方结善缘

——序宇桥长篇叙事散文《紫云英》

◎ 徐子芳

认识宇桥先生虽是偶然，也是必然。偶然是在一念之间与其相见，必然是彼此初心相通，多有共识。所谓一念之间，是应家荣兄相邀，欣然而往；果然一见如故，相谈甚欢。宇桥先生为人处世的风格，念念不忘初心，给我留下了深刻的印象。他讲起合肥化工事业，滔滔不绝的故事，如数家珍；论人说事，率性坦言、妙语连珠；谈古论今，博闻强记、诙谐幽默；与人相处，掏心掏肺、平易近人。那次，我现场看到改制重组的中盐红四方新区一派欣欣向荣的景象，后来在采访中才知道，合肥化工企业由地方部队入列国家级"王牌"部队所走过的"千山万水"以及它激情燃烧的历史，与一个人也即宇桥先生和他的团队有着怎样的"生死相许"的牵手，才有了今天的新生！

也是在那次初见时，宇桥谈他读过我写的《合肥赋》，并给予褒奖。我始料不及，也有些惶然。交谈中，深感宇桥对文学的爱好，其造诣远远超过我的想象。他读过不少中外文学名著，对当下文坛状况，也能了然于胸。作为一个企业家，虽然是必需的，但在现实中却不可多见。那次我并不知道，在他投身国有企业建设将近40年的岁月中，几乎每天都在写日记，记下了他所经历的人和事，这为他后来写作长篇叙事散文《紫云英》积累了丰富的第一手素材。

那次相见后，因为彼此工作都忙，几乎没有再次面谈的机会。但时过不久，突然有一天，我接到宇桥的电话，问我有没有时间，说要请我去新区看看，然后写篇《红四方赋》。虽然当时我手头还有篇稿子待写，但我还是欣然答应了。再次来到红四方新区，收集了红四方前世今生的大量资料，既有他们办的"四方天下"报纸，还有历年来的会议材料、工作总结以及电视光盘，所有档案资料编排有序，从不缺页。我惊叹红四方企业文化的完整积存，我知道这与宇桥自己是文化工作行家里手有关，所以才有企业文化建设如此丰硕的成果。

《红四方赋》初稿写出后，宇桥看后不仅自己提出了很好的修改意见，还亲自组织几位笔杆子开座谈会研讨，提建议。由于我对现代化工知识的严重缺乏，错误之处不言而喻，好在有众多行家高手把关，提高了赋文的质量。《红四方赋》落稿后，《中华辞赋》在2014年第9期第一方阵"奇赋新碑"中推出，《中国盐业》杂志接着转载，受到读者广泛关注。《红四方赋》现已刻碑，矗立在中盐红四方大厦对面，气势雄阔，成为红四方文化的一个显著标志，吸引了来访的化工行业和社会各界人士的注意，彰显了红四方的文化特色。

宇桥先生重视企业文化建设从中可见一斑。关于红四方文化建设故事，《紫云英》也有不少精彩的记叙，这里不再重复。《紫云英》洋洋洒洒近50万言，宇桥是在兼任国字号大型企业老总的位子上，一字一字码出来的。这对一般人来说简直不可思议。在这沉甸甸的精彩叙事中，读到宇桥不忘初心、牢记使命的党员领导干部的担当，对社会主义核心价值观的坚守；在喧嚣和驳杂的尘世间，始终对人民群众（他领导下的企业员工）怀着的深厚的情感；把企业改革的走向与国家前途命运紧密拧在一起的自觉，并以文学的方式呈献于社会，馈赠给读者，其社会价值和文学价值，既是独特的，也是深刻的。

据我观察和了解，并有充分证据证明，《紫云英》的全部文字所涉及的专业知识，以及那精辟而独到的理念和管理方式，都是属于宇桥本人的。整个写作过程中，没有"笔杆子"为他捉刀、替他"点睛"，每个字都是他用笔用心一字字、一页页写出来的。用废寝忘食也好，用殚思竭虑也好，所有的形容都不过分。因为采访的关系，我有幸目睹了宇桥在A4纸上写下的那一本本的手稿，字体粗犷奔放，不拘形迹，如江河直下，一气呵成。没有正规稿纸上的那种中规中矩，如同他在企业管理中的气势，既不矫揉造作，又具有思想的渗透和文字的张力；它还原的是历史，铭刻的是记忆，呈现的是诗意，绽放的是芳华。

《紫云英》从文体上看，它不是纯粹的作家笔下的散文，很少在文字技巧上下功夫，而是讲述自己与所在企业的改革开放的变迁史，有很强的记录性、史实感。从企业破产到拯救、从改制到重生，从企业到国家、从家庭到社会，宇桥从中每走过一步都是一次挑战，都是一次破茧，都是一次歌唱。他都能很好地奉献储备、获得感悟、赢得赞誉。他是在现实和想象、个人与时代、坚守与远望中跳舞，从而演绎出一种强大的精神力量，展现了一种崇高的人生境界。正因为这样，才没有削弱散文叙事的功能，相反却强化了真实的力量。文本走的是忠于史实的路径，摒弃虚构，做到事事有依据，人人是原型，句句有出处。这种《史记》式的写作范式，更能直接表达作者的主观情绪、思维模式，从客观形象抵达到抽象的深度，这是需要有笔力的。说白了，就是文学的审美修养。

全书46篇独立成章的故事，一环紧扣一环，既错落有致，又前后呼应；像是小说，但绝不是小说，内容丰富开阔，情节曲折跌宕，语言简捷犀利。不知不觉中，读者在《紫云英》预设的语境中，也跟着作者一起时而忧思，时而疑惑，时而击节……字里行间，宇桥不想隐瞒什么、藏掖什么，而是袒陈胸臆、直言大义，触目可见思想指向的锋芒。真实细致的场景下的时空，激荡着历史和现实的深厚气息，为我们提供了观照历史的清晰维度，从而产生了不同凡响的艺术感染力。改革开放，对中国特色的国有企业来说，是一场没有硝烟的战役。当改革进入到"深水区"时，假使没有熟谙水性的本领，或如像"旱鸭子"在水中乱扑腾，一不小心就有被淹没的可能。比如说，那种所谓一"卖"了之的"改革"就是严重的误区，以致造成国有资产的大量流失，制造了一批贪官和暴发户。

宇桥自1996年走上国有企业的领导岗位，他和他的团队先后将安徽省江淮磷矿、江淮化肥总厂、定远化肥厂、安徽氯碱化工集团有限责任公司、合肥四方化工集团有限责任公司、常州化工集团有限公司，在破产倒闭或濒临倒闭边缘的绝境下，一次次临危受命，使这些企业起死回生。随着改革的深入，他又万里奔波，历尽艰辛，四海招商，几经艰难的推演和选择，为的是圆他心中的化工梦，将合肥国有化工企业整体而不残缺地带进习近平新时代中国特色社会主义道路的正确轨道上。他既没有让一个企业职工被迫下岗失业，又避免了国有企业的财富在改革的"深水区"里流失，也不容忍任何人搅浑改革的汤汤之水，成为"暴发户"。

宇桥和他的团队亲手制定了一系列"护炉法则"，以保证企业管理安全运行和改革不致错位。在近40年企业领导工作岗位上，为不忘初心，为不辱使命，为重构辉煌，劳累致使他大病一场，即使到吐血的程度，仍不下火线，在"战场"上指挥若定，从容应对各种意料不到的新情况和突发事件。有不明真相的人曾舞着刀子冲进他的办公室，要他改变决定，他甚至被人跟踪；更有人以"改革"为借口，暗度陈仓，妄图"城头变幻大王旗"；也有一些同事有时对他的改革方案摇摆不定，不置可否，使他进退两难……总之，国有企业这条关系国家经济兴亡的大命脉，在他身边不断上演生死大战，荣辱沉浮、你来我往。宇桥感同身受，所有的时光，在他笔下经过过滤，得到提纯，得到净化，从而变得更加明亮。

在《紫云英》里有这样一个细节，在企业改制的重要节点上，宇桥总是挺身而出，为维护企业的每一个职工的"饭碗"而焦虑，他不能眼睁睁地看着自己的职工下岗后衣食无着。但是，他却出人意料地让妻子下岗了。这时，好心人提醒他说："别傻了，企业破产，大势所趋，趁天时把它'卖'掉'买'下，变更到自己名下。以你的才能和智慧，不用三五年时间，你就是富甲一方的老板。"宇桥笑着说："那我还是从宇桥乡村里走出来的小五子宇桥吗？"

宇桥无疑是繁忙的。他必须超负荷地工作。只有敬业，才能有担当；只有爱心，才充满诗意。但非常之人，必有非常之事。写作，对宇桥来说，只是分外之事。身系企业的安危，他从不敢掉以轻心，总是大气豪迈地一往无前，既举重若轻，也举轻若重，不断演绎着改革的精彩、生活的绚丽。少年时代的文学之梦，无论工作怎样沉重和繁忙，他始终不能忘怀。但文学的情趣与满世界的化学元素、化学符号是很难融合到一起的。最使他寝食难安的是那些沉默的"危险分子"，诸如合成氨、氯气、液碱、氢气、硫化氢、草甘膦等。只要稍微放松对它们的警惕，它们就要"犯上作乱"，来个爆炸，轻则破坏生产程序，重则造成人员伤亡，给你一次血的教训。所以，宇桥的写作，只能是在纷繁落幕的深夜，他才有难得的一点"静好"。提起笔，从寂静的夜色出发，穿梭于往事的喧嚣和落寞之中，行走于红尘与梦境之上，落笔于纸，便是烟云缭绕。一字字、一行行燃烧起激情的火焰，既照亮了自己的心扉，也迎来了厂区黎明时的曙色。

宇桥不是专业作家，所以也没人强调要他去写，写什么？怎样写？但他心里明白，写作不是功利，只是自觉，并是责任，故能清醒为之，用心为之。他讲的是自己的经历、企业的故事，放开来看，就是中国式的故事。这是他库存已久的资源，一直活在心中，可谓得天独厚。如果是别人，也许被焖在肚里，永远得不到外溢。但宇桥是有心人，不仅完好地把这些故事挖掘出来，培植成文学的花枝，就像是他成天与之打交道的化学分子，经过合理的化工程序，变成为人类服务的产品。藏在心中，那只能是个人的小历史；一旦写出来，成为作品，公之于世，就成为大历史。小历史是散落的，就像捧在手中的沙子，随时都可能从指缝中流漏。宇桥是有心的，他把这些枝枝叶叶连缀起来，就是一棵风景优美的大树，绽放出惊心动魄而又瑰丽无比的历史芳华。它是中国改革开放大历史中的一个精彩篇章，是一个大剧中隽永的折子戏。

自古至今，真正意义上的散文，不是为文而文，而是为道而文，为史而写，才有高格，这是一部散文发展史所证明的。自老子《道德经》为开山，继承于孔孟，发展于司马，壮大于唐宋，出彩于现代，凡大家宗师手笔，无不奉为圭臬。不是以作家自许的宇桥，却深得其中三昧，所以读《紫云英》便有铁马金戈的雄壮、荡气回肠的力度。言真极贵，极贵还真。大道大史之下，一山有一山的风景，一水有一水的气象。宇桥发端于身边的小史，写出的是大情怀，藏纳的是大智慧。这是他对文学的修为，也是他的诗心，敞开来的就是胸襟。如此而已，并有诗为证：

别道乾坤正变迁，云英五色已粲然。

千家岁月青云日，八阵图谋沧海篇。

风雨芳华开笑目，笙歌幸福记流年。

诗书不是无情物，志在四方结善缘。

从韩愈生平事迹诗文探其人文精神

◎沙 鸥[①]

　　唐代宗大历三年（768），韩愈生于长安，他的父亲曾任秘书郎。在韩愈三岁的时候，父母相继离世[②]，后由兄嫂抚养长大。大历九年（774），长兄韩会进京任起居舍人。韩愈幼年随兄嫂从家乡河南到京城又到岭南韶州、江南宣城等地，虽一路颠沛流离，但韩愈自幼就受到长兄文学的熏陶和为官的影响，因而对学习古文和参与政治特别关注和喜爱，他"七岁属文"[③]"尽通六经百家"[④]，当时的古文名家萧存、独孤及、梁肃对他十分赏识，他们对韩愈的赏识，也对韩愈早年入世观念的认知产生了极为重要的影响。大历十四年（779），长兄韩会病故，韩愈由兄嫂照料，在经历丧失亲人的痛苦之后，韩愈不得不开始正视衣食问题。因此，韩愈独特人格和人文精神的形成与其幼年读书时期的古文熏陶和人生经历不无关系。而韩愈自身的"人文精神"也处处体现"以人为本"为中心，并以其一生的经历和诗文诠释了他的精神体系。具体表现在以下几个方面：

---

①　沙鸥，男，1963年生。安徽无为人，出生于当涂。早年毕业于南京大学。现任华南理工大学中国版画研究所副所长、研究员，马鞍山市文联秘书长。研究范围涉及文学、甲骨文、书法、绘画、方志、文献、考据等诸多领域。

②　韩愈在《祭郑夫人文》云："我生不辰，三岁而孤。蒙幼未知，鞠我者兄。在死而生，实惟嫂恩。"

③　（唐）韩愈著，阎绮校注：《韩昌黎文集注释》，三秦出版社2004年版，第577页。

④　董诰等：《全唐文》卷五百四十七，《复志赋》，中华书局1983年版，第5542页。

一、进取精神是实现人生理想的根本保障

韩愈的进取精神贯串他的一生。人的一生首先要解决的问题就是衣食问题，对于一个毫无政治背景的家庭来说，韩愈的唯一出路就是通过参加考试，走入仕途，获得俸禄。贞元三年（787），韩愈开始赴长安参加进士考试，但前三次均告失败，虽然落寞、苦闷的心情在精神的天平上摇摆不定，但他并没有为此而沉沦。他再三坚持和努力，终于在贞元八年（792）中了进士，"二十五而擢第于春官"。这种进士不过是经过礼部录取的进士，故而在唐朝还有硬性的规定，必须参加吏部的博学鸿词科考试，合格后才能出任官吏。于是，韩愈接二连三地参加了贞元九年、十年、十一年三次同类的考试，然而均告失败。故而韩愈的心理状态也显得疲惫不堪。贞元十二年（796），韩愈再赴汴州，才被任命为汴州观察推官，从事官府文字工作。这也就是韩愈正式走向仕途的开始。贞元十五年（799），韩愈在徐州节度使张建封府上从事幕僚工作，后回京任四门博士，从事教学工作。贞元十九年（805），韩愈任监察御史，因上书《御史台上论天旱人饥状》求朝廷减免京畿赋税，被贬为连州阳山令，这是韩愈政治生涯中第一次遭遇重创。永贞元年（805），顺宗继位，大赦天下，韩愈移官江陵，元和元年（806）回到京城，任国子博士。后几经浮沉，累官至太子右庶子，但始终不得志。元和十二年（817），韩愈因平定蔡州有功，被擢升为刑部侍郎。元和十四年（819）又因谏宪宗迎佛骨一事，再次被贬为潮州刺史，政治生涯在晚年再次受到重创，后移袁州刺史。穆宗时，韩愈回朝，历任国子祭酒、兵部侍郎、吏部侍郎、京兆尹等职。此时唐朝国势衰微、宦官专权现象尤为严重。韩愈等人虽肝胆相照，满腔热血，但面对恶劣局面，毕竟势单力薄，终难以扭转于此。虽无能为力，但"兼济天下"的崇高理想始终如一，他坚决地抛开儒家处世的常态，勇敢地把自身的贫穷、显达置身于外。他在《上宰相书》中说："士之行道者，不得于朝，则山林而已矣。山林者，士之所独善自养，而不忧天下者之所能安也。如有忧天下之心，则不能矣。"他认为：如果读书人

想实现自己的理想和主张，却不能被朝廷用，就入山林归隐，这些读书人只是想独善其身而不忧虑天下的状况。如果他真的有忧天下的心思，就不会这样做。韩愈的一生正是在国家遇到困难和挫折时，并没有明哲保身，而是始终有一种"进取精神"，为国家的命运而努力地工作着。

二、国家发展的人才储备需要伯乐精神

挤压人才，不尊重人才，在中唐时代是一种普遍现象。韩愈感同身受。韩愈早年在科举考试中饱受苦楚，因此从政后的韩愈就格外注重奖掖后进、选拔人才，对于被埋没的人才他常常为他们鸣不平。《旧唐书·李贺传》云："（李贺）父名肃晋，以是不应进士，韩愈为之作《讳辩》，贺竟不就试。"对于有学识的青年才俊，韩愈一直都是关怀和赏识，他希望李贺能够参加科举考试。但嫉妒李贺才华的人故意说，李贺的父亲名晋肃，"晋"与"进"同音，李贺未有避父名之讳，所以不得参加进士科考试。旁人也随声附和。韩愈面对这一歪理，以犀利的笔墨为李贺抱不平，反问道："父名晋肃，子不得举进士；若父名仁，子不得为人乎？"他进一步指出任意引申讳法，借机压制人才，就和宦官、宫妾一样，并毫不客气地批判了"避讳"本身的不合情理和提倡避讳者的可笑无知。

韩愈在位时十分重视人才。他为了推荐人才，敢于反抗旧势力，反抗特权阶层在所不惜。这与他自己本身的个人仕途的曲折和遭遇也是分不开的，也使得他对于中晚唐士人们被压抑的内心苦闷的寻求仕途充满理解，他曾感慨道："自古贤者少，不肖者多。自省事以来，又见贤者恒不遇，不贤者比肩青紫；贤者恒无以自存，不贤者志满气得；贤者虽得卑位，则旋而死，不贤者或至眉寿。"[①]他知道中唐的优秀人才虽很多，但处境都很艰难。有些人才在科举制度下屡屡失败，有些人才中举却难有具体的实权，充下属而不

---

① 董诰等：《全唐文》卷五百五十二《与崔群书》，中华书局1983年版，第5593页。

能发挥自身的特长。他也看到其弟子以及参与古文运动的文士大都郁郁不得志，仕途极少顺而通达。所以韩愈也回顾道："仆在京城八九年，无所取资，日求于人以度时月。当时行之不觉也，今而思之，如痛定之人思当痛之时，不知何能自处也。"①他认为这种现象，对于人才的利用极为不利，所以他格外地对后进文士的成长和前途给予更多关怀，"天下兴亡，匹夫有责"②的使命感在他的肩上担当也愈加沉重。韩愈并没有因为负重而后退，他不断推行伯乐精神，在实际工作中也逐渐积累了多方面的经验。首先，他对于科举面向全国的选拔制度格外重视。他知道，一个王朝兴盛，离不开大量优秀的人才。他清楚，在唐朝前中期，朝廷选拔人才都是通过科举获取。但在中唐以后，这种考试也存在许多弊端。如唐代科举考试没有实行匿名制，故而考试的成绩排名又往往取决于考官对考生的印象。这种弊端导致考生在考前就会使用不正当手段和通过各种途径向考官投送诗文，或通过私人关系对考官施加影响。故而当时的这种"干谒"之风大大盛行，使得某些考生不认真学习和钻研业务，而以投机取巧专营此道。另一方面，门第论人之风死灰复燃，从而使得大批出身贫寒但有真才实学的士人受到压制、排挤。

面对这一情况，元和初年，韩愈在东都洛阳任国子博士期间，在选拔、培养人才方面花费了相当多的时间和相当大的气力。因而在实践运用的同时，对于如何选拔、任用人才，韩愈已经有了深刻的认识和理解。对于量才使用的问题，他曾做过以下的比喻："夫大木为杗，细木为桷，欂栌、侏儒，椳、闑、扂、楔，各得其宜，施以成室者，匠氏之工也。玉札、丹砂，赤箭、青芝，牛溲、马勃，败鼓之皮，俱收并蓄，待用无遗者，医师之良也。登明选公，杂进巧拙，纤余为妍，卓荦为杰，校短量长，惟器是适者，宰相之方也。"③故而提拔人才，就要态度公正，量才使用才是选拔人才的

① 董诰等：《全唐文》卷五百五十二，《与李翱书》，中华书局 1983 年版，第 5593 页。
② （明）顾炎武：《日知录》卷十三《正始》："保天下者，匹夫之贱，与有责焉耳。"
③ 董诰等：《全唐文》卷五百五十八，《进学解》，中华书局 1983 年版，第 5646 页。

最好方式。"世有伯乐，然后有千里马。"①这就是韩愈根据当时的现实政治情况而得出的任用贤能的经验，总结出的至理名言。"世无伯乐"，"虽有名马，祗辱于奴隶人之手，骈死于槽枥之间，不以千里称也"②。韩愈认为，即使有良好的人才，如果没有优秀的选拔者，栋梁之材也只能埋没于马槽之间。因此他认为发现人才有时候比任用有才能的人更重要。韩愈的"伯乐精神"对后世人才建设有很大的启迪。除了"量才使用"之外，还要"善待人才"。韩愈曾论述道："彼人也，能有是，是足为良人矣；能善是，是足为艺人矣。""取其一，不责其二；即其新，不究其旧。"③

对于人才，韩愈还提出"才尽其用"的观点。他认为善于选拔有才干的人才固然重要，但不能尽其所能地让有才华的士人发挥才智长期为国家效力并使其才能发挥到最大的极限也是一种浪费。他曾在《蓝田县丞厅壁记》一文中，对敢于谏言的县丞崔斯被贬于蓝田后限制过问政事深感同情。他认为这样对待人才，才是天下之大不幸。"以臣之愚，以为宜求纯信之士，骨鲠之臣，忧国如家，忘身奉上者，超其爵位，置在左右。"④他认为信仰纯洁坚定，敢于直谏，始终忧国忧民，维护君王统治的人，才是真正能够放心地为其治理国家的人。在《论孔戡致仕状》中，他认为对于气节高尚、公正廉洁、忧国忧民的优秀人才，即使年老但尚有余力，朝廷也应该让他们继续发挥余热，不要仅仅因为年龄偏大，就冷落他们，如果这样做，损失的只能是国家。在《毛颖传》中，同样也流露出韩愈一贯痛惜人才未尽其用的思想。

韩愈仕途的顺利大约在唐穆宗时期，元和十五年（820），任国子监祭酒，长庆元年（821）国子监祭酒转兵部侍郎，长庆二年（822）九月到三年（823）十月，官职变动了四次，先后为兵部转吏部、京兆尹兼御史大夫、兵侍、吏侍，可谓平步青云。但这样的优越态势，他并没有忘记对人才的重视。从韩愈后期的书信中就可以发现，书信多为推荐晚辈人才、回答后生问

① 董诰等：《全唐文》卷五百五十八，《杂说回首》，中华书局 1983 年版，第 5645 页。
② 同上。
③ 董诰等：《全唐文》卷五百五十八，《原毁》，中华书局 1983 年版，第 5651 页。
④ 董诰等：《全唐文》卷五百四十九，《论今年权停举选状》，中华书局 1983 年版，第 5559 页。

题、与友人探讨人生社会、互诉衷肠等，代表作有《为人求荐书》《与孟尚书书》《与崔群书》《与冯宿论文书》等。韩愈提携晚辈后生更是不遗余力，如《代张籍与浙东书》，是对患有眼疾的张籍假托自荐书，作者并不避讳托者张籍眼疾的事实而是先叙中丞之贤，而后将张籍患有眼疾的隐忧一一道出，进而提出"有所能，人虽盲，当废于俗辈，不当废于行古人之道者"，既赞美了张中丞又推荐了张籍，而对于张籍的盲，韩愈以独特的视角给予了新的辩证的认识，"若籍自谓独盲于目尔，其心则能别是非"，目盲而心明，而且"夫盲者业专，于艺必精"，而若得赐，"使籍诚不以蓄妻子忧饥寒乱心，有钱财以济医药，其盲未甚，庶几其复见天地日月"，眼盲不仅可依医药而得改善，心中的黑暗也能得以驱散，复见天地日月。这种化腐朽为神奇的文笔，将原来是忧虑的毛病，换来了淋漓恳至、动人心弦的有力篇章，具有较强的说服力。

三、担当精神是爱国情怀的实际表现

对于社会民生、国家政治生活，韩愈十分关注，也常常提出自己的一些中肯的看法。这些举动绝不是一时冲动，也不是赚取擢升官职的资本，而是本着对国家负责的一种担当精神。他希望自己的这种精神也能够引领后代贤士，以独立的姿态面对君王权力、社会秩序、国家政权等问题。贞元十九年（803），韩愈向德宗递交了《御史台上论天旱人饥状》，直言不讳，说明事实真相，请求朝廷赋税。这篇状文虽触怒唐德宗，被贬为阳山县令，但韩愈并未因为被贬而害怕当权者的打压，始终一如既往地批评世道之不足，这在他之后的《论佛骨表》中也可看到其精神所在，"群臣不言其非，御史不举其失，臣实耻之。乞以此骨付之有司，投诸水火，永绝根本，断天下之疑，绝后代之惑。使天下之人，知大圣人之所作为，出于寻常万万也"。这种爱民忧国之心，却被唐宪宗认为其言辞过于偏激，"愈言我奉佛太过，犹可容；……愈，人臣，狂妄敢尔，固不可赦"，从而被贬为潮州刺史。

这篇《论佛骨表》不仅仅是一篇反佛的论文，从中还可以看出韩愈是一个热衷于关注现实生活的人物，"前古之兴亡，未尝不经于心也；当世之得失，未尝不留于意也。①"他认为正是因为寺院僧尼大量增加，从事生产人数的减少造成了人民生活的贫困和社会的混乱。这种反佛的精神在他之后也一直未从变过。他在《原道》中说："古之为民者四，今之为民者六。古之教者处其一，今之教者处其三。农之家一，而食粟之家六。工之家一，而用器之家六。贾之家一，而资焉之家六。奈之何民不穷且盗也？"这进而彻底否定了在中国发展的佛教。在《送灵师》中说："佛法入中国，尔来六百年。齐民逃赋役，高士著幽禅。官吏不之制，纷纷听其然。耕桑曰失隶，朝署时遗贤。"批判的声音更加尖锐，他认为对佛教的膜拜会使百姓的生计愈加艰难，也会使人才大量流失，并对朝廷对抑制佛教的不作为提出了批评。

韩愈反佛，一个很大的原因就是佛教来自夷狄，是非我的异质文化，但在当时却大有凌驾于中华本土文化之上之势，这就有悖于孔子以来儒家"用夏变夷"的精神，有可能削弱中国本土固有的民族文化特征。

韩愈用史学的眼光看到了佛教经过了魏晋南北朝的迅猛发展，以及利用新异的来世、轮回的彼岸诱惑力，从而取代相对于僵化枯燥的经学，观察到了佛教不但吸引了众多的知识分子，还招来了大批士大夫信徒，并引起了生活在社会下层的普通百姓的共鸣。因此寺院香火之兴盛，遁入空门者如过江之鲫。这种状况在安史之乱时期达到了趋于严重的地步，而儒家"达"与"穷"的理念在众多知识分子心态上出现了消极、隐退、明哲保身的趋向。

佛教不断挤压和同化儒学的生存和发展的空间。"自佛行中国以来，国人为缁衣之学，多几于儒等。然其师弟子之礼，传为严专。到于今世，则儒道少衰，不能与之等矣。②""浮屠之法，入中国六百年，天下胥而化，其所崇奉乃公卿大夫。③"面对这样严峻的危机，韩愈主动回应时代的召唤，

① 董诰等：《全唐文》卷五百五十二，《与凤翔邢尚书书》，中华书局 1983 年版，第 5590 页。

② 董诰等：《全唐文》卷七百三十五，韩门弟子沈亚之《送洪逊师序》，中华书局 1983 年版。

③ 董诰等：《全唐文》卷六百八十六，皇甫湜：《送孙生序》，中华书局 1983 年版。

承接历史赋予之使命，率先举起了复兴儒学的大旗。他认为儒学若欲复兴自身的地位，必须以破除佛教、消解佛教为前提。为了反对佛教，韩愈九死一生；为了复兴儒学，韩愈万死不辞。他自命为儒家正统的继承者和捍卫者，"使其道由愈而粗传，虽灭死万万无恨"，这无疑体现了他在传承儒家文化上强烈的担当精神。

四、尊师重道是传播中国传统文化的必然途径

古代统治者对于"尊师重道"十分了解其重要性。早在《学记》就已记载，皇帝召见文武百官是：天子南面而立，臣则北面而朝；但皇帝对于祭祀的主人和学校的师长，却不作要求，这就是天子"尊师重道"的最初表现。

古时门生对师的尊敬也很多。《后汉书·李固列传》就记载过，李固为寻师，常常是"步行寻师，不远千里"。宋代的杨时，去洛阳拜师程颐，却遇师睡未醒。杨时不忍打搅，便站一旁等候。然天正落雪，等程颐醒时，门外积雪一尺余。这就是我们之后所熟悉的"程门立雪"的故事。

韩愈虽无缘在国子监读书深造，但他发现了教育的终身价值。韩愈一生曾四任国子监学官、四门博士、国子博士、国子祭酒等，虽然都是贬而进，可韩愈却一贯尊师重教。

中唐时期，由于当时佛教盛行，教育一度遭受摧残，学生"耻于从师"，教师"惧为人师"，在这种时弊下，韩愈感到不利于国家的发展与兴旺，故而在德宗贞元十九年（803）写下《师说》一文，提倡重视师道。此文言简意赅，仅仅五百多字，却道出了中华文化的优良传统核心价值观——尊师。其卓越的见解主旨在于，从师选师重要但为何从师更为重要。文中以孔子为例，道出了孔子从师，没有固定之师，没有身份地位之限，能传道授业解惑者即为师，师亦生，生亦师，道出"不耻相师"的深层含义，故而韩愈才有了力荐张籍的壮举，也有了韩愈、贾岛"推敲"美谈。柳宗元在《答

韦中立论师道书》里的一段话可以再现历史真实："自魏、晋氏以下，人益不事师。今之世，不闻有师。有辄哗笑之，以为狂人。独韩愈奋不顾流俗，犯笑侮，收召后学，作《师说》，因抗颜而为师。世果群怪聚骂，指目牵引，而增与为言辞。愈以是得狂名，居长安，炊不暇熟，又挈挈而东，如是者数矣。"[①]从中可以看出韩愈要为大唐整顿教育的决心。因而他指出教师的任务就是"传道，授业，解惑也"。这种"道"，在当时是有确定含义的，指的是儒家的尧舜禹汤文武孔孟之道，把个人修养、道德质量放到了立身处世诸方面的一个高度。韩愈在《原道》中，把道说得更为清楚，就是"博爱之谓仁，行而宜之之谓义，由是而之焉之谓道"[②]。可见仁义，就是"修身、齐家、治国、平天下"之道。"授业"，就是讲授学业，"业"指的是各种学业技艺，即《师说》后文所说的"六艺经传"，所以"授业"实际上也是"传道""解惑"，就是解疑答难，解除疑惑，解答"道"同"业"两方面的疑难问题。这就是说，教师要负起向学生传授道理、知识和解疑答难的责任。一句话，教师必须是"既教书，又教人"。这是教师职业所赋予教师的崇高的社会责任。

五、关爱精神是对生命的一种高度尊重

韩愈自幼失去双亲，由兄嫂抚养成人，这种独特的成长经历，导致韩愈比起正常人来说，对亲情友情有着更深的认识和重视。我们根据马其昶校注的《韩昌黎文集校注》，就可以发现韩愈写了很多的碑志文，共有75篇，其中给自己的亲属写下了不少墓志铭，共有12篇。如《河南府法曹参军卢府君夫人苗氏墓志铭》记载的就是韩愈的岳母，《虢州司户韩府君墓志铭》记载的是韩愈的从兄韩发，《处士卢君墓志铭》记载的是韩愈的妻兄卢于陵，《河南缑氏主簿唐允妻卢氏墓志铭》记载的是韩愈妻卢氏的姐姐，《乳母墓

---

① 刘禹昌、熊礼汇译注：《唐宋八大家文章精华》，荆楚书社 1987 年版。
② 董诰等：《全唐文》卷六百八十六，《原道》，中华书局 1983 年版，第 5648 页。

铭》记载的是韩愈的乳母李正真,《四门博士周况妻韩氏墓志铭》记载的是韩愈的侄女韩好好,《韩滂墓志铭》记载的是韩愈的侄孙韩滂,《中大夫陕府左司马李公墓志铭》记载的是韩愈的女婿李汉,《故幽州节度判官赠给事中清河张君墓志铭》记载的是韩愈的侄婿张彻,《故太学博士李君墓志铭》记载的是韩愈的侄孙婿李于,《女挐圹铭》记载的是韩愈的女儿韩挐,《卢浑墓志铭》记载的是韩愈的妻弟卢浑。此外还为朋友李观、石洪、胡明允、李虚中、孟郊、柳宗元、窦牟、樊宗师、张署,同僚崔翰、施士丐、裴复、薛公达、卢殷、张圆、孔戡、杜兼、毕垌、王适、权德舆、李道古、郑群、薛戎、孔戣、王仲舒等撰志。志主与韩愈是同僚关系的,多是上级和下级的关系。由于韩愈的宦海浮沉关系,加上其正直的性格和文人的气质,志主多是中下底层的知识分子。这些人物大都命运不济,穷困潦倒终身,如崔翰、施士丐、薛公达、卢殷、张圆、王适、郑群等。他们"怀抱利器",但却为世俗所不容,韩愈同情他们,为他们的不公平遭遇而鸣不平。

韩愈为亲属类所写的墓志文,多饱含着浓郁的亲情和对逝去之人的深深哀悼之情。如《韩滂墓志铭》中,作为韩氏子孙的韩滂,不仅文辞精进,而且待人宽厚,韩愈对他十分器重和赏识。然而,不幸的是,他十九岁便离开了人世。韩愈与妻子听到他去世的消息后,感到无比的伤心与难受,发出"呜呼!其可惜也已"的呼喊。在铭文中,作者将这种伤感之情表现得更为浓厚,"天固生之耶,偶自生耶?天杀也耶,其偶自杀耶?"面对如此残酷的现实,韩愈不得不询问上天,问其生,问其死,生死之间是定数还是偶然?在这种追问中,把自己对亲人逝去的伤感之情表达出来。最后的"铭以送汝,其悲奈何"把对失去亲人的无奈之情流露出来。

《女挐圹铭》是为自己的第四女而写的墓志。元和十四年(819),韩愈因呈上《论佛骨表》而触怒宪宗,被贬往潮州。韩挐当时才12岁,正患病卧床不起,但掌管官员流放的衙门竟然强令韩挐随韩愈一起迁往潮州,并最终死于流放的途中。可以说,韩挐就是因为被迫随父南迁而死的,因此韩愈在这篇铭中,关于韩挐的幼年事迹略去不言,仅用"女挐,韩愈第四女也,慧而早死"一带而过，直接还原韩挐临死前的情形："天子谓其言不祥，斥之潮州汉南海揭阳之地。愈既行，有司以罪人家不可留京师，迫遣之。女挐年十二，病在席，既惊痛与其父诀，又舆致走道撼顿，失食饮节，死于商南层峰驿，即瘗道南山下。"几乎指斥天子有司为杀人凶手。然而，无论如何，自己女儿的死乃是因自己官职变动的缘故而致，作者的内疚之心油然而生。韩挐小小的年纪便客死他乡，五年后，尸骸才得以归故里，可谓"人谁不死，于汝即冤"。韩愈在淡淡的陈述中，流露着父亲对早逝女儿的思念和哀悼。

《乳母墓铭》是为其乳母李氏而写的。李正真在韩愈年幼的时候，面对韩门凋零，她因为可怜韩愈年幼，不忍心离去，于是，就这样在韩家待了四十多年，直到去世。韩愈非常感念李正真的养育之恩，因而他写道：李氏"入韩氏，乳其儿愈。愈生未再周月，孤失怙恃，李怜，不忍弃去，视保益谨，遂老韩氏"。短短几句话，写出了韩愈同乳母之间的深情。接下来写到李氏看着韩愈长大，为官，娶妻生子，并且还提及若是遇到"时节庆贺"，韩愈"辄率妇孙列拜进寿"，其浓浓的亲情无不包含其中。

韩愈为非亲属类所写的墓志文当中，也有不少倾注了作者本人深挚感情的文章，今天读来仍然令人感动不已。如《贞曜先生墓志铭》："唐元和九年，岁在甲午，八月己亥，贞曜先生孟氏卒。无子，其配郑氏以告，愈走位哭。且召张籍会哭。明日，使以钱如东都供葬事，诸尝与往来者，咸来哭吊。韩氏遂以书告兴元尹故相余庆。闰月，樊宗师使来吊，告葬期，征铭，愈哭曰：'呜呼！吾尚忍铭吾友也夫！'兴元人以币如孟氏赙，且来商家事，樊子使来速铭。曰：'不则无以掩诸幽。'乃序而铭之。"这篇墓志文是为好友孟郊所作的，写得悲哀沉痛深婉。韩孟至交，韩愈曾有《与孟东野书》，其友情之笃，非同一般。当闻询孟郊去世的消息之后，韩愈不禁"走位哭"，而且在家中设其灵位，召其生前友好"咸来哭吊"。当樊宗师请韩愈为孟郊作铭时，"愈哭曰：'呜呼！吾尚忍铭吾友也夫！'"，久久不能下笔。待到"樊子使来速铭"才不得已"序而铭之"。这一段死讯后的记叙，具有极浓厚的抒情意味。尤其是韩、柳相交二十年，其间仅有三次相聚。二人情意的建立，全是凭借着文字间的交往。而文字性的交往又是以论辩性的书函为多。然而韩、柳为文，时相角力竞胜。如韩有《张中丞传后叙》，柳有《段太尉逸事状》；韩有《进学解》，柳有《晋问》；韩有《平淮碑》，柳有《平淮雅》；韩有《送穷文》，柳有《乞巧文》等。这种竞胜的心理，必将有利于古文运动的推进。故而韩愈与柳宗元的情感非同一般。因而在《柳子厚墓志铭》中，概括了柳宗元的家世、生平、文章等，主要谈了柳宗元在文学上的理论和贡献，肯定了他的政治才能以及文学主张。最为重要的是，在这篇墓志文中，详写了柳宗元自愿为刘禹锡所做的牺牲，柳宗元与刘禹锡一起被外放做刺史，柳被派到柳州，刘到播州。而播州是个穷乡僻壤的地方，柳宗元想到刘禹锡尚有年迈老母，不忍心刘禹锡因此陷入困境，于是上奏朝廷，自愿与刘禹锡交换。这种友爱的精神，被本身就有"关爱精神"的韩愈牢牢地印在心间，故而在墓志铭文中发出感叹："呜呼！士穷乃见节义。今夫平居里巷相慕悦，酒食游戏相征逐，诩诩强笑语以相取下，握手出肺肝相示，指天日涕泣，誓生死不相背负，真若不信；一旦临小利害，仅如毛发比，反眼若不相识。落陷阱，不一引手救，反挤之，又下石焉者，皆是也。此宜禽兽夷狄所不忍为，而其人自视以为得计。闻子厚之风，亦可以少愧矣。"韩愈将柳宗元为朋友自愿牺牲的悲悯情怀，透过这番一轮，很生动地描绘出来，此间韩愈也表现了自己对于朋友的重视。

六、结语

韩愈的人文精神是个体爱国情怀的一种生命状态。对于韩愈"人文精神"的初探，仅仅是一个开端，但这种精神的传承，却是治疗世道衰落的一服良药。因此，以古代贤人研究其精神价值为社会服务，也是我们当代学人责无旁贷的一种义务。

匠心独运　再造精品

——话剧《历史的天空》观后感

◎ 张烈鹏

　　根据安徽霍邱籍著名作家、中国作家协会副主席徐贵祥的同名长篇小说改编的话剧《历史的天空》在北京、合肥等地公演的喜讯，通过新华社报道和各大媒体推送，传遍了大江南北，也传遍了他的家乡。作为徐贵祥的同乡，我为之欢欣鼓舞。获悉《历史的天空》将在金寨县演出的消息，激动的心再也按捺不住，一种强烈的期待充盈胸怀。于是，与几个文友相约，在暖暖的夏阳中驱车前往金寨县城去看大戏。

　　《历史的天空》果然名不虚传，精彩纷呈！这部话剧是中国人民解放军国防大学军事文化学院军事文艺创演系原创军旅话剧新作品，作为全军唯一一台舞台节目，正式入选第十二届中国艺术节暨第十六届文华大奖参评剧目。较之荣获茅盾文学奖的同名长篇小说，话剧《历史的天空》结合舞台节目特点和演出需要，匠心独运，进行了再加工、再创作，打造出崭新的艺术精品。盘点其主要艺术成就，可以用一个关键词"巧"字来概括。

　　一是巧选线索，精心剪裁。徐贵祥的作品向来以宏大叙事著称，小说《历史的天空》鲜明地体现了这一特点。如何将这部小说所描绘的近半个世纪复杂多变、波澜壮阔的民族历史画卷搬上舞台？如何将这部洋洋洒洒几十万字的鸿篇巨制改编为一台时长仅仅100分钟的话剧？《历史的天空》进行了大胆的探索和成功的尝试。话剧选取了梁大牙与东方闻音的爱情作为贯串始终的线索，选定了原著中的抗日战争这个时段作为故事发生的背景，并围绕这一架构，大刀阔斧，删繁就简，精心剪裁。它在秉承了原著现实主义创作手法的同时，大幅度提升爱情戏的比重和分量，成功地将爱情故事与战争故事融为一体，将革命浪漫主义与革命英雄主义有机结合，不仅使场景更集中，情节更集中，主题更集中，而且也更有带入感，更有人情味，更有吸引力。作品中，梁大牙本来想投靠国军，结果在炮火声中慌慌张张跑错方向，进了凹凸山八路军游击队的军营。他之所以决定先留下来看看，并不是因为他对革命、对共产党有多么清醒的认识和觉悟，而在很大程度上是因为东方闻音的动员和挽留，是因为他对美丽迷人的东方闻音心生情愫。此后，梁大牙执着地公开表白自己对东方闻音的爱，甚至到了死不罢休的地步。东方闻音起初并不爱这个言行粗鲁的草莽英雄，但随着梁大牙在革命队伍中不断成长，她的思想感情也发生了变化，最终，因为共同的理想、共同的信仰、共同的事业，他们成为心心相印、相亲相爱的恋人。梁大牙与东方闻音的爱情发展，其实就是梁大牙由一身匪气的乡村野夫，百炼成钢变身为足智多谋的一军将领的过程。在这个爱情故事中，梁大牙的刚性之美，东方闻音的柔性之美，都塑造得栩栩如生；在这个爱情故事中，高潮迭起的冲突，跌宕多姿的情节，都处理得得心应手。值得一提的是，这个爱情故事的结局是凄美的、悲壮的。为掩护陈默涵等国民党起义官兵撤离，东方闻音以柔弱之躯率众冲在第一线，不幸中弹牺牲。一对红色恋人，从此阴阳隔离，这无疑是个催人泪下的爱情悲剧。而爱情与死亡是文学艺术永恒的主题，如此将爱情与死亡放在一起来写，恰恰是把人生有价值的东西毁灭给人看，恰恰可以运用悲剧的巨大力量，更加深刻地表达作品的题旨和内涵。

二是巧写细节，引人入胜。作品在大场景中不忘小叙事，注重以细节的设置打动人心。比如朱一刀奉命策反陈默涵部队，在与韩秋云秘密联络的时候，韩秋云托他将二十块洋钱转交给梁大牙。这个细节设置得就相当好。因为在剧中，这二十块洋钱，随即成为李文彬眼中的国民党特务的活动经费，成为梁大牙通敌的所谓罪证；这二十块洋钱，又是东方闻音长期压在心头的疑问，是水落石出、真相大白之际心底的舒缓；这二十块洋钱，也是对剧情开头梁大牙婚事告吹的呼应，是一部优秀作品结构严谨的标志。这个精巧的细节，不仅引起了观众的观看兴趣，而且推动了故事情节一波三折向前发展。除此之外，像梁大牙粗暴地抢夺战士的新布鞋、识字时装模作样却倒拿书本等诸多细节，都很有表现力和感染力。

三是巧借布景，增强魅力。话剧《历史的天空》布景简约但不单调，传统而又现代，注重运用声光电技术，让小小的舞台能够承载辽阔的时空，承载众多的人物，承载复杂的事件，承载一段历史沉甸甸的重量。即便是有些简单的布景、原始的道具也能派上特殊的用场。比如舞台右前方经常会出现的那几块石头，不仅让布景富有层次感、真实感，而且成为东方闻音教梁大牙读书认字、岳秀英与朱一刀相约偷情等几段爱情戏上演的具体地点。这样，在隐秘的角落，上演一些私密的事件，实现了形式与内容的有机统一。

四是巧用道白，画龙点睛。话剧是语言的艺术，好话剧必然要写好人物对话和道白。《历史的天空》就做到了这一点。让我特别难忘的有两处道白：一处是东方闻音中弹之后，断断续续说出的"我……爱……梁必达，我……也爱……梁大牙"，这句道白言简意丰，值得品味。梁必达和梁大牙是同一个人，东方闻音之所以分别表述，我理解，"梁必达"指的是在战争中成长起来、与东方闻音恋爱的那位优秀将领，"梁大牙"则指的是此前那个粗野、鲁莽、经常犯毛病，而且长着一颗大牙的汉子。"我……爱……梁必达，我……也爱……梁大牙"，是她对心上人一切一切的热爱，也是对其革命生涯的彻头彻尾的挚爱。还有一处是在结尾，已担任司令员的梁必达的道白："抗战以来在凹凸山地区浴血奋战、壮烈牺牲的战友，总共三千六百七十二人。他们是为民族的独立与自由而牺牲的。他们生如夏花，死如秋叶。他们每一个人的名字，都刻在我的心里，也永远镌刻在历史的天空。"这段道白用总结性的抒情语言，讴歌了凹凸山地区抗日英烈的革命精神，揭示了整个话剧的主题所在，可谓点睛之笔、神来之笔，让人闻之热泪盈眶，观之热血沸腾。

话剧《历史的天空》之所以取得巨大成功，除了得益于艺术上孜孜以求、大胆创新，也得益于注重发挥以下独特优势。一是原著的优势。长篇小说《历史的天空》是茅盾文学奖获奖作品，是中国当代军旅文学的一座高峰，早已经誉满天下，脍炙人口。对这部文学经典的改编，本身就是站在了巨人的肩膀上。"好风凭借力，送我上青云"，话剧《历史的天空》做大了这种优势。二是编导的优势。原著的作者徐贵祥是这部话剧的编剧之一，另一名编剧兼导演赵晶晶是徐贵祥的同事。如此搭档合作，在改编和演出的过程中，能够把握住原著的脉搏，提炼出原著的精髓，并注入新的元素，找到新的亮点和突破口。尤其值得称道的是，身为中国作家协会副主席的徐贵祥，对这出戏十分重视。他不仅全程观看了这部话剧所有的公演，而且边观看边思索，发现缺陷和不足，及时加以完善。记得在金寨看演出时，我有幸和他坐在一起，发现他全神贯注，看得十分认真、十分投入。当看到梁大牙指指点点严厉批评朱一刀的生活作风问题时，他低声对我说："这里梁大牙的动作和手势还要改，马上我就来给他们提建议。"徐贵祥的一席话，让我深有感触，也让我对"慢工出细活，精品靠打磨"的道理有了更深的感悟。三是演员的优势。话剧《历史的天空》的演员，都是中国人民解放军国防大学军事文化学院军事文艺创演系的学生。作为来自全军文艺最高学府的天之骄子，他们接受了优质教育，具有很高的艺术修养。客观地说，这些年轻人表演得都很出色。他们不仅将演话剧常用的硬功夫熟练地拿出来，而且对话剧中不常见的歌舞、战斗等场景，也发挥了军事院校学生的特长，表演得活灵活现。甚至连谢幕的方式，也是身着戏装，一批接着一批整队出场，一批接着一批敬礼致谢，展示了军事院校的礼仪、声威和形象，也展示了军人的风采和优势。对此，我和文友们在曲终人散、回到蒙城以后，依然在电话里津津乐道，在微信群大加褒奖，在朋友圈晒图炫耀。我们的共同感受是，这次到金寨看话剧，不虚此行。

元气淋漓的前卫表达

——韩鹏书画艺术观感

◎ 韩清玉

最早知道"韩鹏"这个名字是缘于他执导的微电影《快递英雄》，2013年的这部作品不仅红极整个校园，全国各大视频网站的点击率也是超百万之众。尽管如此，这个名字对我来说还是抽象的，直到有一次在教工餐厅经同事介绍正式认识。我一直习惯于"以貌取人"，他长得很淳厚，但有艺术家的狡黠与批判家的犀利。渐渐地与他相熟了，发现他不仅是中国传媒大学出来的新媒体达人，更是"艺术跨界小能手"。因为那部微电影的先入之见，一开始我并未关注韩鹏的书画作品。后来接触得多了，特别是从近几届合肥当代艺术双年展中看到他的作品之后，愈发感觉我的身边有一位极具创造力的艺术家在成长。是的，在此我强调的是艺术创作中思想的创造力，这也是我参加2018年芝加哥世界艺术博览会时最强烈的感受。西方当代艺术往往以某些创造性的理念取胜，我们从1917年杜尚的《泉》这一先锋艺术算起，一百多年来，艺术界各种花样翻新，层出不穷。至少到现在为止我还没有看到它的末路，相反，从这届博览会上我看到了更为震撼的理念显现。我认为正是创造力成就了艺术的未来。正是韩鹏作品体现出的创造力与生命感时常驱使我想要为之写点什么。

2019年5月31日，"披沙拣金——韩鹏书画作品个展"在合肥时代美术馆开幕。本次展览分为四个部分：披沙拣金（绘画部分）、草疯长（书法部分）、致敬经典（名作临摹部分）和书画与文创（文创产品部分）。展出作品全面呈现了韩鹏先生的艺术创作风格与成长轨迹，好评如潮。细观韩先生的书画作品，我权且以两句话概括之：习古而不泥古，前卫而有章法。我们从他的临摹作品可以看出其深厚功力；绘画的笔法至为细腻，造景层次突出；书法作品注重创意，极力凸显当代话语与传统表现之间的张力。我尝试从三个方面来分析韩鹏书画艺术的风格特征。

一、作品中充满生命感

我第一次看到韩鹏草书作品时脑海中出现了四个字：元气淋漓。之所以如此，是因为不仅能从他的字中看到生命流动的势，这与书法中的笔势是契合的，就像宗白华所言的"生命的节奏"；还在于他的书法作品更像是一种生命力的铺张。他的普通卷轴之作在行草之间取意，字体稍斜似有东坡之风（《春怨》《侠客行》等）。布局与诗句内容相得益彰，运笔自如，尽得中锋饱满圆润之妙，又有偏锋的力道，且以枯笔、断笔相佐，可谓灵动而富于变化。真正让人震撼的是他的大字，这些"神来之笔"可能会让人想到日本书法家井上有一。有人把丑书的盛行加罪于井上有一，当然韩鹏的大字并不是丑书，而是极尽生命爆发力的书写。我们知道，中国艺术的写意传统甚为浓厚，欧阳修的那句"心意既得形骸忘"可谓写意意涵的完美注脚。与此相关，中国绘画的泼墨技法可谓极尽写意之能事。在此我姑且把韩鹏的大字书法称之为"甩墨"，当然此处之"甩"并非技法意义的随意无度，而是情感表达意义上的飞扬。这也让我想到了美国抽象表现主义画家波洛克的创作状态。换言之，我们应该从韩鹏的字中看到他在书写过程中的生命迸发状态，俨然达到了张彦远所言的"不滞于手，不凝于心，不知然而然"的真画境界。

二、艺术创造力的极力彰显：当代艺术实验

德国美学大师康德把艺术的本质界定为"天才"——艺术家独一无二的创造能力。也就是说，充满创造性的艺术理念方为作品制胜之本。初次在书画方面领教韩鹏的创造性，是在2016年合肥艺术双年展上的那件《吃瓜群众》。在这件貌似书法的形式中达成了装置艺术与行为艺术的契合。之所以说貌似书法作品，是因为作品的主体是一幅卷轴，上面是大楷异形字"吃瓜群众"——"群"字以君、羊上下排列，"众"字则三"人"并列，且"群"字独占其右，"众"字则被安排在左边"吃瓜"二字之下。再来看这四个字的背景，并不是宣纸，而是登满各种新闻消息的报纸，它寓意着我们的生活中充满各色信息。卷轴很长，一直延伸铺在案几上，上面摆放了一个西瓜。在展览现场，艺术家和观众吃着西瓜交谈。所以，我们可以看出这幅作品的意义呈现是多维的，既有对"吃瓜群众"这一社会流行语的形象再现，又有对信息爆炸的拒绝：不做八卦的吃瓜群众，真做真实的吃瓜群众，——回到真实的生活世界，复归灿烂的感性。

后来我看到装置艺术《诗境》，更为韩鹏的艺术创造力所折服。当看到整个展厅处处写满了唐诗，我们可能会想到写满香港九龙、写进威尼斯双年展的曾灶财，也可能会想到从纽约回来、可谓当代最重要的艺术家徐冰的《天书》。可是，这里展示的既不是曾灶财似的社会诉求，也不是徐冰作品那"似是而非"的陌生感。他是在呼唤一种回归：回到可把握的真实中。我们说美学意义上的"境"是艺术氛围或效果，是虚实相生的境界，早已超出物理意义上的空间。而韩鹏在此就是要回到最基础、最实在的空间世界。让人们在满是唐诗的空间环境中感受，因为它们不是天书，都是耳熟能详、朗朗上口的诗句，人们身在其中，禁不住去辨识、去吟诵，这样，诗歌本身的意境、书法画面的意境、作品布局空间（近似格林伯格所说的"满幅"）的意境重叠在一起，达到一种唯美而震撼的张力。

此处聊举二例，只是为了说明韩鹏在当代艺术实验方面的努力。他的艺

术理念植根于中国艺术传统又面向当代生活，其现实启示意义自然是不言而喻的。

三、突出物质性，利用媒介语言表达当代声音

德国美学家黑格尔根据艺术史上理念与感性、内容与形式的关系将艺术分为象征型、古典型与浪漫型，其中浪漫型艺术的主要特征是精神溢出了物质，形式在其内容面前表现出无力感。虽然我们很难拿当代的哪幅作品与黑格尔所言的几种类型一一对应，但是韩鹏的书画作品时常让我联想到黑格尔的这一艺术史观念。只是，在韩鹏这里，一方面我们在其作品中可以看到一种强烈的精神呼之欲出，另一方面他也在突出物质性。

艺术的物质性始终与它的表现性紧密结合在一起。美国现代主义批评家格林伯格在《现代主义绘画》一文中指出："每一种艺术都必须展示和明确表达的是独特的和无法简化的东西。"艺术中不可再分的东西应该诉诸媒介自身，正是媒介的性质决定了艺术的存在方式。当然，与传统艺术不同的是，前卫艺术面对媒介并不是"顺势而为"的，而是表现为形式对物质材料的某种"征服"，这种对抗性的局面恰恰构成了充满张力的统一性。

媒介特质在韩鹏的艺术作品中有突出表现，即使是利用传统媒介来创作。韩鹏在传统泥金画方面着力较深。泥金画自汉代以来经历了多重演变，在其媒介上保持了自身的独特性。概言之，泥金画就是在泥金纸上作画，泥金纸在色泽亮度与浸水方面都和宣纸有很大差异。所以在作品风格上，泥金山水画也显现出与水墨山水画的不同：色泽明亮，富丽堂皇。韩鹏泥金画"松月无边"系列中的月亮意象，可谓非泥金之媒介属性所能为。只见那蛾眉月的羞涩，上弦月的迷离，满月的充盈，下弦月的不舍，都在泥金勾勒下显现出其独有的光晕。

韩鹏善写大字，在肆意挥舞中出现了不少枯笔效果，这些枯笔彰显了他书写的力量。草书与大笔的结合，使得留在纸上的滴墨别具一番风味，像

余音绕梁的嘶喊，或者言尽之余的那一声叹息，又或者像生命的火把溅出的火花。这都是笔与墨共舞的画面，加上"雄起""霸气""躺下""做梦"等时下流行语的内容，韩鹏的书法将艺术的当代性渲染到极致。

苏东坡在论吴道子画时曾有言："出新意于法度之中。"此语同样适用于韩鹏的艺术风格。当然，新意之于法度而言是为"破"，但之于未来更在于"立"。所以，韩鹏的艺术以其饱满的生命感在当下呐喊，实则是对未来的呼唤——呼唤一种"从心所欲不逾矩"的人生态度，以及万紫千红的生命存在。

地域文化研究

徽派风韵　承古开今
——安徽绘画艺术概观

陈祥明

徽派风韵　承古开今

——安徽绘画艺术概观

◎ 陈祥明

安徽自然胜景奇丽绝美，有驰名世界的黄山、佛教圣地九华山、道教圣地齐云山；安徽历史文化积淀厚重，有享誉中外的徽州文化、淮河文化、皖江文化；安徽是中国文房四宝的重要发源地，其宣纸徽墨更是驰誉中外；安徽书画艺术丰富灿烂，有光耀古今的新安画派、黄山画派、姑熟画派、徽派版画、龙城画派，有影响广泛的皖派篆刻、徽派篆刻，产生了渐江、石涛、梅清、萧云从、戴本孝、黄宾虹、赖少其等绘画艺术大师，以及邓石如、程邃、黄牧甫、林散之、赵朴初等书法篆刻大师。安徽优秀书画艺术已成为中华艺术宝库中的璀璨明珠。

改革开放尤其是新世纪以来，随着安徽经济迅速崛起，徽派文化再度繁荣，书画艺术空前发展，引人瞩目。尤其是安徽绘画艺术，展现了徽派文化的深厚底蕴与独特魅力，呈现了安徽画家们热爱中华、酷爱自然、拥抱生活、笔墨紧随时代的精神面貌、审美情怀与艺术足迹。

一、新安之源——生生不已的传统

安徽书画艺术具有悠久的传统和厚重的积淀，它兴起于唐宋，繁荣于明清，而明末清初崛起的新安画派是安徽近现代绘画的重要源头。"新安画派"是以渐江师法元人而"开其先路"，"新安四家"（渐江、孙逸、汪之瑞、查士标）、程邃、戴本孝等扛鼎极盛，渐江"四大弟子"（江注、吴定、祝昌、姚宋）以及程正揆、郑旼、僧雪庄、方世玉、吴山涛、汪家珍、吴叔元等名家辈出，辉耀画坛。清人张庚（1685—1760）《浦山论画》说："新安自渐师以云林法见长，人多趋之，不失之结，即失之疏，是亦一派也。"张庚在《国朝画征录》中把查士标"与同里孙逸、汪之瑞、僧弘仁称四大家"，并对众多新安派画家做了述评。近人多沿袭张庚观点。郑昶的《中国美术史》载："明季之乱，士大夫的高洁者，常多托迹佛氏，以期免害，而其中工画者，尤称'三高僧'，即渐江、石涛、石溪。渐江开新安一派，石溪开金陵一派，石涛开扬州一派。画禅宗法，传播大江南北，成鼎足而三之势。后人多奉为圭臬。"可见渐江及新安画派在清代画坛的巨大影响。其实，石涛、梅清开黄山画派，而渐江开新安画派，彼此关联甚密，至今仍为明清画派画史研究的一大重点。

晚清以降，新安画派逐渐衰落，直至清末民初、五四前后，新安画坛又起新潮，黄宾虹、汪采白等画家又高高举起新安艺旗。在黄宾虹的影响下，新安画坛得以复兴，涌现出一大批著名画家，如许承尧、江彤辉、张翰飞、汪律本、程璋、吴鸿勋、吴淑娟、汪琨、汪铎、汪滋等。黄宾虹还先后著有《新安派论略》（1935）、《黄山画苑论略》（1926年）、《黄山丹青志》（1939年）等十数篇专文，对"新安派"之源流、特征以及主要画家生平、事迹轶闻、画迹遗著等做了叙述，对新安地区（徽州）画家群落进行了系统梳理和介绍，并对新安画派的艺术风格、艺术成就、艺术传统等进行了分析和论述。这些著述在当时的上海、北京、安徽都产生了广泛影响，尤其是引起了沪皖两地画家们的共鸣，促进了"海派"与"徽派"的交流与关联，有力推动了"徽派"艺术精进，也在很大程度上影响了"海派"艺术发展。由渐江所开创到黄宾虹所发展的新安画派的优秀传统，就是"师古人兼师造化"的有机结合，就是"有序传承而借古开今"的自觉自律，就是"外师造化、中得心源"的深度统一，就是"坚持笔墨精进、笔墨当随时代"的创造拓新。这一生生不已的优秀传统推动着安徽绘画艺术的不断进步。

二、西风新潮——走出本土的求索

20世纪前半叶，文化的西风东渐伴随着社会的动荡战乱。为寻求新的生存环境和探索艺术发展新途，一些安徽画家走出封闭的家乡，走向开放的京沪等地，走向西方世界。他们有的蛰居上海成为海派重要画家，如汪律本、程璋、吴鸿勋、吴淑娟、汪琨；有的寄居京城成为京派画坛翘楚，如萧谦中；有的先后留法成为融合中西美术的开拓者，如王子云、刘开渠、潘玉良、吴作人、朱德群。这些画家从不同途经、以不同方式融入了西风新潮，在"沟通古今、融合中西"方面卓有建树，但是已不完全隶属于本土艺术范畴，而成为其他地域或境外艺术的组成部分。然而，他们的艺术或于异域艺术特质中蕴含安徽文化基因，而呈现不同凡俗的神韵风姿；或以不同方式反哺故土，影响和推动了安徽绘画艺术发展。譬如，安徽省博物院"潘玉良美术作品陈列馆"的120余件各类代表性作品，就是画家生前嘱托捐献而逝世后由朋友帮助从海外运抵安徽的。

三、新安徽新美术——拓荒者的足迹（1949—1959）

中华人民共和国成立后的10年，是我国和平稳定、百业俱兴的时期，也是新安徽新美术的拓荒时期。1954年"安徽省首届美术作品展览"仅展出十余位画家的三十余幅作品，让人们第一次熟悉了萧龙士、王石岑、童雪鸿、郑震等老一辈艺术家的名字。1956年"安徽省首届青年美术作品展"和1959年"庆祝中华人民共和国成立10周年安徽省美术作品展"，其展览的规模、作品质量的水准、画家队伍的壮大以及浓郁的学术气氛，都折射出当时社会政治经济生活的稳定、发展和繁荣。"艺术家关注现实生活，热情讴歌党和人民的丰功伟绩，成为这一阶段的创作主题。特别是在学术思想上，开始意识到人类文化艺术的发展，既与时代生活脉搏紧密相连，又与孕育和滋养它的土壤和传统文化的传承不可分割。"安徽省文联在中华人民共和国成立10

周年编选出版了《安徽木刻选集》《安徽历代名人画选》《梅清画册》，收集整理了《明清徽派版画》等，为传承弘扬安徽古代的优秀艺术传统做了奠基性工作。多彩的现实生活与深厚的历史传统相撞击，使这一时期的艺术呈现出新的面貌，在中国画、油画、版画等画种中都产生了一批有影响的作品。为新安徽新美术做出拓荒性贡献的一批艺术家有版画家郑震、周芜，国画花鸟画家萧龙士、梅雪峰、梅纯一、申茂之、光元鲲，花鸟画家兼篆刻家童雪鸿，山水画家王石岑、懒悟、张君逸，山水画家兼花鸟画家黄叶村，油画家鲍加，以及1955年从上海加盟安徽的画家孔小瑜、徐子鹤。

四、新徽派——艰难曲折中创新（1960—1978）

20世纪60—70年代是共和国艰难曲折发展的岁月，60年代初三年经济困难，1966—1976年十年"文革"，其间只有短暂的稳定发展时期。然而，安徽绘画在艰难曲折中创新发展，其中最为突出的当属"新徽派版画"的崛起。1960年，时任安徽省委宣传部副部长兼省文联主席、党组书记的赖少其，组织张宏、师松龄、陶天月、郑震、周芜、易振生等版画家去安徽各地体验生活，学习徽派版画艺术传统，创作了大型套色版画《黄山后海》《节日的农村》《旭日东升》《黄山宾馆》《梅山水库》《水库工地》等作品，布置于人民大会堂安徽厅。70年代中期，赖少其再次组织师松龄、陶天月、林之耀等到淮河流域和全省各地写生采风，相继创作了大幅套色版画《淮海战歌》《淮海煤城》《金色的秋天》《丰收赞歌》《淮河之晨》《百万雄师过大江》《陈毅吟诗》《毛主席在马鞍山》等作品，于1979年再度布置于人民大会堂。这些作品先后参加各届全国美展，在美术界和社会上都产生了广泛影响。这些传承弘扬徽派版画艺术优秀传统，具有鲜明时代特色与地域特色的版画，被李桦先生和古元先生称之为"新徽派版画"而载于史册。此外，王石岑的"新山水画"、徐子鹤的"新黄山画"、申茂之的"新工笔花鸟"、张君逸的"写意青绿山水"，以及懒悟的"禅意水墨山水"等等，这些新徽派艺术之花在不自由的环境中艰难地绽放。

五、新气象——改革开放中复兴（1979—1999）

1979年拨乱反正、改革开放后出现了民主、和谐、奋进的文化氛围，美术界呈现出一派欣欣向荣的复兴景象。在新形势下，安徽省美术界有过一系列重大举措：1979年安徽省委决定恢复省文联、省美协，同时成立了安徽省书画院，各地市也相继成立画院或书画院，促使美术创作队伍发展壮大。1983年12月《安徽版画作品展》在中国美术馆举行，这是"新徽派版画"整体首次亮相，继后又赴挪威展出，在美术界尤其在版画界影响很大。1984年安徽省艺术研究所、省美协、省博物馆等共同举办"纪念渐江逝世320周年国际学术研讨会"和"新安画派名家名作展览"，美国、英国、日本及中国台湾、香港地区和国内的著名汉学家、美术史论家、画家300多人到会观展研讨，提交学术论文100余篇。这项活动大大扩展了艺术家们对传统的认识，也向海内外展示了安徽的优秀文化传统，对于推动当代安徽乃至全国绘画的发展产生了重要影响。1985年、1986年中国美术研究所、中国版画家协会分别会同安徽省美协在泾县、黄山召开了"全国油画艺术研讨会""全国版画创作座谈会"，这两个会议对当代绘画发展的一系列重大问题进行了探讨，确立了中国当代绘画艺术在历史进程中的使命与方向，影响十分广泛深远。

安徽画家们在创作实践中逐渐体现出新的审美观念和情趣，绘画题材、内容、形式风格呈现多元化，创作心态更为轻松自由。"他们以宽敞的情怀关注文化传统和中外艺术思潮并加以吸收和融合。很多作品从直观地、单纯地、表面地描绘自然景象和生活情趣的探讨，转向强调作品深厚的内涵。"因此，在第六、七、八届"全国美术作品展览"、历届"全国版画展览""全国油画展览""全国水彩水粉画展览"等全国性大展，以及1993年由安徽省承办的"全国首届中国山水画展览"中，安徽省作品入选参展获奖，都取得了好成绩。1998年、1999年安徽中国画的"北上南下"特别为全国美术界所瞩目。1998年9月，安徽省书画院"黄山风"中国画作品展在中国美术馆举办，展出了22位特聘老画家和院内画家的150件书画作品。1999年2月，省美术家协会举办的"安徽当代中国画展"在广东省美术馆举行，展览汇集了包括已故画家在内的全省老中青国画家的110幅作品。两个展览显示出安徽中国画画家继往开来的胸怀，体现了对徽派时代审美风格的开启与追求，促成了新徽派地域美术风格的自觉与自省，推动了新徽派中国画艺术的纵深发展。

在新时期，新徽派版画继续大放异彩，在全国保持独特优势，新徽派国画开启新境界而保持良好创作势头，油画、水彩画追求鲜明地域特色而涌现了一批在全国有影响的作品，艺术设计、雕塑、连环画、漫画、少儿美术等艺术门类也都取得了很好的成绩。在新时期，各画种创作呈现出勃勃生机的景象，省展、个人展活动更是频繁。不少画家走出国门，进修、考察、举办画展，足迹遍布欧美、日本、东南亚诸国以及中国港台地区，对外文化艺术交往日趋频繁。

六、新世纪——再创新徽派辉煌（2000—现在）

新世纪是安徽美术走向文化自觉，再创新徽派辉煌的时代。2000年3月，安徽省文联、省美协为贯彻落实省委、省政府"打好徽字牌"的指示精神，联合召开了"世纪之交·安徽美术发展研讨会"，全省80多位理论家、画家参加了研讨。会上聚焦"安徽美术新徽派发展战略"问题进行了系统深入的研讨和论证，并针对"新徽派美术"的整体推出，提出了21世纪安徽美术工作"关注时代生活，体现地域特色，弘扬徽派传统，重铸世纪辉煌"的发展战略。此24字战略方针，得到了全省美术家的广泛响应，很快就在各画种的创作中取得了可喜的成果。

2004年11月，以"中国百年水彩"为主题的"首届黄山·中国美术论坛"在黄山市举行，同时举办中国美协水彩画艺委会委员及特邀画家作品展。2007年5月，以"当代山水画发展"为主题的"第二届黄山·中国美术论坛"在合肥市开幕，同时举行中国山水画名家邀请展，展出了31位画家在黄山和徽州民居写生的90幅新作。这两届论坛理论研讨的内容和活动中的展览作品，都明显地凸现了全国的理论家、画家对安徽人文、自然的关注和重视。

"安徽美术大展"是新世纪以来定期举办的全省画展，展览内容包括中国画、油画、版画、雕塑、水彩粉画、艺术设计、综合画种，它全方位地集中展示和检阅了安徽美术创作的成果与进程。"首届安徽美术大展"于2004年由安徽省文化厅、省文联、省美协共同举办。大展迄2017已举办六届。展览推出了很多佳作，画家追求个性风格的特点在展览中得到体现，一些作品还展现出强烈的徽派文化内涵，让人从中感受到安徽美术的独特优势。

2005年9月，第16届国际造型艺术家协会代表大会（简称第16届国际美术大会）在安徽合肥举行，会议由国际造型艺术家协会、中国美术家协会、合肥市人民政府联合举办，合肥安美集团承办。来自世界五大洲的50多个国家的108名代表参加了本次会议。来自国内的中国美术家协会的主席团成员，全国各地的文联、美协，以及美院、画院的主要负责人与著名美术家、美术理论家500多人参加了大会的各项活动。大会期间，举办了"第16届国际美术大会美术特展"，展品为出席本次大会的各国美术家的代表作品和国内美术家应征作品，艺术流派纷呈，风格形式多样。经大展评委会认真评选，共选出219件作品入展，其中安徽有30件作品入选。与此同时，由安徽省文化厅、省文联、省美协、省书画院等单位联合举办的"明清时期新安画派艺术精品展""徽墨百家中国画邀请展""首届安徽省油画家作品提名展""新徽派版画赴法作品回国汇报展"在安美艺术城展出。上述系列活动在国际国内产生了广泛影响，也提升了徽派美术的整体形象和美誉度。

2008年12月30日，由合肥市委宣传部、合肥市文联、亚明艺术馆主办的"传承与缅怀——二十世纪安徽中国画八家（萧龙士、孔小瑜、懒悟、申茂之、光元鲲、童雪鸿、王石岑、徐子鹤）作品展"（简称"八老"画展）在亚明艺术馆开幕。同时还举办了学术研讨会，省内外40余位美术理论家、画家参会，对"八老"的绘画成就和艺术思想进行了深入探讨。讨论中大家认为，"八老"是新徽派绘画的开拓者、创造者，但长期被淡忘了、忽视了，甚至其中有的画人画艺被完全忘却或遮蔽，新徽派绘画艺术的传承发展出现了断裂。因此，"八老"画展对于系统梳理和重新认识新徽派绘画艺术谱系非常重要。有美术理论家指出："'八老'曾经被忘却，现今被重新记忆，当下'八老'画展是将中华人民共和国成立后安徽绘画发展链条断裂、缺环的重新链接、弥补，是对新徽派绘画艺术谱系的一次回溯、反思、重新认识和再次构建。站在20世纪后半叶中国美术发展的高度来看，'八老'绘画无疑具有历史价值与现实意义。"（刘继潮）"懒悟、王石岑、萧龙士等人的绘画艺术，放在20世纪后半叶整个中国画坛都是突出的，都应占有一席之地。我们对其认知把握还是粗浅的，对其学术研究还是初步的，随着研究和认识的深入，其价值与意义会逐渐彰显。"（尚辉）

历经三年策划筹备的"经典回顾与现代思考·中国画学术系列活动"，于2009年10月24日在安徽省博物馆拉开帷幕。本次活动是在中国美术六十华章的节点上，由中国美术家协会、安徽省文化厅、安徽省文联和合肥市人民政府共同主办的一次高规格、高品位、地域性俱显的国家级学术活动。系列活动包括举办"新安画派作品展""全国中国画作品邀请展""安徽中国画作品邀请展"三个大型展览，举办"经典回顾与现代思考·中国画继承与创新研讨会"，推出《新安画派作品集》《全国中国画作品邀请展·安徽中国画作品邀请展作品集》画集，出版《当代中国画研究论文集》《近现代中国画研究论文选集》。此次"经典回顾——新安画派作品展"是从省博物馆馆藏的400多件新安派作品中，精选了22位新安画派和相关画派代表人物的共140件精品，可谓山水画艺术的一次盛宴。展出的渐江作品有《山水长卷》《长林逍遥图》等17幅，查士标作品有《董华亭》《溪山深秀》等12幅，此外，还有孙逸、汪之瑞、程邃、戴本孝、萧云从、方以智、石涛、梅清、黄宾虹等若干作品参展。"现代思考——全国中国画作品邀请展"由中国美协邀请在中国画创作领域成果显著的吴长江、于志学、刘健、姜宝林、孙永、杨力舟、田黎明、程大利等30位画家的58幅作品参展，反映了当代中国画创作的整体实力，凸显了当代中国画继承与创新学术实践的作用和价值。由安徽省美协组织的"现代思考——安徽中国画作品邀请展"，推出了以赖少其、王石岑、孔小瑜、萧龙士、申茂之、张君逸、黄叶村等为代表的82位20世纪以来安徽本土国画家的94件佳作，整体上体现了当代安徽中国画家们在传承新安画派优秀传统的基础上，抓住地域性、时代性、学术性等要素，推进新徽派美术品牌向纵深发展。"经典回顾与现代思考·中国画继承与创新研讨会"在合肥市政务文化中心会议厅举行，来自全国的200多位知名画家、理论家出席了研讨会。研讨会主持人邵大箴教授称："本次活动是一项高水平、前沿性、有特色的重大文化活动，其学术议题与艺术主张在当代中国画坛的辐射效应将是巨大而深远的。"

弘扬新安画派传统，再创新徽派辉煌，已成为安徽绘画界、学术界的一种自觉自律。2013年安徽省书画院学术年会推出"安徽历代书画家个案研讨"，迄今研讨的书画家个案有萧云从、程邃、李公麟、查士标、邓石如、汪采白，特邀省内外专家学者参加研讨，并整理出版个案研讨专辑，在省内外美术界、学术界产生了一定影响。安徽省书画院2016—2017年推出"重走新安路"系列画展（山水画展、花鸟画展、人物画展、中青年画家个展），展示了对新安画派优秀传统进行传承弘扬的实践成果与探索历程。

铭记历史，不忘初心，以美术的形式记录和反映近代以来安徽波澜壮阔的历史，描绘安徽仁人志士为中华民族复兴与国家强盛的奋斗事迹，成为安徽美术界的一种责任。2013年，中共安徽省委宣传部、安徽省文化厅、安徽省财政厅组织实施"安徽省重大历史题材美术创作工程"，创作了《徽商与胡雪岩》（油画）、《洋务运动与李鸿章》（雕塑）、《台湾首任巡抚刘铭传》（雕塑）、《孙家鼐与京师大学堂》（国画）、《辛亥革命·安庆起义》（油画）、《新文化运动与陈独秀》（雕塑）、《立夏节起义》（版画）、《淮海战役之双堆集战役》(油画)、《渡江第一船》(国画)、《两弹元勋邓稼先》(油画)、《淠史行水利工程》(国画)等历史题材作品，以及《阜阳小岗村大包干》(版画)、《自主创新铸品牌》(版画)、《现代城市建设者——农民工》(国画)等现实题材作品，共计50件。这些作品以主题鲜明、规模宏大、具有史诗品格而令人瞩目。

新世纪以来，涌现了一批具有民族风格、徽派风韵的油画、水彩画佳作，在全国画坛产生了一定影响。2015年11月6日，"城市·艺痕——合肥与国内友好城市暨中部省会城市油画、水彩艺术联展"在合肥久留米友好美术馆开幕，本次展览集结了全国14个城市的120余幅画作。与温州宁波画家执着于滨海风情、武汉画家执着于都市风姿、银川画家痴迷于西部生活场景、兰州画家作品明显带有丝绸之路敦煌壁画烙印等不同，合肥画家钟情于皖山皖水、徽州老街古村，展现出独特的徽风皖韵而与其他地域文化拉开明显差距。

推进外来画种的民族化、本土化，以中化西、以西润中，已成为安徽油画、水彩画界的一种共识。2016年11月1日，由安徽省文联主办、省美术家协会承办的"艺术为人民——柳新生水彩画展"在中国文联文艺家之家展览馆开幕；2017年9月19日，由中国美术家协会、安徽省文联主办，安徽省美术家协会承办的"艺术为人民——鲍加油画作品展"在中国文联文艺家之家展览馆开幕。鲍加、柳新生两位老画家长期扎根生活，贴近时代脉搏，致力于表现新时代、新生活、新气象及其新的审美情趣，并着力体现民族文化传统与地域文化风采，尤其是他们晚年的绘画创作构成了新徽派油画、新徽派水彩画的新风格、新境界。

新徽派版画在经历了20世纪六七十年代的一度辉煌、八九十年代的多元发展之后，新世纪以来又有新的突破与超越。2017年8月12—21日，"锦绣中华——当代新徽派版画作品展"在中国美术馆展出，这是继1983年"安徽版画展"、2007年"黄山魂·新徽派版画展"之后，当代新徽派版画的又一次整体面世亮相。它反映了当代新徽派版画艺术的新成果和新走势。新世纪以来，尤其是近几年，安徽版画界传承弘扬徽派版画的优秀传统，着力寻求新徽派版画的发展与突破。他们紧随时代脉搏，积极进行重大题材创作。这次展出《大美黄山　迎客天下》《九华灵境》《齐云丹霞》《天柱神韵》《盛世黄山》以及《台湾太鲁阁》《澳门大三巴》《香江华彩》巨幅版画作品便是体现。《大美黄山　迎客天下》等巨幅版画的创作成功，是新徽派版画艺术的又一次升华和突破。它适应现代建筑大空间的艺术装饰需求，满足现代生活大容量的公众审美需求，以现代绘画形式语言表达现代人的审美情趣，体现了新徽派版画艺术的最新探索与审美追求。新徽派版画家们一方面继续传承古徽派版画技艺，更广泛地从徽州三雕（木雕、石雕、砖雕）、汉画像石、古代壁画、民间绘画等汲取营养，另一方面横向借鉴国画线条造型、金石篆刻技法、西画色彩表现等，并在传统刻印方法的基础上适当采用现代镌刻、印制手段。新徽派版画家们不仅表现了他们非常熟悉的题材如安徽的黄山、齐云山、九华山、天柱山，而且表现了对于他们而言属于新题材的台湾太鲁阁、澳门大三巴、香港维多利亚港湾，这表明他们着力于本土自然文化的表现时，开始探索其他区域自然文化表现的一种努力。

　　新徽派绘画是一种开放发展的艺术体系，它与其他地域绘画尤其是新海派绘画有着高度关联性。为增进沪皖两地美术界学术交流，提升新海派、新徽派中国画当代学术高度，扩大新海派、新徽派中国画艺术影响力，由上海市美协、安徽省美协共同策划主办的"新海派·新徽派中国画名家邀请展"，于2017年7月、12月分别在上海、合肥两地举办。这次邀请展，推出了上海30位画家的70幅作品，其中特约上海老一辈画家画作的有刘海粟、丰子恺、关良、林风眠、陆俨少、程十发、陈佩秋、方增先、张桂铭。推出了安徽31位画家的70幅作品，其中特约安徽老一辈画家画作的有萧龙士、孔小瑜、光元鲲、张君逸、王石岑、赖少其、徐子鹤、张建中、裴家同、郭公达。他们或传承弘扬新安画派优秀传统、借古开新而独树一帜，或吸收徽派海派艺术精髓、综合创新而自成一家，或在山水画花鸟画某一方面勇于探索、终生精进而驰誉画坛。他们承前启后，继往开来，为徽派绘画艺术的现代发展树立了典范，确立了水准。"新海派·新徽派中国画名家邀请展"是沪皖两地美术界的高端学术交流展示，也是海派、徽派艺术情缘的又一生动见证，是两地艺术家再续海派、徽派之高风雅韵的又一自觉践行。此次画展暨研讨会学术主持尚辉指出："从中可以看到海派与徽派的高度关联和相互影响，看到新海派海纳百川、变古创新的艺术气度特点，也看到新徽派师古不泥、承古开新的艺术传统特点。"

（本综述参考了刘继潮、鲍加、王永敬诸先生的观点和文章，特此说明）

参考文献

[1] 郭因等：《新安画派》，安徽人民出版社2005年版。

[2] 鲍加：《大江东去 长流不息——回溯安徽美50年》，骆惠宁主编：《安徽美术50年》，安徽美术出版2000年版。

[3] 鲍加：《艰难困苦年代诞生的安徽省美协》，《安徽省文艺界》2016年第1期。

[4] 刘继潮：《地域特色与安徽中国画发展构想——论安徽中国画创作》，方兆祥主编：《安徽当代中国画集》，1999年。

[5] 王永敬：《新徽派美术的文化自觉——安徽美术30年回望》，《文艺百家》2008年第2期。

[6] 陈祥明：《表现时代风采 描绘大美中华——新徽派版画艺术发展概观》，《锦绣中华——当代新徽派版画作品展》特刊，镜报2017年8月版。

[7] 陈祥明为《徽派美术与当代美术发展》所写的长篇序言，本书由陈忠强、陈祥明主编，安徽人民出版社2018年版。

文艺记忆

关于季宇

温跃渊

书边漫语

谈正衡

关于季宇

◎ 温跃渊

一

认识季宇也都40年了。

那时他写了一篇小说《送行》，写他在山东省长岛上的部队生活，写文书小何同连指导员老何的故事。

季宇出生在江城芜湖，但一岁时便随身为抗日老战士的父母来到合肥，住在省邮电局宿舍。省邮电当时地方很大，东临安徽日报社，西临六安路，南至安庆路，北至淮河路，是李鸿章家族的祠堂。淮河路西边斜对面也有一幢高大的房子，也是古色古香，是省高级法院，他长大后才知道，这是段家祠堂。祠堂里有一棵大桑树，季宇就带着一帮孩子晚上偷偷去采桑葚子吃，吃得满脸乌紫乌紫的，像个花狗屁股。季宇小时候很"废"的。"废"是合肥土话，即顽皮、讨厌之意。中小学期间，他常常惹是生非。那时候，他与现在颠倒过来，爱武不爱文，爱动不爱静，踢足球，打篮球，举杠铃，摔石锁，拜师学武，玩枪弄棒，样样都来。

爱上文学，是下乡插队时。在一个梅雨天，不出工了，一位"插兄"借给他一本外国小说，没头没尾，也没封皮。但他爱上了这本小说，连看了两遍。"四人帮"被粉碎后，他排着长队从新华书店买到了法国作家司汤达的《红与黑》，这才知道当年下乡时看的就是这部世界名著。

在农村待了一年多，季宇就去部队当兵了。那时参军也是为了寻一条出路。一日，连里让他整理一个标兵的讲话稿。初稿写成后，让他送到团报道组去修改。团报道组的生活让他这个大兵很是羡慕。哎呀，那简直就是神仙过的日子！不用站岗，不用训练，吃饭还能吃小食堂。工作嘛，也就是这里跑跑，那里转转，还美其名曰"采访"。回到连队后，季宇就琢磨起写报道的事来。他仔细地分析了一下报上的文章，根据连队的训练，他找了一个好角度，很快写了一篇报道，一下就在济南军区的《前卫报》发表了。《前卫报》是大军区的报纸，影响很大，连班里的战士都能看到。季宇这下出名了，马上被抽调到团里，接着又调到师报道组。那期间，季宇又写了好几篇报道，其中有一篇长通讯《水的故事》还上了《解放军报》的头版，这还怎生了得！这在师里是放了一颗史无前例的"大卫星"啊！他因此获得嘉奖。

从部队转向文学创作是在1978年。他从部队转业，在安徽大学读书。那时他看了大量的文学作品，同时也有了一股创作冲动。在季宇的人生经历中，父亲对他影响很大，这种影响是潜移默化的。父亲不搞艺术，但对艺术有一种根深蒂固的情结。他写好第一篇小说后，便立即拿给父亲。其时，当时父亲正在病中。老人戴着老花镜，看得很是认真。父亲认为，有耕耘就会有收获。父亲的鼓励，给了他很大的信心。在季宇文学起步的过程中，除去父亲的鼓励之外，给他帮助的人很多，但最早则是王春江、林效成和温文松。经同学介绍，季宇首先认识了合肥市的作家王春江。王春江对他很热情，经常与他谈人生，谈文学，还交流读书心得。王春江一直鼓励季宇，要他写东西。这样，季宇便鼓起勇气写了他在部队的生活《送行》，忐忑地给了王春江。不想当天晚上，王春江便到他家来了，说此稿完全可以发表，并建议他把稿子送给合肥市《文艺作品》杂志的编辑林效成。

不久，这篇小说便发在《文艺作品》1978年11期上。看到刊物的当晚，几个同学吵着要季宇请客，于是季宇就很慷慨地带他们到龙河路上的一家小饭店猛吃猛喝了一通。后来，在我同事的女儿项小姐的引领下，季宇到我家里去了一次。据说那是他的处女作。现今，评论家们甚至包括季宇自己，都把《送行》这篇小说误说是1979年在《希望》发表的，这是不准确的。《希望》是1980年才由《文艺作品》改刊的。我这里有全套《文艺作品》的合订本，铁证如山。作为当年的当事人，我这里要为此发布一个义务而又权威的更正，以正视听，以免后人以讹传讹也。

二

1981年，季宇的另一篇小说《同胞兄弟》在《安徽文学》8月号发表，这是季宇起步阶段的一个突破。这篇小说年底还被《安徽文学》评为一等奖，奖金120元，近三个月的工资。其间，老编辑温文松先生给了季宇很大帮助。季宇这时在省内的文学界也算是挂上号了，很快就加入了省作协，并出席了1982年5月在马鞍山召开的全省第二次青年创作会议。季宇的作品也接二连三地在《清明》《上海文学》《青春》《萌芽》《收获》《十月》等全国的刊物上发表了。

我在1981年调省作协当秘书，季宇在1984年调《安徽文学》做编辑，都在一个锅里搅勺子，自然便处得更熟了。

季宇在刊物兢兢业业做编辑，业余则勤勤恳恳忙写作。

一分耕耘，一分收获。转眼间，季宇到安徽文联已十年。十年河东，十年河西。1994年，安徽省作协等几家单位联合召开了季宇小说研讨会，主要谈他这一时期的中篇小说《当铺》等。这年第4期的《清明》刊登了部分同志的笔谈发言。编者还在文前写了几句按语，说，季宇主要写小说，但又不仅仅写小说，他的报告文学，他的历史人物传记，都有一定的影响。他还写散文，写杂文，写文艺随笔。可以说，他是一位勤奋的作家，越来越引起全国文学界的广泛关注。

距今25年前，文联的老一代作家都依然健在。新中国第一代工农作家陈登科说，当铺老板是一个写得很成功的人物，他的悭吝简直被作者活生生地写到骨头缝里去了。他又说，季宇的创作在安徽青年作家中是比较突出的。他写得扎实，题材面也很广，但他并不"炒"自己，季宇"吃亏"之处在于不会自我宣扬、自我吹捧，只知埋头写作，不会大喊大叫，不会广交媒体朋友为其鼓噪，为其叫卖。季宇太老实了！

鲁彦周先生说，文如其人。季宇为人忠厚沉稳。他的早期作品，都写得比较"稳"。这种稳，不是政治上的"稳"，而是作品所体现出来的一种艺术风格——平和、温厚，他把思考深深地巧妙地隐藏到日常生活的细节之中，让读者于潜移默化之中，接受和理解作者对社会的深刻观察。我比较喜欢他的《当铺》。这部小说，包含了小说的一切因素，在一幅旧中国半封建半殖民地的风俗画上，写了人物命运的大起大落，最后归结到旧中国最大的恶势力军阀，完成了一个真实的历史画面。他代表了一个历史的象征，很有意义。这部小说，戏剧性很强，一开始便展开矛盾，一步步发展下来，人物性格、时代风云便在这冲突中突现出来，体现了相当的功力。听说这部小说已被改编成电影，我想这同样是一部很有观赏价值的影片。应当说，《当铺》这篇小说，只体现了季宇的一种风格，他的长篇传记《段祺瑞传》也是我比较喜爱的。一位青年作家能够沉下心来，潜心创作，并且收获丰硕，值得庆贺！后来，以《当铺》改编的电影获得第二届北京大学生电影节优秀故事片奖。

三

季宇的"进步"，是在人到中年。他先是做了《清明》的主编并选为省作协主席。刚刚复刊的《安徽文学》没有主编，党组便让他一肩挑，也好通盘考虑两个刊物的稿件：《安徽文学》重点发短篇，《清明》则以中篇为主。

转眼间到了安徽文联换届。文联换届可是件大事。我经历了60个年头的文联换届。50年前恢复文联的选举，很是折腾，弄了半个多月。31年前省作协换届，更加热闹。事后，担任大会组织组副组长的祝兴义到了我家里，说："跃渊，我把整个选举内幕告诉你，你可以写一部精彩的报告文学。"

我当然也知道写出来很"得味"，但是我没有写。

然而到了文联近些年的换届，则是比较风平浪静，这也是季宇的时来运转，两个文联重要刊物的主编，加之已有省作协主席的头衔，按合肥话说，是"顺汤顺水"地做了安徽文联的主席。私下我对季宇说："你这是真不得了了！你这是四个'主'啊！但凡搞文的人，包括我在内，能混到其中的一个'主'，也都是老坟冒烟了！在安徽文联，谁人能比！但也容易招人羡慕嫉妒恨哪！"

季宇听了，淡淡一笑而已。

四

季宇依然很是谦和，没有一点点架子，对我也很尊重。20年前，我出了一本《小岗纪事》，他便写了一篇《为历史存照》在《文艺报》发表；对我的《女监采访实录》，他也主动在《新安晚报》发表了评论，可惜删得太多而原稿也不在了。2018年改革开放40周年，他对我的《见证小岗》热情地写了序言，并在好几家报纸发表，还写了一篇长文《一个人和一个村庄》，写我和小岗村的故事，在省报上发了，还引起了省领导的关注。我办画展时，他以文联主席身份代表文联致辞；我的著作要开研讨会，他在医院住院，打过电话向我告假了，但开会时他竟然还是抱病赶了过来。这些都很令我感动。他还不止一次地向我打听林效成的情况，并一再要我代他向林编辑问好。这也同样令我感动。不像有的人，发了一点东西后，鼻子翘得像大象。

这期间，季宇还出版多部长篇小说和长篇传记，百万字的《新安家族》，40万字的《燃烧的铁血旗》，以及《段祺瑞传》《淮军四十年》《权力的十字架》《王朝爱情》《猎头》《爱的复奏》等等，并先后获得中宣部"五个一工程奖"、星光奖、飞天奖、金鹰奖等。2018年，是季宇创作的井喷期，他一连在《中国作家》《人民文学》《作家》《长江文艺》《当代》等刊物上发表了《救赎》《最后的电波》《假牙》《金斗街八号》《归宗》等5部小说。这些小说一发表，就被《小说月报》《小说选刊》《新华文摘》《中华文学选刊》等刊物转载，产生了很好的社会反响。这一年，季宇还斩获了"人民文学"奖。这些作品的发表和获奖，说明在攀登文学高峰的路上，季宇仍在奋力前行。

季宇还写过一篇关于我的文章，表扬我对文学的执着和记日记的坚守，但同时也揭发我打麻将时爱手舞足蹈，大呼小叫，有些得意忘形。说的是二十年前我们开全国文代会时住在北京饭店的事。有时间，有地点，赖都赖不掉。

2012年冬，安徽省报告文学学会换届。我由于年龄原因，提出由季宇接任。此外，季宇还担任过鲁彦周研究会的会长。这两个"会"，我和周志友等都与他一起共事。作为报告文学作家，我们每年都要一起到江南淮北去采风，扎根人民。去肥西采风时，季宇写了《桃花镇掠影》，我则写了《桃花情缘半世纪》；去肥东采风，他写包公文化，我写非遗文化……在他担任鲁彦周研究会会长期间，在上上下下的支持下，我们一起发起设立了鲁彦周文学奖，建成了鲁彦周纪念馆，为培养文学新人，为弘扬鲁彦周精神，做了自己应该做的事。现在这两个"会"的会长都移任给周志友了，季宇身上的担子轻了。但两个会的一些事情，我们都还在一起商量着。

现在我们都不打麻将了，爱在一起掼掼蛋（当地的一种纸牌游戏）。当了赢家的季宇有时也很忘情。一次我们在火车上掼蛋，他也大呼小叫起来，我说这是公共场合，忙用手去堵他的嘴，竟然也没堵住。嗬，没有了四个"主"的季宇，也是凡人一个哪！

2019年3月24日

书边漫语

◎ 谈正衡

味觉的境界

一本吃货书，也是我第一本拿版税的书。

本是江南老饕客，浮生为吃不为诗——这只能说，嘴巴的地位并不高。我也从来没去想过胃肠离文学到底有多远。

朋友们周末来家里打牌下棋，到了吃饭时，咱就扎起围裙从容下厨，持刀切肴肉，洗手做汤羹。在一些年节或特殊的纪念日里，常有一大帮子人跑来要给我帮厨，而我只管掌勺，烧出几个指定的菜就行……这已成惯例，且也总令我心动。操厨与码字，都是讲究一个兴味，兴之所至，调和五味，完美的标准，是兴味大于口味，是纯然一派清新。

舌头翻身，欲念有了高度，当美食日渐成为一种文化、一种时尚，雅俗共赏也就成了一种趋势。家厨与食府，会搭起各自不同的景观，味道的厚薄、人情的冷暖，行云流水，自在其间。一般说来，生长于水软风轻的江南，我们的舌头总是柔软的，青花汤碗里喝尽前代好多辈子的味道，这就很容易让我们获得一种美食之外的品味和思想。

左手司镬，右手码字。草草杯盘供语笑，莘莘情怀起乡愁。有月或无月的夜色中，我会立在阳台上思一下乡。

这类口水字，积分多了，我就通过朋友交给北京磨铁图书公司策划做书。磨铁最为乐道的，是出过《明朝那些事儿》《盗墓笔记》《历史是个什么玩意儿》。磨铁将我原先定名的《江南味道》(另备名《食色江南》)改名为《梅酒香螺嗍嗍菜》,当当网上的广告语是"继梁实秋《雅舍谈吃》、汪曾祺《故乡的味道》之后的最经典的美食散文"……这姿势涨得有点太离谱,但为了营销,也能理解。

设身处地替出版人想,在写食主义早已刮走强劲风头的当下,再来扯旗,口味必须打上鲜明的地域标记。鲈烩莼羹,情属江南,怀乡兼思古,又饱含故土的灵秀之气和烟雨空蒙,或许还有点招摇的余地。人生百味杂陈,藏在味蕾中若远若近的乡愁自然是其中一味。中国文人的怀乡诗文中,"故乡的风味"总是抒写不尽的话题,从知堂兄弟到郁达夫,到梁实秋、汪曾祺,到近前的车前子、沈宏非,说起口腹的往事,舌尖上泛起家乡的味道,笔下起着浓浓淡淡的忧伤,便成了脍炙人口的篇章。

乡情和乡愁,是味蕾与灵魂共同的怀想。那一次散文家吴泰昌先生从京城来芜湖,直言要吃一点老芜湖味道,我特地叫出酒店老板,加点了水磨大椒蘸臭干子和冬笋、火腿汤煲臭干子,令他食时说是找回了记忆,连呼过瘾! 而在我自己,每年春深时,我的一个表妹总是要给我送来老家的"蒿子粑",让我的肠胃返一次乡。犹不能忘怀的,是老屋后园竹林里长的"节菜",用来炒腊肉,吃入口中,微甜的鲜汁慢慢地滑过味蕾,唇齿之间便盈满嫩嫩的清香,真是别有一番滋味在心头呵! 因时空的差异,一些民间的食物夹杂童年的记忆,历久弥香的味道,会时常引导我们回归故乡和怀念先人,一如我在此集中《村上椿树》的文尾所写下的:

"有时我禁不住想,一个人对一方故土食物的喜爱,这同他个性的形成,会不会有直接的关系呢? 我是一个有点诗性清扬的人,风来雨去,云卷云舒,每当我把乡情当作美食一起享用时,便总是止不住想起一些与我一同分享过它们的逝者。故乡的风味和流韵,如同一张旧唱片,它在我心的深处缓缓转动,风一样把我托起……"

借人间烟火烹调心情,在说味和品味中溯回内心深处的精神家园。其实,吃什么,喝什么,聊什么,都是次要,关键在于味觉能透露一种心情,一种状态，一种生存方式。于是，这本吃货书成为畅销，一版再版，数度获奖，现在市场上已有了包括软精装和珍藏本在内的三个版本。

由此而引发的体悟和思绪，或许比我们的人生路更绵延和深远。

文人掌勺，夫子自道。于我，也是一种缘分，一种境界吧？

《梅酒香螺嗋嗋菜》，辽宁教育出版社2011年6月出版，2012年参加香港书展，入"一百本好书"之围。2017年由北方联合出版集团万卷公司再版，改名为《味蕾的乡愁》，分别被国家新闻出版广电总局和国家老龄委选入"2017年百种优秀出版物榜单"，向全国青少年和老年人推荐。2017年8月参加第六届上海书展，被上海《文汇报》公布为"最值得购买的100本书"之一。

行走江南，为自己招魂

那年暮春在北京，一帮文化界朋友请我吃饭，祝贺我的《故乡失落的鸟》被出版社选送参评"第六届鲁迅文学奖"，以及另一本新书将面世。作为回报，我只能在饭桌上尽情地给他们讲述绿遍垂杨青遍草的江南，讲述江南的风物和世故人情……于是那一晚过得颇让人心存感念。

回芜一月后，终于拿到我的《二十八城记》。翻看着书中的图片，每一帧都是那般静好、清宁，恍惚中仿似旧地重回。这是关于江南古镇的游历记述，也可称作是一本主题散文集，差不多在两年前就完稿了，先后被多家出版单位看中，几番转折，最后由清华大学出版社付梓成书。

自古以来，杏花春雨江南，就是最撩拨人心的诗文。江南是我的生养之地，也是我一世情感所系的文字故乡。这么多年来，我一直在摹写江南，江南的山水、江南的美食、江南的花草、江南的蓝天鸟影和江南丝竹声里的依依往事……像一只在五月黎明时不停啼叫的知更鸟，声声诉说着江南故乡的一切一切。一个主题一本书，每一次成书，都是下一次思绪更悠长的伸展。点点青墨痕，盈盈一水间，行尽江南，写尽江南，成为此生不变的期许。

二十八城，二十八个江南古镇，以太湖周边江浙"十大水乡古镇"为主，也包含了渔梁、深渡这样放船一湾清水、迎面数点青峰的徽水古码头，以及查济、茂林这样极富徽文化色彩的古村落，甚至还收入了南陵弋江和芜湖县西河两个古镇，那是我生活和工作多年的地方，也是我心中的"边城"。

江南古镇，古韵凝重，青石板，绿苔痕，沉淀了多少人间过往。走在这样的地方，每一步都能踩着一个故事。我喜欢古镇的傍晚，斜晖散乱，黄昏默然，最能体会连片鱼鳞瓦下那些窄窄小弄的妙处。我更喜欢站在勾栏石刻的桥头，看小船穿过桥拱，船后拖曳着长长的涟漪……灵魂，由目光开始，从一条流水到另一条流水，从一片苍茫屋檐到另一片苍茫屋檐，直到暖色的灯火次第亮起。而有些古镇，好像就是为雨设置的，比如你去西塘或是塘栖，要体会烟雨长廊的妙处吗？那就在雨天里吧……立身廊棚下，看柔柔的雨丝掉落在迷蒙的河道里，听滴滴答答的雨点声打在瓦檐上，打在青石板上。

"闲梦江南梅熟日，夜船闻笛雨萧萧。人语驿边桥。"这是唐人皇甫松《梦江南》里的词句。一个敏于文字的人，是从来都不会错过任何擦肩而过的灵感。

犹记得那年梅雨初夏，我流连在太湖边的古镇南浔和震泽，因为雨，走进了一家茶馆，依花窗而坐，要了一壶碧螺春，伴着氤氲的茶香，凝望河对岸薄烟空灵的亭台楼榭，细细啜饮。忽然，两个旗袍女子抱着琵琶走到厅堂里一张桌前坐下，曼妙的评弹声悠然而起，伴着咿咿呀呀的唱，吴侬软语虽听不太懂，但音调婉转悦耳。那个早晨，我就坐在窗下，看傍水人家，看矮檐窗，绿荫掩映，石阶宛在水中央。叠影交错里，倏然间悠悠摇出一艘小船来，搭蓝印花头帕的船娘，腰肢款摆，盈盈地船尾把橹，剪出的涟漪圈圈弥散在弦音唱韵里。江南的丝竹，真的就如曼妙柔情的江南女子，总给人千回百转欲说还休的滋味。梅雨江南，一条永远看不尽的流水，一帘永远走不出的幽梦……

当我为一些古镇因无法拒绝商业化、拒绝喧嚣和拥挤而失去往日的模样内心忧伤时，就宁愿在古镇的边缘、在背街小巷转悠，免得惊碎了内心深处那般幽静而清凉的期盼。好在眼前总能闪现许多看上去像是家织的蓝印花布，依然承传着旧时江南水乡的味道。采莲南塘，摘桑陌上，似乎，只有水埠、小船、蓝印花布永远表达着江南不变的风韵。

我向来认为，当下好文章，都是植根于乡土社会而又关注现实变迁的。恋乡与怨乡，背负着故土所有历史苦难与梦想，满把文字，除却心境和语境便无足观。血缘与文化的羁绊，决定了你基本的叙事立场……一孔曲桥，一片城池，空灵而清爽。我分明望见了汪曾祺、董桥，还有周家兄弟，自然也有张爱玲，他们都坐在往日安静的时光里聊着些什么。

我不是远足旅者，我只是习惯了一个人去周边行走。在这个喧嚣的世界尽头，唯有一个人行走，才感觉到自己真实的心跳。特别是夜晚的时候，一个人走在陌生的路上，一切都是无声的，一切都是安宁的。我不想在盛世繁华里穿梭，只愿将岁月拢在身边，尽情想念那些人、那些事，和那些风土人情里的人生底色……然后，将所有的细碎一一收入我的书中。

——因为这是在江南，在我灵魂依恋的土地上，与许多人擦肩而过。

（《二十八城记》，清华大学出版社2014年5月出版）

感怀乡野，时光荏苒

敲完这部《江南节气旧时衣》书稿最后一字，长吁一口气，走到午夜阳台上舒展一下腰背。半轮亏月，正升上幽暗的东方天空。看月形，再回想中秋过去的时日，恍然记起，今宵便是八月二十二，阳历月份则是九月，后面领着同样数字，并在21：05分已交秋分。

秋深星微，凉意侵肤，自打年龄染上风霜后，对农历是越发敏感了。

生活在城市里，虽然日历无处不在，报纸、手机、电脑、电视里，每天都有提示；但季节变化、农事更迭的信息，更多还是通过头顶星月的移位和朔望亏盈以及餐桌上蔬菜递换，而源源不断地获得。

乘车出行的时候，注目乡野，春的雨，夏的风，秋的云，冬的雪……尤能感受季节携着时光在苒苒离去。

农历是记载感情的。就像对于前人而言，好日子都扎根在农历里一样，自二月二、三月三数下来，五月五端午节、六月六天贶节、七月七乞巧节、八月十五中秋节、九月九重阳节，最后为除夕三十晚高潮到来……世俗的节日，与月日代码竟然如此和谐重叠。是呵，我们这个年龄的人，早已习惯了把自己的生活节拍与大自然的月圆月缺紧密协调起来。

"春雨惊春清谷天，夏满芒夏暑相连，秋处露秋寒霜降，冬雪雪冬小大寒。"循着一条文化血脉，当我们诵读着这样万世一传的节令口诀，分明感受到一种自然的律动和天地人合一的境界，并让我们想起那些曾经有过的心灵的自由与收获的快乐。

眼下，正是采菱季节。江南节气，旧时衣容，李白写过一首《苏台览古》："旧苑荒台杨柳新，菱歌清唱不胜春……"采菱女真的坐在水塘中晃悠悠的小盆里唱过歌谣吗？吴宫掩草绣衣远，但是，确有太多腰肢款款的女子，操着清亮的吴侬软语，在江南清澈的流水里渍麻、浣衣。旁边石板小拱桥上，走过扛锄的白发老翁。

点点碎阳，袅袅炊烟。传统文化元素，始终是个人情感的根基，伴随着祖祖辈辈农耕群体，还有那些童稚清贞的容貌，由远古走来，直至现在。

从白露到霜降，从小雪到大寒；大事小事一天去，春夏秋冬又一年。

面对一个个迎面走向我们、又离我们而去的春华秋实的节令，唤醒对田园牧歌的眷恋，讲一讲关于天时、关于大地的故事，就成为很重要的事——我们已失去了太多的旧时景观，尤其是失去了太多独具中国农耕底蕴的文化记忆。

对于我来说，江南乡园，不仅是精神的停泊地，更是灵魂的皈依处。月升月落，寒来暑往，伴着草木枯荣轮转，那些分别叫作雨水、惊蛰、春分、小满、芒种和白露、寒露的天气，一直关照着我，以啼鸟的声音在午夜的窗外小声地叫喊，就像亲人一样呼唤我回到童年家中……我常常被这种声音弄得魂不守舍，我必须写出它们！

现在，我终于写出来了，就呈现在这里。

专题研究

发展美术创作

——在华东美术家协会成立大会上的讲话

◎ 赖少其

一

华东美术家协会成立后的中心任务是繁荣美术创作。为了达到这个目的，必须研究一下我们的情况。中华人民共和国成立四年多来华东美术工作的基本情况是什么呢？

华东美术工作者绝大部分参加了1952年的"文艺整风"和学习了1953年中国文学艺术工作者第二次代表大会的决议，对社会主义现实主义的创作方法有了进一步的理解，尤其学习了国家过渡时期的总路线以后，在思想上因而也在作品上有了提高。在中华人民共和国成立初期，由于客观形势的需要，特别是结合"土地改革""抗美援朝""镇压反革命"等伟大的政治运动，从1949年到1951年，漫画和群众性的美术创作有很大的发展。作为解释性的政治宣传画，如"镇压反革命条例图解"和"婚姻法图解"也大量地发行，在政治上起了一定的宣传鼓动作用。但是，这个时期，相当多的美术工作者受资产阶级思想的侵蚀和影响，未能遵循毛泽东同志的文艺方向，没有深入到群众的火热斗争中去，因此脱离政治、脱离群众、脱离实际的倾向极为严重，表现在作品上是粗制滥造、公式化和概念化。经过1952年的"文艺整风"，错误的思想倾向受到批判之后，无产阶级的思想在实际上取得了领导地位。美术工作者的思想认识提高了，都感觉到有加强政治学习、改造思想、深入生活的必要；在创作态度上也比以前严肃了，并且出现一批较好的作品，我们从张乐平的年画《妈妈安心去生产》和俞云阶的宣传画《提高生产、保证质量是热爱祖国的表现》可以得到证明。但是政治认识的提高和思想感情的改变，不是短时期更不是一次"文艺整风"能够完全达到的。这表现在政治和艺术结合不起来，到生活中去发现不了问题。因此，一部分作者不敢动笔，另有不少作者在创作态度上是严肃了，但只能表现在技术上的加工，力求表面上的"形似"。由于小心谨慎的结果，虽然扫除了粗制滥造的作风，但又产生了另一种偏向，那便是只注意细节、忽略了大体，以致人物呆板、作品缺乏个性。到了1953年中国文学艺术工作者第二次代表大会以后，美术工作者们学习了国家过渡时期总路线和社会主义现实主义的创作方法，在政治上、艺术认识上大大地提高了一步，更深切地感到思想改造和深入生活的重要，也懂得了造型艺术的根本要求：应着重于刻画人物的性格，描写人的内心世界，创造正面的典型形象，讽刺那些落后的现象和恶习。在这一时期有米谷和其他同志的宣传总路线和进行批评与自我批评的漫画。在新年画方面也有了收获，特别是在描写新的人物和新的事物方面，有了进一步的提高，题材的范围也较前扩大了，如赵延年的《工人同志给我们装好了抽水机》、白逸如的《未婚妻探亲》、张怀江的《接待人民来访》和吴君琪的《农忙托儿所》，都是这个时期的作品。旧年画在旧社会里，受资本家和帝国主义利用做商业广告，为了吸引观众，尽量迎合小市民的庸俗低级趣味。中华人民共和国成立以后，旧年画作者在政府领导下参加了学习，也产生了部分具有积极因素的作品，其中较好的，1952年中央人民政府文化部在年画创作评奖中曾予以奖励；但一般的还远远离开生活实际，色情的、各种不健康的歪曲劳动人民形象的作品仍然存在。过去的旧连环画，是以封建、迷信、武侠为主要内容，上海是发行旧连环画的主要根据地。中华人民共和国成立以后，新的美术工作者参加了连环画的创作，旧连环画作者也参加了政治学习，创造了不少新的作品，在内容上有了很大的改变，不少作品主题是积极的。在数量上据不完全的统计，在四年内共出版了二千九百余种，发行了五千二百七十万余份。同时也出现了一批在创作态度上比较严肃，并有一定成就的作者，如顾柄鑫便是其中之一。也产生了不少较好的作品，如顾生岳、娄世棠、徐永祥合作的《赵百万》，王流秋的《白母鸡的故事》。连环画作者绝大部分是根据文学作品的故事作画。粗制滥造的作风尚未根除，人物、故事还有一般化的倾向。我们的国画家们在中华人民共和国成立以后，大多数积极地参加了政治学习和思想改造，创造了大量作品，进行了多次展出；不少同志还努力表现新题材，在技法上虽不如表现旧内容那样熟练，但敢于突破旧的限制，创造新的风格，如胡若思的《献马图》、应野平的《未婚夫来信》、傅抱石的《抢渡大渡河》，证明了国画是可以表现新生活、新内容的。"主题性"的大油画、大型雕塑，在历史上一向表现战斗性较强的版画，在这个时期，都落后于现实的需要，没有新的发展。在城市中，群众性的美术活动，特别是工人的美术活动，在配合政治任务和生产任务上都起了一定的作用，并且具有战斗性、现实性和创造性。如达丰印染厂石可基题为"当品质不好的新汗衫落水以后"的画是描写汗衫浸水后缩小的情况。一位妈妈拿着自己晒干后的汗衫对女儿说："哎呀，我这件缩小了只好给你穿。"女儿穿不进去，对着洋娃娃说："只好给你穿了。"这是一幅很好的幽默讽刺漫画。又如被服厂工人画了一幅讽刺单纯追求产品数量不重视质量的漫画，他画了一个志愿军在冰天雪地中作战，当他把手榴弹举起来时，衣服上的扣子都落下来了。这幅画在厂里贴出来后，引起了全厂的震动，工人们立刻检查所有纽扣，证明纽扣没有钉牢，因此进行了检讨，并改正了错误。及时地、生动地反映了现实，并善于对错误和缺点进行尖锐的批评，这正是群众画的特点。我们应该学习他们对现实的敏感性和战斗性。华东的民间实用美术是非常丰富的，比较著名的如南京织锦、苏州刺绣、无锡泥塑、宜兴陶器、东阳木雕、青田石刻、福建漆器、安徽陶器、潍县木版年画……去年曾举行全区的民间工艺美术展览会，做了初次的检阅。政府还集中了一部分力量，有重点地领导潍县木版年画和无锡惠山泥塑的改革工作。中央美术学院华东分院还集中了一部分优秀的民间艺人进行学习、创作，这都是极有意义的工作。在培养新人方面，美术教育工作者尽了很大的努力，一年比一年有成绩，不少毕业的同学，已能独立工作，并创造了较好的作品。地方国营的华东人民美术出版社和公私合营的新美术出版社，发行了大量的具有革命内容的美术出版物，不断地巩固和扩大新美术根据地，在美术出版界中起了带头和改进美术出版工作的作用。从以上的情况来看，华东美术工作是在不断地前进着的，是有成绩的。但我们的缺点依然存在：思想领导和业务领导薄弱，批评与自我批评还没开展，应该表扬的没有得到表扬，应该批评的没有受到批评；这是我们事业不能勇猛前进的严重障碍，是必须加以克服的。华东美术家协会的成立，对于巩固成绩，克服缺点，使华东美术创作走上健康繁荣的道路，应该负极大的责任。

二

如何提高美术作品的质量，并使各个美术部门都得到发展，这是我们目前的重大任务。华东美术工作，在普及方面是比较有成绩的，但缺点是质量不高。广大人民需要普及的作品，也需要提高的作品。普及的作品必须加以不断地提高，才能适应人民在经济生活方面和文化生活方面日见高涨的要求。提高的作品，正是为了更好地普及。问题在于美术家们能否在政治上和艺术上继续不断地努力前进。

我们认为，作为一个美术家，首先应该提高马克思列宁主义的思想水平，改造自己非无产阶级的思想意识，确立革命的人生观和世界观，成为一个有崇高思想的人物。我们不少同志，在口头上是承认了政治的重要性，但实际中却依然是脱离政治、脱离实际。事实上：社会生活是无限丰富的，我们的作品内容却非常贫乏，选取题材与主题的目的性很不明确，甚至不能发现题材与主题，有些同志只好依靠"带题下乡"和"出题作画"。这些现象难道不是因为政治水平不高的缘故吗？如果不提高政治认识，便不可能改善现在的情况。这是作品思想性不高的第一个关键，有决定性的关键。

毛泽东同志关于国家在过渡时期的总路线做了明确的指示："从中华人民共和国成立，到社会主义改造基本完成，这是一个过渡时期。党在这个过渡时期的总路线和总任务，是要在一个相当长的时期内，逐步实现国家的社会主义工业化，并逐步实现国家对农业、手工业和对资本主义工商业的社会主义改造。这条总路线是照耀我们各项工作的灯塔，各项工作离开它，就要犯右倾或'左'倾的错误。"

总路线是照耀各项工作的灯塔，当然也是照耀美术工作的灯塔。这个灯塔的光芒照耀着一切工作，也照耀着一切生活，使我们的社会生活起着激烈变化。但是我们还不善于了解生活，不善于分别出哪些是发展着的——尽管现在还是萌芽的状态，哪些是衰亡着的，并且是阻碍着进步的。应该说我们还没有深入到生活当中去，而仅仅浮在生活的表面，何况我们又缺乏洞察生活的敏锐的眼光呢！如果我们不能深入到生活当中去，不能有深刻的体验，那么，便像失去土壤的树苗，不会长大、不会开花，更不会结实。要提高作品的质量，必须深入生活，这是第二个关键。

我们强调学习马克思列宁主义，是为了取得认识生活、理解生活的武器；我们又强调深入生活，因为这是创作的泉源；我们还应该强调不断地提高艺术修养。但艺术修养的提高是和认识生活、理解生活分不开的。我们有些同志过去受了资本主义艺术思想及形式主义的影响极深，至今还未能完全摆脱。有些同志艺术修养还很差，必须加强业务学习，还有一部分国画家虽然较好地掌握了传统的技法，但还未能表现现实生活的丰富内容；因此，在我们面前正横着一个加强学习的任务。每一个美术家都应该熟练地掌握形象的表现方法和技巧，应该时时刻刻练习素描和速写，达到"得心应手"的地步。可是我们在这方面的艰苦努力是不够的。我们的美术工作者心中几乎没有形象的积累，到了需要创作的时候还没有印象深刻的、性格明朗的形象，至于创造典型那就更为困难了。由于技术不熟练，我们在创作时不能把全部精力放在捕捉所要表现的生动的形象上，而是为了要求外形的正确还得费去主要的精力。因为满足于"形似"，便忽略了刻画人物的典型特征和表现人的内心世界。因此，我们认为正确的重视技术，是与正确的认识生活、理解生活分不开的。为了创作，应该做好很多的准备，如不断地到生活当中去研究、观察、体验和记录各种各样的形象，研究人的心理状态、行动、表情；大的创作，往往还要经过一系列的准备过程，如局部的、整体的草图以及个别的描写，现在我们却把它简单化了，甚至毫不准备，即兴挥毫，那怎能创作出优秀的作品呢？我们要求创造思想性高的同时艺术性也高的作品，必须苦心地提高技术，并做好创作的准备；否则，便不能达到提高作品质量的目的，这也是一个重要的关键。

美术家不断地提高政治认识、深入生活、加强艺术修养，是提高作品质量的三个紧紧扣在一起的环节，必须顽强地掌握它、抓牢它，任何偏废都是不对的。

三

组织起来，进一步发展华东美术创作，在现有的基础上提高一步。为创造社会主义现实主义的作品，为贯彻国家过渡时期的总路线而奋斗，这是我们努力的方向。华东美术家协会的主要任务是发展创作，使创作繁荣起来。为此，必须组织美术家进行政治学习和业务学习，经常开展批评和自我批评；必须组织他们到生活中去，才有可能反映新的现实。新的现实是如此飞速的发展，甚至难以把握。新的现实便是我们国家在过渡时期逐步实现国家社会主义工业化，逐步实现对农业、对手工业和对资本主义工商业的社会主义改造，以便把我们的祖国建设成为光辉灿烂的社会主义国家。随着国家工业化的发展，将使社会主义经济力量大大增强，整个国民经济加速发展，不仅极大地改变人们的生活面貌，也将极大地改变人们的精神面貌和道德品质。我们美术家们正要善于认识这种新的精神品质，塑造新的人物形象，创造出不愧于这个时代的辉煌作品；同时又要善于揭露矛盾和冲突，善于使用批评的武器，把它当作一个有效的教育人民的工具。我们只有不懈地提高政治认识，深入地理解生活，在不懈的创作实践中提高自己。学习与实践相结合，这是我们主要的要求。我们提出在现有基础上提高一步，是一方面应该认识已有的成绩，同时又不应该满足已有的成绩。就整个华东美术工作来说，普及工作是比较有成绩的，我们必须巩固这些成绩，并在普及的基础上提高一步。我们要求创造能够反映这个时代社会面貌的具有光辉灿烂人格的新型人物的社会主义现实主义的作品，这是每个美术家的最崇高的任务。但是同时又必须按照不同的水平，发挥不同的特长，多方面地繁荣美术创作，以期美术创作的"百花齐放"。我们要求创造有高度思想性和艺术性的"主题性"的作品，这是主要的努力方向，也可以从各个角度反映生活的各个侧面。在伟大祖国建设时期，不仅社会面貌在改变，自然面貌也在改变，如风景画——就是描写淮河水利、工厂建设，也能给人以激励。我们要求国画家们能敢于突破旧的限制，创造新的风格和表现新的现实，继承和发扬传统技法的特长，从现有基础出发，力求提高。对于画山水、花鸟的国画家，我们希望他们能向写实、写生发展，打破一成不变因袭前人的习气，才有可能创造新的风格。我们祖国的艺术传统是无限丰富的，是有独特风格的，是世界艺术总宝库中有辉煌成就的一部分，我们应该珍视它，研究它，学习它，使我们的创作更加光彩和富有民族风格。我们所指的民族传统，当然是指优良的部分，是指民族艺术的现实主义精神。至于其落后的糟粕部分，是需要加以剔除的。我们不仅有权利接受民族的遗产，我们也有权利接受世界的遗产，尤其应该向苏联及人民民主国家的社会主义现实主义的艺术学习。我们华东民间美术品是非常丰富和发达的，这都是劳动人民所创造，也都为劳动人民所喜爱，并且又是富有民族风格和地方色彩的。今后，随着人民经济生活和物质生活的提高，实用美术被提到越来越重要的地位。我们研究民间美术，首先应该着重和千百万劳动人民生活息息相关的那些实用美术；我们一方面应该向旧的传统学习，另一方面又要加以提高，使其艺术化和科学化，这就是要在生产技术和生产组织上也有所改进，以便满足广大群众的需要，华东的美术家们应该多多注意它，并协助政府进行改革工作。我们应该重视对年轻的美术工作者的培养，重视民间艺人的创造，在广大的工人、农民、知识分子中经常产生成千成万的作品，也不断地出现新的人才，我们都有责任不断地发现他们、培养他们，他们是我们最可靠的后备力量。我们以充分的信心和艰苦奋斗的精神，在党的领导之下来发展华东的美术创作，为创造社会主义现实主义的作品，为贯彻实现国家过渡时期总路线而奋斗。

一九五三年十月

书为心声　演变之迹

——兼谈赖少其书法艺术风格的形成

◎ 欧新中

中国书法艺术，其实就是审美意识物质形式的精神载体的重现。明代项穆《书法雅言》所谓："心之所发，蕴之为道德，显之为经纶，树之为勋猷，立之为节操，宣之为文章，运之为字迹……但人心不同，诚如其面，由中发外，书亦云然。"

赖少其（1915—2000）是20世纪杰出的艺术大家，在国画、版画、书法、篆刻和诗文等方面都有卓越的成就，尤其在书法方面更有着独特的艺术风格和表现形式，其特殊的人生经历、审美取向和从艺历程，无疑对其书法风格的形成产生着重要的影响。正如赖老自己所说："书为心声，演变之迹，可观其人而得消息。"

一

首先，赖少其书法的独特风格特征的形成，与他的性格、秉性和坎坷的成长过程有密切的联系。赖少其出生时候的普宁，当地生活环境极其恶劣，民不聊生。为了生存，民众们甚至甘愿被卖到国外种植园、矿山做苦力、做奴隶。赖少其自幼在这样的艰苦环境下成长，为了生活，甚至还常随父母步行往返于相距近100千米的流沙与新田之间，自幼练就了"铁脚板"，自然也磨砺了他的精神和意志，养成其坚韧的品格和顽强的毅力。

赖老又有着非凡的革命经历，从11岁参加粤东苏维埃的童子团，高举红旗，投向革命，到1932年考入广州市立美术学校西画系，思想进步、才华出众，当选学生会长；从1936年"广州艺术工作者协会"（抗日学生救亡团体）领导人之一，到1939年参加新四军；从1941年1月"皖南事变"中被捕关押"上饶集中营"，到10月与邵宇从"上饶集中营"越狱到苏中解放区继续革命；他的版画《抗战门神》，贴遍城镇乡村，他的歌《渡长江》，响彻大江南北。这样的人生轨迹、革命历程既是对人的一种磨炼，也是一个人取之不竭的精神财富，更养成其刚毅、坚强的性格，浓烈的家国情怀和对社会的大爱，也构筑成其"木石精神"的内核。

所以，即便写《兰亭序》《书谱》这些帖派的代表作，也难觅柔弱、秀媚的线条，而更多地追求结构的朴茂、线条的厚重和骨力的劲健。他曾自己打了一副铁的对子"笔墨顽如铁，金石掷有声"，这也许就是对书法艺术风格追求的真实写照吧！

二

赖老学习书法的取法方向和学书历程，也是其风格形成的重要因素，赖老独特的艺术见解和审美取向，使得他自小学时就喜欢看老师临摹康有为的"康体"，稍长又喜欢临习郑板桥那种隶楷相融、豪爽不羁、独具个性的"六分半书"，后来又学伊秉绶，最后才学金冬心。金农被誉为"具金石气""得汉魏风骨"，这些恰恰是两位书法大师审美上的契合和思想的共鸣。

空间造型和时间节奏是章法的两大组合方式，它们的合二为一使中国书法成为一种融音乐与绘画于一体的艺术，帖学强调上下连绵的时间节奏，碑学推崇左右呼应的空间关系，碑帖结合则兼乎两者，其结果开启了书法艺术的解构之路，主要表现为对立统一和相似性两个方面。实际上从赖老学书历程和审美趣味上看，赖老喜欢金冬心的隶书则有其必然的因素，他在学习的过程中，逐渐体会到：金冬心的"漆书"，结体是学《兰亭序》的，用笔是学晋碑，如果学欧阳询，便有些像金冬心的漆书了。欧阳询便是用碑写《兰亭序》的，颜真卿也是从《兰亭序》变化而出，不过颜字直粗横细，结体端庄，落落大方；金农漆书反其道而行之，横粗直细，结体长方，凝重如铁，但道理却是一样。

赖老学习传统是有明确的思路和取舍方向的，他1963年在自己的画作《巢湖渔歌》题跋中就曾写道："学习传统，先求似，然后求不似，似亦不易，不似更难，生活是源，传统是流，从生活观察传统，能探其源，故知描绘生活之法，不似必矣。"几十年里他系统地临摹了《兰亭序》《十七帖》《天发神谶》《书谱》、金冬心、邓石如、伊秉绶，旁涉"二爨"，70多岁时又开始临摹《好大王》《石门颂》《泰山经石峪》。虽然这些碑帖大多书家都有临摹，但赖老用其敏锐的眼光和洞察力，寻找到独特的切入点和表现方式，独具魅力。

赖老通过对碑帖的广泛临习，以丰富自己的艺术语言，如线条的方圆、俯仰、向背、转折、提按、曲直、缓急，结构的收放、开合、虚实、欹正、覆载、避就等，皆能运用自如，融会贯通，构建其坚实的笔墨基础和造型能力。赵朴初先生赞曰："其书法遍临名碑法帖，兼收并蓄，吸收消化。拙朴淳厚，形成独特书风，韵味隽永。"

三

"石如飞白木如籀，写竹还于八法通。若也有人来解此，方知书画本来同。"书画同源，赖老书法风格的形成，也与其长期版画创作的实践和中国画的创作研究有着密不可分的关系。几十年孜孜不倦的版画创作，让其更痛快于刀削、斧凿的感觉。表现在书法上则骨力强硬，像铁打的一样掷地有声。

赖少其对中国画的学习是从临摹明代陈洪绶的花卉册开始的，形成其沉郁苍古、巧拙奇趣的画风。其山水画以师法传统为起点，从20世纪50年代，以新安画派程邃的山水册为切入点，系统地研究了汪之瑞、戴本孝、查士标、梅清诸家作品，得干笔渴墨、苍茫简远之法，以及"枯淡"之趣。后又学习了唐寅、龚贤的代表作品，得前人笔意、笔势之精髓，和豪放旷达之气，练就了干涩、苍茫的笔墨线条，并使其书法从布局谋篇到笔法结体，又都暗含画法，笔墨浑厚、气息旷达。赖老可作为画家涉足书法领域，以书法原则为体，以绘画审美与表现为用的楷模。

其实，一个人的书法取法方向和风格形成是与其成长历程和审美取向有关，是书家的人品、胸次、学识、游历、气质等因素的综合体现，是人在社会存在中人生历练的整合。学识修养是书法艺术的载体，黄庭坚论书云："学书须要胸中有道义，又广之以圣哲之学，书乃可贵。若其灵府无程，政使笔墨不减元常、逸少，只是俗人耳。"在他看来，学识胸次才是构成书家真正的立身之本。赖老是颇有学养和文采的，在20世纪30年代初，20岁左右的赖少其便在《广州民国日报》《青春》《木刻界》《现代版画》上发表诗文和版画作品，编译的《创作版画雕刻法》由上海形象艺术出版社正式出版，这也是中国新兴木刻史上国内出版的第一本介绍版画技法的书籍。1938—1939年，赖少其前往武汉、西安、桂林开展抗日救亡运动，参加木刻组织，曾在《工作与学习》《漫画与木刻》《救亡日报》《国风日报》发表作品和文章。1939年10月到皖南参加新四军，又一直从事宣传和编辑工作，是军内有名的笔杆子。中华人民共和国成立后，他长期从事文化艺术领导组织和创作研究工作。所以赖老在创作书法作品或是国画题跋时常以自作诗词和创作心得、艺术感悟为主，皆有感而发、由心而成，而非简单的抄录，正如中国汉代哲学家董仲舒《春秋繁露·玉杯》中说："志为质，物为文，文着于质，质不居文，文安施质；质文两备，然后其礼成。"

四

中国的艺术精神是建立在中国哲学的伦理文化的精神中的，在中国文化中，美的境界与人格精神在本体论上得到了统一。如欧阳修赞颜鲁公书法曰："颜公书如忠臣烈士，道德君子，其端严尊重，人初见而畏之，然愈久而愈可爱也。"可见书法创作是与当时社会的伦理精神相一致的，是哲学和人文精神的集中体现，是书法家的社会使命和人文担当。赖老书法，结体宽博而气势恢宏，骨力遒劲而气概凛然，集中体现了其博大的胸怀、超凡的气度，并与他高尚的人格契合，是书法美与人格美完美结合的典例。刘熙载云："书者，如也，如其学，如其才，如其志，总之曰如其人而已。"书如其人、书人合一，赖老书法作品所表现出的审美趣味，也是其精神境界的集中体现。

世界上很多民族都拥有自己民族文字所独有的书写艺术，但唯独汉字的书写艺术迥然不群，异于其他民族。其他民族文字的书写偏重于装饰与外观上的趣味，汉字的书写则是以日常文字书写为依托，在此基础上加入了书写者的思想、情绪、气韵、独白，是个人特征的充分表达。赖老在"丙寅变法"后的书法创作，更加强调学识修养后的"无法"之法，无论是从精神气质上还是从表现形式上都产生了质变，经常"破坏平衡"，加以疏密，虚实变化，或曲，或直，或偃，或仰，或上大下小，或上小下大，或左大右小，或左小右大，或开，或合，或欹，或正，天真烂漫，看似喝醉酒的老汉，歪歪倒倒，实则匠心独具、超凡脱俗。

笔迹者，界也；流美者，人也。晚年的赖少其，生活已不能自理，终日躺在病床上，冷静下来，去除许多尘世芜杂欲念，回归喧嚣和浮华背后的那份宁静，就如禅宗所说的"放下"，只有顽强的生命力、非凡的艺术意志及对美好生活的热爱。他所创作的书法也渐入化境，完全忘记了形，完全挣脱了法，无为无我，真正进入了自由的自我精神境界，那是发自心灵深处的呼唤，回归了本真的自我。摆脱羁累，去掉遮蔽，一任情感的宣泄，流露的只有天真可爱，返璞归真。钱泳《履园丛话》曰："凡古人书画，俱各写其本来面目，方入神妙。故品格超绝，全以简淡胜人，是即所谓本来面目也。"

《萧龙士百岁画集》序

◎冯其庸

　　我知道萧龙士老画家的名字，是在20世纪70年代后期，在许麟庐先生画室。那次，萧老的弟子王少石也在座。萧老和许老都是白石老人的弟子，所以闲谈中，许老就说到了萧老的兰草，他称之为当今艺坛之一绝。之后不久，王少石同志就给我寄来了萧老的兰花册页一张，我至今一直珍藏着。

　　后来，不少安徽的朋友都给我谈到萧老，这使我想拜见萧老的愿望愈来愈强烈。

　　今年3月18日，我应朋友的邀请到了合肥。我去合肥的最大心愿就是要拜望萧老。萧老已是百岁老人了，我再也不应该迟误了。3月20日，由王少石、李百忍、梁恒正三位，陪同我到了萧老的府上。

　　我真的见到了这位画坛的老寿星！

　　我刚进他的画室的时候，萧老正坐在藤椅里看画册，这是一本20世纪30年代前后印的兰草画册。我听到萧老边翻边自语说："这张画不好，这样的画也选进去了。"随着又说："这张画好，有好的也有不好的……"萧老的儿子承震告诉萧老说："冯先生来了。"萧老抬起头来，透过老花眼镜见到了我，就要站起来，我们连忙让他坐下，萧老很风趣地说："你是大名鼎鼎的人，今天光临，真是蓬荜生辉。"我没有想到萧老还能这样随和这样风趣。画室里的气氛顿时活跃起来。我们谈到了北京的许老，也谈到了上海的朱屺老。他说他曾到朱屺老家里看过他，他的年龄和自己差不多。我们说："你们都是百岁老人了，是老寿星。"萧老说："今年98岁，说百岁，还有点冒头。但看样子不成问题吧？"萧老风趣的问话，引得大家大笑。承震同志就对萧老说："纸已铺好了，难得冯先生来，请您作画吧。"萧老欣然就案，命笔作画，虽然已是98岁的高龄，但提起了笔，仍然是神采奕奕。他一边慢慢地行笔，一边自语说："这里要再来一笔叶子，这里要再来一笔……"然后将笔交给承震，说要淡墨，要画花了。看老人作画，好像是在给你示范，又好像是他自得其乐。他作画时行笔纵横，不疾不徐。最后，我以为已经完成了，萧老端详了一阵说："还要来点山坡，否则没有交代，没有着落。"于是又挥毫落纸，忽然从纸上长出了一个斜斜的山坡，两丛兰花，都着地生根了。这真正是一支生花妙笔。

在老人作画和与我说话的时候，随同来的朋友当然不失时机地照了不少照片。大家怕老人太累，我们就转到另一室说话，好让老人休息。老人就坐在沙发里闭目养神，其神态之自在，简直是世外高人。

过了约半小时，我走到那边一看，老人早已休息过了，正在嗑瓜子。见我进去，就拿一把瓜子给我，问："嗑不嗑？"我说："我不嗑，你还能嗑瓜子吗？"老人说："能。"说罢，又嗑起瓜子来了。老人又对我说："不要名和利，没有名没有利，晚上睡得着，就没有烦恼，就能够长寿。"看起来老人说的话很简单、很朴素，但这是老人将近一个世纪的亲身实践的总结，与一般人随口说说是有本质的不同的。我听了老人的话，忽然想起了《五柳先生传》，那文章里不是说先生"闲静少言，不慕荣利"，"忘怀得失，以此自终"吗？从这里我体察到了萧老的高怀逸致。别看他终年穿一领蓝布衫，足不出户，外貌像一个诚朴的农民，实际上他是一位了不起的高人，他高尚的情操和胸襟，将近一世纪以来一贯如此，真是吾道一以贯之！仅凭这一点，当世有几个人能够与他比肩呢？艺术到了最高境界，总是与人为一体、与心为一体的，也就是常说的"文如其人""画如其人"。因为艺术家进入了艺术的自由王国以后，他的艺术必然是他的全部人格、胸襟、修养、爱好的反映，也就是他的个性的真实反映，所以我们要欣赏和评价萧老的画，尤其不能不了解萧老高尚的情操和恬淡的胸怀。

承震兄一定要留我们吃饭，我原想不吃饭了，但还要看萧老的画，正在犹豫的时候，萧老却起来说："我还可以陪你喝一杯。"老人的诚恳和热情，实在使我感动，我们只得留下，但我们坚辞了萧老的陪饮。

饭后，由承震兄打开了萧老以往画的一幅幅的画轴，真是洋洋大观。接着又看了一大堆萧老的画照和美术界评赞萧老的文章。这才使我对萧老和他的艺术有了更为全面的了解。

萧老的画是早有定评的，远在37年前，即1949年萧老60岁的时候，白石老人就为萧老题过这样的话：

此龙士先生所画，未见其画，亦未见其人，国有此人而不知，深以为耻。

白石老人的题评，是最高的评价，也是个千秋定评，所谓"崔颢题诗在上头"也。所以我也不必再评萧老的画，我只从欣赏和学习的角度，说一点我读萧老画的体会。

萧老的画，尤其是他的蔬果、荷花、芭蕉、牡丹之类，从他的继承方面来说，主要是受"扬州八怪"及吴昌硕、齐白石的影响，特别是萧老还拜过齐白石为师，所以他的画，从流派的角度来说，是属上列这一派的。但是，这只是从大的方面来说，从客观方面来说。从微观方面来说，萧老的画，又有他自己鲜明的个性，与以上任何一家都不雷同的。我觉得贯串在萧老的画里的，成为萧老的画的个性的，是浓烈的乡土气息。萧老的启蒙老师朱学骞，就是一位土生土长的乡土画家，擅画蔬果和禽鸟。萧老画中浓郁的乡土气息，当然主要不是来自那位老师，而是地地道道地来自乡土，来自萧老纯朴谨厚的农民气质。我们指出萧老画中特有的乡土气息，当然是赞赏和肯定。齐白石自刻一章，曰"大匠之门"，还有一章曰"木人"，因为齐白石确实出身于木匠。而我认为齐白石的画，同样受"扬州八怪"影响很深，受吴昌硕的影响很深。但这许多影响，到底掩盖不了他自己的艺术个性、艺术特色。齐白石画风之纯朴、设色之简单，描写对象常取农村所见入画，连柴扒、算盘、不倒翁、猪、狗等都作为题材，这同样反映了齐白石的画有浓厚的乡土气息，是来自乡土，来自劳动人民。就连他本人也确认出自"大匠之门"，是一位标准的"木人"，是一位真正的劳动人民。由此可见，齐白石画风中浓厚的乡土气息、浓厚的劳动人民气息，无妨于齐白石的画的崇高和伟大。那么同样，萧老画中浓厚的乡土气息、浓厚的劳动人民的思想感情，也无妨于萧老的画的崇高和伟大。这是一样的道理。还有一点，萧老的画，用墨很重，设色单纯，喜用元色，特别是萧老画荷花、雁来红时，在红色上，常喜用墨勾线，形成了红与黑的对比，形成了画面的浑厚纯朴而凝重的感觉。这种用色上的特点，也反映了萧老画的民间气息。

然而"扬州八怪"的画风，主要是书卷气、文人气。连当时在画坛上占统治地位的以"四王"为代表的"娄东派"的画风都影响不了他们，束缚不了他们。那么，说萧老受"扬州八怪"的影响，是否有根据呢？这个问题很值得一谈。我认为萧老是受"八怪"的影响的，而且影响还很深。这要从两方面来说。萧老的画，除了上文说到的乡土气很浓烈的画外，还有一类是书卷气、文人气很重的画。例如《萧龙士百寿画集》里选印的那幅《兰石》，白石老人题曰："龙士老门客，画石能顽，谓'有顽气必有灵气'，此语诚是。九十一岁白石。"这一幅画，就是文人气、书卷气十分突出的。还有一幅《玉簪八哥》，也是笔墨淋漓酣畅，书卷气很足的作品。其他如《墨荷》《秋色》《屈宋文章》等作品，都可以归入此类。这类画当然还有很多，约占萧老画的半数以上，这里不再——列举。

以上是从萧老的画风来讲的。下面我们再从萧老的兰草来稍加分析。萧老的兰草，是他的画的主要方面，可以说，萧老在绘画上的成就，主要部分是在兰草上。我认为萧老的兰草，无论从笔法、构图和风格上，都神似李方膺，有时也有点像懊道人李复堂。因为他两家的画兰，本来就有相似处。但就萧老的墨兰来说，确实神似晴江。近百年来，我再也想不起有谁能如萧老这样传晴江之神了。晴江作兰，往往秀叶纷披而多折笔，貌似凌乱而实则勃有生气。此非清供素心，实乃空谷幽芳，野生之兰也。因之更能得自然之趣，具文人画之品。萧老的墨兰，我认为已尽得李晴江的神髓。然而，萧老毕竟是萧老，不是一个半世纪以前李晴江的重复。萧老尽管与李晴江有会心处，但萧老自己的艺术个性，却不是李晴江能够挟制和吞没的，其中自有我在。因此，我们从萧老的墨兰中，可以看到他的渊源所自，可以从中寻出李晴江的某种神韵来，但已毕竟不是李晴江。另外，也还要看到，萧老的兰花，是博取各家之长，所以他对石涛、板桥，以至于昌硕、白石，都是有所借鉴的。就从这点来讲，他也不可能完全像李晴江。

由此可见，无论是从画的风格还是从画的取材来说，都可以看到萧老受"八怪"的影响，也都可以看到萧老的画的书卷气、文人气的方面。所以，必须把一个有着浓烈的乡土味的萧老和一个接受了"八怪"影响、有着浓厚的书卷气和文人气的萧老合而为一——而且这两方面是互相渗透的，并不是截然划分的，这才是一个完整的萧老。

然而，还必须指出，萧老于山水、人物上亦另有情趣。他的《伯牙鼓琴图》是临黄慎的。黄慎此画的原件，我未能见到，但看萧老的临画，也是一幅杰作。其用笔之顿挫流利，造型之真实传神，均是上品之作。尤其是对坐两人的眼睛，各传其神而又互相交流呼应，所谓"传神阿堵"者，真此情状矣。由此亦可见萧老人物画功力之深、修养之醇。

萧老的山水画如《雨霁》《隐隐飞桥隔野烟》《由狮峰向光明顶》《双龙探海》等，无论是意境或用笔，都能奇趣脱俗，自出手眼，不同流俗，而他的《幽兰在山谷》等则是山水兰草的合笔，其用笔之苍润，构图之超奇，即使置之于"八怪"之中，亦不多让。

至于他的荷花、葡萄、棕榈、芭蕉、海棠、蔬笋、南瓜、枇杷、雄鸡之属，自然是得之昌硕、白石，而又变化生新，自出手眼，即此亦可见老人自非凡响也。

夫人生百岁，古今能几？今萧老身登大耋，而神明不衰，齿发不脱，犹能挥毫作画，意态如昔。其所以能享大寿者，岂非萧老所云：绝名利之心乎！萧老之画，无论为巧为拙，或诚朴如乡农，或高蹈如逸士，皆能风标独树，自有我在。岂非萧老百年物学，虚怀所得乎！故吾曰：萧老，画师也，人师也！吾党小子，可不勉哉！

一九八六年七月廿三日草于京华瓜饭楼，
时骤雨乍过，明月在天也。

论萧龙士书学观点和书法风格

◎ 张　见

　　萧龙士先生楷书取法钟繇、褚遂良、虞世南、颜真卿，其行书、草书宗法王羲之、李邕、孙过庭。尤其推崇颜鲁公书法的篆籀笔法和遒劲、雄强、厚重的书风，浸淫日久心得最深。深谙李北海的书碑艺术的真谛，力图上溯钟繇的书法笔势。通过萧龙士先生学书的师法对象可知，其对"钟书"和"王书"系统的笔势都有研究，在他的书法中，既有"钟书"的"质"，又有"王书"的"妍"。具体而言，其书有"钟书"的笔势特征，"钟书"脱胎篆、隶，其撇、捺、勾、趯皆似隶书笔法，字之重心高低不定，用笔沉厚、凝重；其书给人以天真稚拙、浑厚古朴的趣味。"王书"则脱尽"钟法"，笔势上表现为纵向取妍，变化多端，其"妍媚"正是从古质中脱出的新趣。由此可见，萧龙士先生的书法以"钟书"和"王书"为学术路径，结合徐淮地区豪放厚重的区域文化，有汉高祖慷慨雄壮的豪情，又有老庄的混希夷、超鸿蒙的精神境界。以其豁达的胸襟、高尚的人品，萧龙士先生书法自成一格。鉴于萧龙士先生书法的影响和时代价值，从书学观点、书法美学特征对萧龙士先生书法成就略作论述。

一、萧龙士书学碑帖兼容的观点

　　通过萧龙士先生书法的取法对象和学书经历可知其碑帖兼容的书学观点。纵观中国书法史，从发生学的角度可知，书法碑帖的发生是基于客观的书写价值和保存质地；伴随着中国书法学习史，碑帖成为人们学书的师法对象，基于中国书法学术史的发展来看，清代成为"碑学"和"帖学"研究的高峰。所以要明了萧龙士先生碑帖兼容的书学观点，就需界定"碑学"和"帖学"以及它们研究的对象。帖学研究的内容主要包括：晋人之帖："晋人之书流传曰帖，其真迹至明犹有存者，故宋、元、明人之为帖学……"①；晋唐以来行书、小楷：沙孟海认为"帖学以晋唐行草小楷为主"②；阁帖和赵书、董书："帖学自宋迄明……至若帖学不囿于赵董而能上窥钟王下掩苏米……"③。碑学专注的对象为：北碑："迄于咸、同，碑学大播……莫不口北碑，写魏体"；北碑和篆隶：沙孟海说："通常说碑学包括秦篆和汉隶"④，这一界定是学界的主流观点；唐碑和北碑："嘉道之交可谓之唐碑期，咸同之际可谓之北期……碑学不囿于唐魏，而能远仿秦篆，次宗汉分。"⑤通过碑帖的界定可以明晰我国书法学习的两大宗法体系。综观中国书法史，碑、帖代表了不同的笔法技法和审美风格。从书法风格的角度来看，"书卷气"和"金石气"分别代表了帖学、碑学的两大书法美学类型。"书卷气"是指帖派书法所表现的轻松、灵动、流畅、遒劲的美感；"金石气"是碑派书家追求的与帖派迥异的书美意趣。"这种意趣凝重、朴厚、刚多于柔，并在一定程度上包含了因历史久远而造成的剥蚀、风化的非人工意味……碑学书家以柔翰仿效其意，其成功的艺术实践不仅创造了碑学书风新的书美境界，而且创造性地发展了书法艺术的形式表现技巧，尤其是笔法。"⑥通过以上论述，我们可以清晰地看出清代书法的发展状况。书法的研究和学习，由帖学的一元趋向碑学和帖学并列的两元发展。此间有纷争也有兼容，所以有帖学派书家和碑学派书家的并列，清代书法的发展也分为帖

---

① 康有为：《广艺舟双楫·尊碑》，上海书画出版社1981年版，第34页。
② 沙孟海：《沙孟海论书文集》，上海书画出版社1997年版。
③ 马宗霍：《书林藻鉴》，文物出版社1984年版。
④ 康有为：《广艺舟双楫·尊碑》，上海书画出版社1981年版，第41页。
⑤ 马宗霍：《书林藻鉴》，文物出版社1984年版。
⑥ 徐利明：《中国书法风格史》，河南美术出版社2009年版。

学期和碑学期两个时间断代。

碑学派在强调碑学的观点和价值的同时也对帖学的不足提出了批评，大多的意见具有时代的价值和学科的意义，但有些观点则极端偏见。比如康有为的"卑唐"观："若从唐人入手，则终身浅薄……操此而谈，虽终身不见一唐碑可也"[①]。萧龙士先生对康氏的观点不以为然，认为北碑唐碑均为优秀的取法对象，没有高下之别。他认为颜真卿、张旭、怀素、李邕的艺术成就光照千古，魏碑、唐碑都是中华书法史上优秀的文化遗产，其传承和创新的价值不可估量，因此不能薄唐碑厚魏碑。至于后人学晋唐的帖学所出现的问题，不是晋唐的帖学出了问题，而是学习的过程出现了问题，诸如临本的刊刻、学习者的素质、传承过程等因素。萧龙士继承了碑学的书学思想，着力学习了魏碑以及秦汉之前的高古作品，在唐代则关注李北海、颜真卿古拙、厚重的书风。其碑帖兼容的书学观点，认同阮元、康有为等人所倡导的碑学运动，肯定碑学书风的时代价值和现实意义，特别是对帖学书风的补充及交互作用。清末以后碑学研究出现了转型，碑学宗法的对象为北碑书迹，它的内容只有真书和篆隶，没有行草的书迹可资参考。行书草书的学习只能从帖学墨迹和刻帖入手，印刷技术的提升为帖学的传播提供了技术支持。基于以上的学术状况，碑学书家对帖学进行了重新认识，以开放的心态立足碑学融合帖学，主张碑帖兼容，互相补足，形成了近代书法兴盛的格局。萧龙士先生正是这一历史时期主张碑帖兼容书学观点。

二、萧龙士书法的风格特征

（一）萧龙士书法的朴拙

《说文》云："拙，不巧也。"意为巧的对立因素，而道家认为"大巧若拙"，"拙"可表现为解衣般礴，道法自然的艺术状态。"拙"在中国艺术审

---

① 康有为：《广艺舟双楫·卑唐》，《历代书法论文选》，上海书画出版社1979年版，第813页。

美风格的层面上隐喻道家哲学的意义，为古拙、朴拙、丑拙等。"拙"是碑学书风的核心的审美观，傅山就主张"宁拙毋巧，宁丑毋媚"的"丑拙"的书美观。其"丑拙"的书美观点映射了其标榜的风骨、气格以及完满的人格和高贵的人品。其书骨骼清健、体势宏肆，俨然伯夷叔齐的孤介清高，又若颜鲁公的浩然正气和端正人格。傅山以推崇"丑拙"的书美观点试图改变软媚庸俗的书风，将儒家的刚毅雄强和道家的狂狷恣肆相融合进而影响士风，提振士气，达到清风正世的目的。傅山"丑拙"的书风与清代碑学推崇"重拙"一脉相承，冲击了明季清初帖学的秀美温醇、疲弱滑俗的靡弱状态。

碑学运动使被目为蛮夷之物的北碑和北方地区民间造像进入碑学书家的视域，客观上为清中期以后的书法创作提供了可靠的实物依据。碑学书风力图汲取北朝碑版的"朴拙"和"古质"。"魏碑无不佳者，虽穷乡儿女造像，而骨血峻宕，拙厚中皆有异态。"[1]碑学书家认为"遒劲"才是书法本质的美，试图以碑学的"朴拙"厚重来改变明末清初的靡弱书风。"拙"不仅是古朴率真，而且也是兼具自然之气和敦厚耿直的人格精神的反映。可见厚重与朴拙的美学特征是清代碑学的审美基调，在后世发展和传承中始终贯穿于文人士大夫的书美观念和气质人格。萧龙士先生谈及厚重意趣时说："下笔要重，行笔要慢，力到点画才厚重，厚重才有拙味，拙则去俗……"。其百岁所书《醉翁亭记》"古拙苍劲，气象不凡，点画放纵而不逾规矩……厚重似屈金。通篇真气弥散、老辣丑拙"[2]。萧龙士以自己厚重的笔墨，所展示的"朴拙"的格调与意境，耐人寻味，其"追真求拙"的美学思想源于老庄。所谓"圣人法天贵真"，即萧龙士美学境界的理论基础。不刻意，不妄为，不雕饰，不取巧，但求质朴无华，情真无邪，达到自然无为之境。萧老在对"朴"的理解上亦颇有己意，他说："朴之为朴，当在神质朴，情思朴，形意朴，笔墨朴。朴于画面之意境，则为虚静恬淡；而于笔墨则为拙

① 俞剑华：《历代书法论文选》，上海书画出版社 2012 年版。
② 周彬：《无烟火气　有圣贤心——萧龙士先生书法艺术初探》，《书法之友》，2000 年第 1 期。

朴不雕。"①通过萧龙士先生的学书经历可知，他作为碑学运动影响下的书画家，受到碑学书风和清代金石书画运动的深刻影响，对高古的朴拙书风孜孜以求。总体的艺术特征为以碑学古拙的书美为基础，兼顾帖学的流美，力图达到碑帖的兼容，将碑学的金石气和帖学的书卷气化为一体，从而奠定其书法朴拙厚重的艺术格调。

（二）萧龙士书法的厚重

萧龙士先生书风厚重，其对"厚重"意味的美学诠释，非仅止于笔墨的外在形式，而更涵盖着通过笔墨所展示的丰厚的美学内涵，亦即在厚重的笔墨中所包容的厚重的情、境、神、趣。显然，"厚重"具有有形与无形、可视与不可视两种不同的审美内涵。每当打开萧老的行书，在这可视的厚重的笔墨中，让人感受到的便是书家厚重而博大的情思和意境。因此"厚重"不仅是笔力的积淀，也是一种真情的积淀、一种文化修养的积淀。故"唯有人品的厚重，才有厚重的笔墨，笔墨中才有厚重的内涵"②。

萧龙士先生雄浑古朴、厚重遒劲书风的形成与清代的学术氛围和碑学书风有直接的关联。清代碑学兴起，金石学、书法、篆刻、文人画相互渗透，其学术研究主要表现为对"帖学"书风的反思和对碑学书法的重新认知和建构，进而确立碑学的核心观点："遒劲才是书法本质的美。"在萧龙士先生的书法实践中，其取法晋唐，傍及碑版，他认为书法的高度在晋唐，但晋唐以外亦有借鉴之处。他推崇李邕《麓山寺碑》，认为此碑处处体现大气，这种大气与他的性情契合。他出生在咏唱《大风歌》、具有豪迈之气的汉高祖故里，他的性格有黄河故道人民的磅礴大气。他在书法的格局上推崇汉唐，因为汉唐书法在整体风貌上折射了时代的雄健之风。萧龙士先生把这种恢宏气度作为书法学习的要点，同时自觉地将汉唐的书法气象与自我修养融为一体。在书写的过程中，萧龙士先生认为从容自然的笔调是基础，但

---

① 徐志兴：《浅论萧龙士书画艺术及其美学思想》，《徐州工程学院学报（社会科学版）》2010年第2期。
② 同上。

运笔上要有意识地表现"涩势",用"涩"的运笔来体现笔意的酣畅。融合"疾""涩"这一对立因素,使视觉上达到"涩"而舒展"畅"而含蓄。从而达到用笔留得住,笔法疾涩照应,笔墨厚重深沉,笔意神完气足。

清代"碑学"兴起,受"碑学"理论影响的书法实践主要集中在真书和篆隶。行书和草书主要受"帖学"书风影响,这是由于行草书注重"流美"的审美取向所决定的。立足清代"碑学"运动的学术影响和清末以来的书法审美风尚,追求"碑学"遒劲厚重的金石之气已成为书法界的不懈追求。萧龙士先生取法魏晋汉唐,着力颜真卿《祭子侄文稿》、李邕《李思训碑》,心摩手追,孜孜以求。颜体、李书所展示的浑厚、大气的汉唐气魄正与萧书的磅礴气势和厚重遒劲质美高度契合。萧龙士先生行书在"流变之美"的基础之上,点画间自然有碑意溢出,达到了"书卷气"与"金石气"的融通。何绍基、赵之谦、吴昌硕等碑学书家的行书创作也成为他学习的对象,他成功地将其魏晋汉唐的传统功底与碑学运动的学术成果兼容,将篆隶的笔意融合到行书创作,其行书厚重的金石趣味便跃然纸上,产生了一种不事张扬的力量感。为了达到厚重的效果,萧龙士先生融通了绘画的用水技法,他在书法技法上通过对绘画墨法的借鉴,大胆地将绘画用墨以水化之的方法运用到书法创作。他认为"书法用墨应借鉴绘画用墨须以水化之,否则浓墨无水也会平板,只有以水运之,笔墨才会厚重,才会生动"[1]。可见,在笔墨厚重的审美观点的支配下,萧龙士先生通过对传统碑帖的深入学习,其书法艺术不论在精神气质,还是技法运用上,均已达到朴拙厚重的境界。

---

[1] 周彬:《无烟火气 有圣贤心——萧龙士先生书法艺术初探》,《书法之友》2000年第1期。

结 语

从书法的碑学运动学术背景和中国近代书法发展的基调来考究萧龙士先生的书法，不难发现，书法艺术正如同我国人文学术发展的脉络一样，总体的方向是在尊重传统的基础上突破和发展的，传承性是其显著的特点。这一点与西方的艺术发展颠覆性的路径有所区别。萧龙士先生书学观点正是建构在清代碑学运动持续发展的基础之上的。近代学术演进的发展促使碑帖兼容成为其艺术生涯的必然产物。中国近代书法形成了以碑为基、兼容刻帖和墨迹的"三合一"近代书风。萧龙士先生的书法美学特征集中体现了这一书风的主调，在近代中国社会动荡的氛围中，在西学东渐的强势作用下，萧龙士先生书法所体现的传承性以及其学术的敏锐性，奠定了萧龙士先生具有区域文化特征和时代学术视域的近代正统书家地位。

图书在版编目（CIP）数据

文艺百家谈.2020年.第1—2辑：总第25辑/安徽省文学艺术界联合会，安徽省文艺评论家协会编.--北京：北京时代华文书局，2020.12

ISBN 978-7-5699-4043-5

Ⅰ.①文… Ⅱ.①安…②安… Ⅲ.①文艺评论－中国－文集 Ⅳ.① I206-53

中国版本图书馆 CIP 数据核字 (2021) 第 001704 号

文艺百家谈 . 2020 年 . 第 1—2 辑：总第 25 辑

编　　者｜安徽省文学艺术界联合会　安徽省文艺评论家协会

出 版 人｜陈　涛
责任编辑｜周海燕
装帧设计｜迟　稳
责任印制｜訾　敬

出版发行｜北京时代华文书局 http://www.bjsdsj.com.cn
　　　　　北京市东城区安定门外大街 138 号皇城国际大厦 A 座 8 楼
　　　　　邮编：100011　电话：010 - 64267955　64267677
印　　刷｜三河市兴博印务有限公司　0316-5166530
　　　　　（如发现印装质量问题，请与印刷厂联系调换）
开　　本｜710 ㎜ × 1000 ㎜　1/16　　　印　　张｜18　　字　　数｜270 千字
版　　次｜2021 年 9 月第 1 版　　　　　印　　次｜2021 年 9 月第 1 次印刷
书　　号｜ISBN 978-7-5699-4043-5
定　　价｜58.00 元